이상적
결혼생활

이상적
결혼생활

송혜련
지음

 큰나무

강요받는 남과 여

"네에~? 싫어요!!"

"저도 싫습니다."

두 남녀의 입에서 약속이나 한 듯 똑같은 말이 터져 나왔다. 널찍한 거실이 쩌렁쩌렁 울리도록 커다란 목소리였다. 무슨 죄라도 지은 양 어른들을 앞에 두고 무릎을 꿇은 채 앉아 있는 두 남녀는 되도록 서로에게 닿지 않으려 애쓰고 있었다.

게다가 웃긴 것은 자신도 집이 떠나가도록 커다랗게 '싫다'를 외쳤으면서, 그런 말을 한 상대방을 죽일 듯이 째려본다는 것이었다. 그 눈빛은 '어디서 감히?' 라고 말하는 듯했다.

"다 큰 남녀가 서로한테 책임질 일을 했으면 책임을 져야지, 어디서 싫다는 말이 나와?"

어른들의 호통에 한성은 입을 꾹 다물고 말았다. 그냥 연애만 하자던 가벼운 마음이 이렇게 될 줄이야? 한성은 눈을 질끈 감았다. 이제 막 서른을 넘긴 나이였다. 그 젊디젊은 나이에 결혼이라는 족쇄를 차야 한다니, 정말 생각만으로도 끔찍한 상상인데 지금 그 상상이 현실이 될 판이었다. 아아, 남자는 자고로 여자를 조심해야 한다는 선조들의 주옥 같은 말이 있는데 어쩌자고 그놈의 유혹에 홀랑 넘어가버린 건지……. 하지만 지금 땅을 치고 후회한들 이미 내뱉은 말이요, 엎질러진 물이었다. 아아, 통재라!!

그때 한성의 잡다한 생각을 단칼에 끊는 목소리가 들려왔다.

"하지만요, 전 결혼 같은 건 하고 싶지 않아요!"

여자의 말에 한성이 움찔해 그녀를 쳐다보았다.

'이 폭탄 같은 여자가 또 무슨 말을 할까?'

이제 알게 된 지 꼭 5일 된 저 여자는 한성의 상식을 뛰어넘는 짓을 잘도 했다. 이미 대한민국에서 둘째가라면 서러워할 말괄량이 사촌여동생에게 잘 단련됐다고 생각했는데 이 여자에 비하면 사촌동생은 새 발의 피였다. 한성의 시선을 단숨에 사로잡은 그 초롱초롱한 눈빛으로 여자는 어른들께 또랑또랑 얘기하기 시작했다.

"어르신 말씀대로 저흰 다 큰 성인이고요, 합의 하에 성관계를 했을 뿐인데 그게 꼭 결혼으로 이어져야 하나요? 서로를 사랑하는 마음도 없는데 결혼을 꼭 해야 하냐고요."

순진하고 얼빵하게 생긴 얼굴로 여자는 잘도 말했다.

"헉!"

순간 방 안의 모든 사물이 얼어붙은 듯했다. 아니 딱 두 사람만 빼고 — 한 명은 어른들 무서운 줄도 모르고 잘도 나불대는 한준희라는 여자고, 다른 한 명은 벌겋게 달아오른 얼굴로 가까스로 화를 참고 있는 그녀의 부친이었다 —. 그러나 참는 것도 한순간, 한준희의 부친 한 얼 교수는 기어코 고함을 지르고 말았다.

"이놈의 지지배!! 한준희! 그게 지금 네 입에서 나올 말이야? 앙?"

한 얼 교수는 목에 핏대까지 세워가며 말하지만 정작 준희는 별로 영향을 받지 않은 듯했다. 오히려 한술 더 떠 제 아버지한테 바락바락 대들기 시작했다.

"그치만 그냥 몸 한 번 섞었다고 결혼이라니, 정말 어불성설이에요. 가까스로 결혼에서 빠져나왔다 싶었는데 다시 그 구렁텅이로 들어가라고요? 절대 못해요!"

보통 때 같으면 어른들 앞에서 완벽하게 조신한 모습을 보였겠지만 오늘 준희의 지상 최대 목표는 어떻게 해서든 한성의 식구들 눈밖에 나기, 버릇없어 보이기, 가장 결정적으로, 무슨 일이 있어도 결혼은 '안 돼!!'였다.

"저, 저, 저……."

기가 찬 그녀의 부친 한 얼 교수는 말을 잇지 못했다.

"하아, 아버지. 저 이제 스물 셋이라고요. 이런 한창 나이에……."

잠시 말을 멈춘 준희는 힐끔 한성을 쳐다본 후 다시 말하기 시작했다.

"이런 한창 나이에 결혼이라뇨. 저 그냥 혼자서도 잘할 수 있다니까요, 네? 아직 공부하고 싶은 것도 많고 유학도 가보고 싶고 경험하고 싶은 것도 많은데……. 아직 해본 것보다 안해본 게 더 많은데 결혼이라뇨? 그냥 제가 하는 거 지켜봐주시면 안 돼요?"

준희는 한 얼 교수를 향해 애처롭게 말했다. 두 눈을 똑바로 치켜뜨고 당돌하게 말하던 아까와는 달리 눈가에 그렁그렁한 눈물방울을 살짝 맺힌 채 말하는 준희는 지켜보는 사람들의 마음이 뭉클할 정도로 애처로워 보였다.

순간 한성은 그런 준희를 안아주고 싶은 마음이 불쑥 들었다. 울음을 터뜨리지 않으려고 안간힘을 써서 살짝 흔들리는 가녀린 준희의 어깨를 안고 그녀가 원하는 것을 갖게 해주고 싶었다.

한성은 자신이 무슨 준희의 대변인이라도 되는 듯 그녀의 부친을 괜스레 노려보았다. 하나밖에 없는 외동딸이 저렇게 말하는데 왜 굳이 결혼을 강요하는지 이해할 수 없었다. 한성뿐만 아니라 방 안에 있는 그의 가족 모두가 다 그런 생각이었다.

사실 한성의 가족들 입장은 그랬다.

나이가 서른이 넘도록 한성이 이 여자, 저 여자 만나는 사람은 많은 것 같은데 누구 하나 가족에겐 소개시키는 법이 없고, 워낙 똑부러지는 성격이라 허튼 말은 들려오지 않았지만 수없이 여자들을 만나면서 아무 소리 하나 들리지 않을 정도로 철두철미하게 결혼에 냉소적인 것도 나름대로 걱정이었다.

한성의 집안에 사내아이가 셋, 여자아이가 하나 있었는데 어찌 된 일인지 제일 어린 여자아이만 시집을 가고 건장한 사내들이 도통 장가를 갈 생각을 안하고 있었다. 그나마 나은 것이 큰집 아들들이었다. 형제라 그런지 좀 늦더라도 두 사람 다 막연히 결혼에 대한 생각을 가지고 있었지만 홀로 자란 한성은 아예 인생에서 결혼이라는 말 자체를 없애버린 것 같았다.

그런 찰나에 우연인지 운명인지 이런 사건이 터져서 한성이 결혼에 대해 다시 생각해보게 되니 가족들 입장에서야 이래저래 나쁜 일은 아니었다. 게다가 사건을 일으킨 여자가 믿을 수 있는 한 교수의 딸이니 차라리 잘 된 일이라는 생각까지 들 정도였다. 그런데 눈물을 흘리며 결혼하기 싫다는 준희의 말을 듣자 자신들이 잘못하고 있는 게 아닌가 하는 생각이 들었다.

방 안에 있는 모든 사람들의 시선을 한 몸에 받고 있는 한 얼 교수는 무표정했다. 외동딸이 눈물을 글썽거리는데도 얼굴색 하나 변하지 않았다. 게다가 그 옆에 다소곳하게 앉아 있는 준희의 모친도 별다른 감흥이 없는 듯했다. 시종일관 보일 듯 말 듯한 미소를 짓고 있는 그녀는 두 부녀 사이에 벌어지는 일을 무슨 텔레비전의 드라마 보듯 보고 있었다.

"안 돼! 애초에 네 독립은 '결혼한다'가 약속이었잖아!!"

한 얼 교수는 딸의 애절한 눈물공세에도 아랑곳하지 않았다.

"아빠~ 진태 오빠네 부모님이 아무리 절 예뻐해 주신다고는 하지만 따지고 보면 엄연히 남남이잖아요. 다 커서까지 신세지고 싶지 않았단 말이에요."

"그 집에서는 그런 기색, 눈곱만치도 없었어."

"내가 불편하단 말야."

"답은 한 가지야. 결혼해!!"

"이 꽉 막힌 노친네!!"

부녀 사이의 신경전 속에서 먼저 성질이 폭발한 건 준희였다. 준희가 빽 하니 고함을 지르며 자리에서 벌떡 일어나자 한 얼 교수도 덩달아 일어났다. 준희의 작은 키로선 아버지의 턱 끝에 닿을락 말락했지만 그녀의 눈빛은 얼음이라도 꿰뚫을 듯이 표독스러웠다.

"아니, 내 나이가 몇이라고 벌써 결혼이에요!!"

"네 엄만 너보다 더 일찍 결혼했어!"

"그거야, 엄마는 아빠를 사랑했으니까 그렇지! 사랑하지도 않는 사람하고 어떻게 결혼을 하란 말야?!"

"그럼, 저 사람은 사랑하지도 않는데 덜커덩 몸을 섞어버렸단 말야?"

"그, 그건……."

순간 말을 잇지 못한 준희는 부동자세로 앉아 있는 한성을 곁눈질로 내려다보았다. 무표정한 얼굴에 묵묵히 앞만 바라보고 있는 그에게서 무언가를 읽어낸다는 것은 불가능해 보였다.

하지만 사실 지금 한성의 마음속에 파도가 몰아치고 있었다. 한얼 교수가 물은 건 자신이 묻고 싶기도 한 말이었다. 정말 결혼을 피할 목적으로만 자신과 잔 건지, 한성은 준희의 본심을 알고 싶었다. 두 부녀의 대화에는 관심 없는 척 무표정이었지만 귀가 저절로 쫑긋거렸다.

"뭐……, 그러니까 그건…… 시……, 싫지……, 않……았으니……까……."

준희는 작은 목소리로 중얼거렸다. 잔뜩 긴장하고 있던 한성에겐 괜스레 기운 빠지는 대답이었다. 그녀의 입에서 '사랑'이라는 말이 나오길 기대한 것은 아니었지만 그래도 괜히 서운한 마음이 들었다.

"그러니까 네 맘에 드는 진태놈이랑 약혼시켜놨더니 사고친 건 너잖아!!"

딸자식의 한풀 꺾인 목소리에 의기양양해진 한 얼 교수는 한층 더 큰 목소리로 외쳤다. 하지만 그런 것에 질 준희가 아니었다. 도리어 제 아버지보다 커진 목소리다.

"흥! 그렇다고 해서 내가 진태를 사랑한 것도 아니잖아. 아빠가 하도 난리치니까 그냥 급한 김에 갖다 붙인 거지. 아빠야말로 졸업할 때까진 그냥 있는다고 해놓고선 이번에 들어온 속셈을 누가 모를까봐? 진태가 벌써 다 불었어. 그 얘기를 듣고 내가 가만히 있어져?"

부녀의 목소리는 점점 더 커져갔다. 커져가는 그들의 목소리만큼 한성의 마음속에 이는 파도도 점점 커져갔다. 이것이 한성의 딜레마였다.

사실 한성은 준희와의 결혼이 처음부터 싫었던 것은 아니었다. 어느 날 갑자기 그의 앞에 나타난 준희에게 한눈에 시선을 빼앗겼고, 5일이라는 짧은 시간이었지만 그는 속수무책으로 준희에게 빠져들었다. 만난 지 3일도 안 돼서 관계를 맺으면서도 한성의 마음은 온통 준희뿐이었다. 너무 이른 것 같았지만 그 마음을 단숨에 날려버릴 정도로 너무나 간절히 그녀를 원했었다. 아니 좀더 솔직하게 말해, 그 역사적인 관계 후, 잠들어 있는 준희의 얼굴을 보며 매일 아침마다 이 천사 같은 얼굴을 볼 수 있다면 결혼이라는 것도 괜찮겠다고 생각했을 정도였다.

30년이라는 긴 세월 동안 숱한 여자를 만나면서도 변하지 않았던 그의 결혼관이 한준희라는 여자를 만나고 고작 몇 일도 안 되어서 변했는데, 그 정도로 마음에 들었었는데, 고작 그 여자는 하기 싫은 결혼을 피하기 위해 자신을 이용한 거라니…… 순간 처음 그 사실을 알았을 때와 같은 분노가 한성의 몸을 휩싸고 타올랐다. 정말 자존심 상하는 일이 아닐 수 없었다.

"……."

"……."

끝나지 않을 것 같았던 말다툼이 잠시 소강상태에 접어들고 두 부녀는 입을 꽉 다문 채 서로를 째려보느라 여념이 없었다. 그러나 방 안에 있는 사람들은 스산한 기운에 몸을 떨어야 했다. 방 안은 조용했지만 꼭 태풍의 핵에 들어와 있는 것만 같았다.

딸의 거침없는 눈빛과 여전히 앉아서 담담한 표정을 짓고 있는 한성의 흔들림 없는 눈빛을 번갈아 보던 한 얼 교수에게서 저절로 한숨이 새어나왔다.

자신이 알고 있는 딸은 그저 싫지 않다는 이유로 남자와 몸을 섞을 리 없었다. 괜한 똥고집에 스스로 납득할 수 있는 그럴듯한 이유를 대었겠지만 어느 한구석 저 남자를 인정하는 부분이 있었기에 그런 행동을 할 수 있는 것이다. 지금은 결혼에서 피해야 한다는 반항적인 마음에 한성과 잔 것을 그런 식으로 생각하는 모양이었지만, 아마 지금과 다른 상황이었으면 부모들이 나서지 않아도 저절로 그와 결혼을 생각할 터였다.

한 얼 교수는 한창 나이인 딸에게 결혼을 강요하는 자신의 생각이 잘못된 것이 아닌가 잠시 회의가 들었지만, 역시 딸의 특이한 성격을 곰곰이 생각해보면 결혼은 하지 않고 함께 있는 방법 — 예를 들면 동거 같은 — 을 찾아내고도 남았다.

그건 두 눈 시퍼렇게 뜨고는 절대 못 볼 일이었다. 나이 쉰이 다 되어서 본 자식이었다. 눈에 넣어도 아프지 않을 자식인데 동거는 말도 안 되었다.

'그래, 옳거니!'

한 얼 교수는 순간 머리를 스치는 생각에 무릎을 탁 치고 싶은 심정이었다.

"어찌 됐건 두 사람은 이미 몸을 섞어버렸고, 그럼 그 행위가 어떤 일을 도래하는지도 알 거 아냐?"

진중한 한 얼 교수의 말에 준희는 가늘게 눈을 뜨고 그를 경계했다. 아버지가 저런 목소리를 낼 때는 다른 무언가가 있다는 얘기였다. 준희는 잔뜩 긴장한 채 한 얼 교수의 다음 말을 기다렸다.

"혹여 임신이라도 했으면 어쩔 거야?"

비장의 카드를 내놓는 듯한 한 얼 교수의 표정에 준희는 오히려 방긋 웃었다.

아버지의 막무가내식 고집을 생각하고 있던 준희는 의외의 말에 웃음이 터져 나올 것만 같았다. 임신이라도 했으면 어떻게 할 거냐는 말은 다시 말해, 임신을 하지 않으면 괜찮다는 말과 같았다. 준희로서는 꼬투리를 잡고 늘어지기 쉬운 말이었다. 점점 승세가 제쪽으로 기울자 준희는 저도 모르게 미소가 지어졌다.

"헤헷! 아버지는. 저희가 뭐 바보인 줄 아세요? 칠칠치 못하게 그런 것도 모를까봐요. 그렇죠, 이 변호사님?"

준희는 한성을 향해 환하게 웃으며 물었다. 자신은 첫경험이라 피임약을 먹어야 한다는 생각은 미처 하지 못했지만, 날짜 상 배란일과는 거리가 멀었다. 그리고 무엇보다 결정적으로, 결혼에 아주 부정적인 생각을 가지고 있는 한성이라면 분명 콘돔을 사용했을 터!

순간 방 안에 있는 모든 가족들의 시선이 한성에게 쏠렸다. 한성이 어떻게 말할지 기대감에 준희의 눈빛이 한층 더 초롱초롱해졌다. 그런데 갑자기 미간이 찌푸려지는 한성의 표정이 심상치 않았다.

'아…… 안 돼, 설마…….'

눈썹이 찡그러지는가 싶더니 한성의 목덜미가 점점 붉어지기 시작했다. 평정심을 되찾고 싶었지만 목덜미부터 시작해 얼굴까지 벌겋게 달아오르기 시작했고, 한 번 붉어진 얼굴은 쉽게 되돌아오지 않았다. 오히려 점점 더 빨갛게 변해갔다. 으아아!! 한성은 비명을 지르고 싶은 심정이었다. 냉철함 하면 이한성, 이한성 하면 냉철함이었는데 지금 은 도통 표정 관리가 안 되고 있다.

그랬다. 한성은 콘돔을 사용하지 않았던 것이다. 허리케인에 휩쓸리듯 정신 없이 몰아붙이는 준희의 유혹에 정신을 못 차리고 미처 콘돔을 준비하지 못했던 것이다. 호텔에 들어가서 그 사실을 깨닫긴 했지만 멈추지 못할 정도로 한성은 달아올랐었다. 딱 한 번뿐이라고 생각했는데 그 안일한 생각이 발목을 잡을 줄이야.

목덜미까지 새빨개져서 아무 말도 못하고 있는 한성을 바라보자 준희는 울컥 눈물이 나올 것만 같았다. 이게 아닌데 하는 말이 계속 머릿속에서 맴돌았다.

준희는 털썩 주저앉아 한성의 무릎을 잡았다.

"아, 아니죠? 이 변호사님 아니죠?"

그녀는 울음기가 촉촉이 배어나는 목소리로 한성을 가볍게 흔들며 대답을 재촉했다. 울음을 참느라 빨개진 준희의 눈동자를 보자 한성 자신이 더 울고 싶은 심정이었다.

"미안."

한성은 끝내 준희의 눈을 마주 보지 못하고 고개를 푹 숙이고 말았다.

집안 어른들에게 승기가 돌아가는 순간이었다.

문제의 발단

두 사람의 절대적인 반대에도 불구하고 결혼식 준비는 척척 되어
갔다. 원래 부모들끼리 왕래가 있던 집안이고, 혹시 생겼을지도 모르
는 일에 대비해 집안 식구들끼리만 모인 소박한 결혼식으로 합의를
보고 나니 일은 일사천리로 풀렸다.

인륜지대사인데도 당사자인 두 사람은 멍하니 상황이 흘러가는 모
습만 쳐다볼 뿐이었다. 아무리 발버둥친들 되돌리기는 이미 늦어버린
상황이었다.

문제의 발단은 이러했다. 결혼하고 싶은 마음이라곤 눈곱만치도
없는 두 남녀가 우연히 엘리베이터에서 만나 첫눈에 서로 호감을 갖
게 되면서 일이 꼬이기 시작한 것이다.

5일 전

"잠깐, 잠깐만요!"

새된 여자의 목소리에 한성은 얼른 엘리베이터의 열림 단추를 눌렀다. 닫히던 문이 사람이 들어올 정도로 넓어지자 코가 가릴 정도로 많은 천 뭉치를 든 고등학생이 엘리베이터로 뛰어 들어왔다.

고등학생은 작은 키에 양 갈래로 묶은 머리가 인상적이었다. 머리를 꼭꼭 땋았는데도 등 중간쯤 내려오는 걸 보니 머리가 꽤 긴 것 같았다.

'머리를 풀면 더 어른스러워 보일 텐데…….'

한성은 남자가 매력적인 여자를 보았을 때 반사적으로 드는 의미 없는 생각들을 하며 고등학생을 내려다보았다. 고개가 꽤 숙여지는 걸 보니 160에서 ±2센티 정도 될 것 같았다. 몸무게는…… 드러난 팔뚝을 보니 꽤 말라 보였다.

'요즘 여자애들은 너나없이 다이어트라니까. 쯧쯧.'

한성의 잡생각이 계속되는 와중 둘둘 말아놓은 천이 자꾸 흘러내리자 여자가 낑낑대며 추스르는 모습이 보였다. 아무리 크게 잡아도 162 정도밖에 되어 보이지 않는 학생에게 너무 많은 짐이었다.

"제가 도와드릴까요?"

그의 말에 여자가 고개를 들어 한성을 보았다. 그 순간 한성은 숨이 멈추는 듯했다. 여자가 깊이를 가늠하기 어려운 짙푸른 호수 같은 눈동자로 쳐다보았기 때문이었다. 그 커다란 눈동자에 한성의 얼굴이 새겨졌다. 속마음까지 꿰뚫어 보는 듯한 시선에 자기도 모르게 꿀꺽 침을 삼켰다.

'미쳤어, 이한성! 고등학생을 보고 긴장하냐?!'

첫 재판을 맡았을 때보다 더 긴장이 되었다.

"아니요. 괜찮습니다."

여자가 적당히 예의를 섞어 말하며 고개를 숙이는 순간, 아슬하게 매달려 있던 천 뭉치들이 와르르 떨어졌다. 좁은 엘리베이터 안이 온통 천투성이였다. 작게 한숨을 쉬고 몸을 숙여 천 뭉치를 주워 드는 여자의 얼굴에 한성에 대한 원망이 역력히 묻어났다.

'왜 말은 걸어가지고선…… 우이씨…….'

사람의 표정을 얼마나 잘 읽어내느냐가 재판의 승소와 패소를 결정하는 열쇠가 되기도 하기 때문에 사람의 표정을 읽는 것에는 도가 튼 한성이었다. 그러니 '당신 탓이오'라는 광선을 팍팍 풍기는 여자의 표정을 놓칠 리가 없었다.

뻘쭘하게 서 있던 한성은 여자를 도와 천을 줍기 시작했다. 천 뭉치들은 생각보다 무거웠다. 이리저리 굴러간 천들을 정신 없이 그러모으다 두 사람의 손이 닿았다. 그러자 콩딱콩딱 한성의 심장이 두근거렸다. 심장에 문제가 생긴 게 아닐까 의심이 갈 정도로 거세게 두근거렸다.

'미쳤어, 미쳤어. 처음 보는 고등학생을 두고 안고 싶다는 생각이 들다니, 이제 너도 한물간 모양이다, 이한성.'

한성의 머릿속은 미친 듯 혼란한 생각으로 뒤엉켰다. 어디에 둬야 할지 어정쩡한 시선이 마구 움직이다 여자의 시선과 마주쳤다. 여전히 손은 맞닿은 채로. 여자가 빤히 쳐다보자 한성의 목덜미가 붉어지기 시작했다. 한성이 당황할 때 나타나는 버릇으로, 특이하게 얼굴보다 목덜미가 먼저 붉어졌다. 시선을 피하기는 싫었고 계속 마주하자니 심장이 터질 것만 같았다. 맞닿은 손이 불타는 것 같았다. 아무것도 끼지 않은 손이 새하얗게 빛났다.

'이게 무슨 일이야. 진정해, 이한성. 넌 로리과가 아니잖아.'

당황한 한성이 두근거리는 심장 소리를 조심스레 감추며 숨을 고르는 동안에도 여자의 거침없는 시선은 계속되었다. 대략 10초 동안 한성을 바라보던 여자가 입을 뗐다. 앙증맞은 붉은 입술이 벌어지는 모습이 한성에겐 마치 슬로우 모션처럼 느껴졌다.

"이봐요, 아저씨. 저한테 관심 있어요?"

"!"

한성은 당돌한 고등학생의 말에 순간 당황했다. 좀 전의 슬로우 모션은 온데간데없고 빨리빨리 급하게 돌아가는 영화장면같이 한성의 기분도 흥분으로 질주했다.

"저한테 관심 있느냐고요."

"왜? 관심 있으면 전화번호라도 가르쳐줄 셈인가?"

한성은 변호사다. 그것도 대한민국 제일 좋은 로펌에서 고액의 연봉을 받는. 당황한 기색을 숨기는 것은 일도 아니었다. 게다가 고등학생 주제에 당돌하게 묻는 여자아이에게 흥미가 생겼다.

여유만만한 한성을 보며 여자가 골똘히 생각하는 표정을 지었다. 한쪽 눈썹이 살짝 올라가는 표정이 사촌여동생이 음모를 꾸밀 때의 표정과 닮았다고 생각하는 순간, 땡 하는 소리와 함께 엘리베이터가 11층에서 멈춰 섰다.

한성의 손에서 천 뭉치를 받아 든 여자는 엘리베이터를 나갔다. 닫히는 엘리베이터 문 사이로 여자의 뒷모습을 바라보던 한성의 마음에 괜히 아쉽다는 생각이 드는 찰나, 여자가 몸을 획 돌려 엘리베이터 문 사이로 척 하니 발을 올려놓았다. 다시 엘리베이터 문이 열리고 두 사람의 눈이 마주치면서 여자가 한쪽 입꼬리를 불량스럽게 올리며 말했다. 그녀의 두 눈동자는 분명 웃고 있었다.

"한준희. 23살. 016-5XX-9XXX."

멍청히 여자의 말을 듣고 있던 한성이 뒤늦게 자신의 이름을 말하려고 했지만 엘리베이터 문은 다시 닫혀버렸고, 여자는 이미 등을 돌려 떠난 뒤였다.

준희는 다시 흘러내릴 듯한 천 뭉치를 들고 잽싸게 사무실로 들어갔다. 들어가자마자 천 뭉치들이 그녀의 품안에서 벗어나 바닥으로 곤두박질했다.

"어휴, 다시 한 번 천 챙기는 거 저한테 시키시기만 해요!"

준희가 소리치자 사무실에 있던 사람들 중 한 둘이 다가와 그녀를 도와 천을 줍기 시작했다.

"와~ 이 많은 걸 한 번에 다 가지고 온 거야?"

"그럼? 또 그 먼지 나는 창고 속에 다시 갔다 오라고?"

같은 아르바이트를 하는 남학생의 말에 준희가 톡 쏘며 말했다. 톡톡 내지르는 그녀의 말에 무안할 법도 한데, 남학생은 생글생글 웃으며 말했다.

"아니지. 네가 지하에서 전화했으면 내가 내려갔지."

"웃기시네. 애초에 네놈이 디자인 스케치를 다 못하는 바람에 내가 하게 됐잖아."

"흐흐흐"

"웃지 마! 정들어. 너는 친구란 놈이 어째 이리 쓸모가 없냐?"

준희는 자신의 신랄한 말에도 허허 웃는 친구를 보며 한심하다는 표정을 지었다. 하지만 준희의 표정에도 아랑곳없이 남학생은 계속 웃었다.

"준희야. 너는 이 오라비 맘속이 안 보이냐? 나는 말이다. 너의 그 지랄 같은 성격을 초월한 해탈의 고지에 있단다. 흐흐흐."

"칫, 김준만. 말은 잘하셔."

"그럼. 누구 친군데······."

결국 준희가 웃고 말았다.

고등학교 때부터 알게 된 준만은 생긴 건 유도선수 뺨치게 건장했지만 성격은 섬세하고 꼼꼼한 것이 천상 여자였다. 게다가 취미가 뜨개질이니 말은 다한 셈이다.

적성이 비슷해 같은 대학, 같은 과에 들어와 준희의 보디가드를 자청하고 있는 준만은 본인의 말로는 뭣 모르고 준희에게 다가서는 남자들이 그녀의 독설에 상처 입는 일을 막아보려고 한다지만 사실은 자신을 위한 것임을 알고 있었다. 뭐, 일단은 건장해 보이는 남자니까 그럭저럭 귀찮은 남자들을 막아주니 본인의 소임은 다하고 있는 셈이었다.

이상하게 준희는 남자들에게 인기가 많았다. 작은 키에 특별히 꾸미고 다니지도 않았는데 유난히 남자들이 따랐다. 중학교 2학년 때 그녀를 보고 집 앞까지 쫓아오는 대학생이 있을 정도였다. 아기였을 때도 남자 어른들이, 귀여워서 어쩔 줄 몰라 했었다고 한다. 유난히 남자들이 따르자 부모가 재미 삼아 무당집에 데리고 가보았더니 도화살이 꼈대나 뭐래나.

정작 준희가 남자 보기를 돌같이 봐서 불미스러운 일이 생기지 않았지만 그래도 부모는 안절부절못했다. 초등학교 때까지는 여기저기 해외로 조사를 다니는 부모와 같이 다녀 별다른 걱정거리가 되지 못했는데 중학생이 되면서 학업 때문에 함께 다니지 못하게 되자 그 때부터 부모의 걱정이 하늘에 달했다.

준희는 지금은 남자한테 관심이 없다지만 한순간 그녀의 맘을 끄는 남자가 있다면 당장이라도 살림을 차릴 만큼 무모하고 충동적인 성격이었다. 어린시절을 몽골과 만주의 광활한 대지에서 자유롭게 자란 탓에 성격이 거침없었다. 뒤늦게 40줄에 본 아이라고 너무 풀어 준 게 문제인 듯 싶었지만 이제 와서 땅을 치고 후회해봤자였다.

게다가 어찌나 논리적인지……. 영악한 머리로 제 논리를 펼치는 그녀를 보면 아버지인 한 얼 교수도 혀를 내두를 지경이었다. 분명 제멋대로에다 막무가내인 궤변인데도 그녀의 말을 듣고 있노라면 어느새 수긍을 하게 되었다. 그녀의 페이스에 휩쓸려 원하는 대로 해 주기가 일쑤였다.

하지만 남자 문제만큼은 그녀의 뜻대로는 해줄 수 없었다. 고지식하다고 소리칠 일인지도 모르지만 이미 그의 나이가 일흔 하나, 고지식할 나이인데 그게 무슨 대수란 말인가? 자신이 해외에 나가 있는 사이 홀라당 남자하고 정분이라도 나 떡하니 애를 낳아버리면 어쩌란 말인가? 그래서 한 얼 교수가 금지옥엽 고명딸을 혼자 한국에 두고 만주로 나가면서 한 가지 궁여지책을 내놓은 것이 있는데 그것이 무엇이냐 하면…….

"오늘 진태 온대지?"

"어. 그놈이야 뭐……."

"야. 너는 약혼자한테 말하는 말본새가 그게 뭐냐?"

"어? 준희 씨 약혼했어요?"

그들과 같이 천을 줍던 한 대리가 말참견을 했다.

"예? 아니에요. 약혼은 무슨……."

생각 같아선 '당신 일이나 신경 쓰쇼!' 쏘아주고 싶었지만 준희는 꼭꼭 참았다. 어찌 되었건 여기는 직장이니까. 그리고 한 대리는 실력 있는 직장 상사였다. 앞으로 그녀의 발전에 지대한 공을 할지도 모르는 사람이니 잘 대해둬서 나쁠 건 없었다.

얼굴에 사르르 미소를 띄우며 말하는 준희를 보며 준만은 속으로 한숨을 내쉬었다. 한 대리의 얼굴을 보아하니 멍한 게 또 한준희 추종자가 생긴 모양이었다.

'여우 같은 지지배. 지 미소가 어떤지 알고 써먹는다니까!'

자신을 바라보는 준만의 시선을 느낀 준희가 그를 보며 똑같은 미소를 지었지만 준만에겐 꼬리가 백 개 달린 백여시로밖에 안 보였다.

천을 다 정리해 작업 테이블 한쪽에 세워두는 동안에도 계속 준만이 자신을 째려보자 준희가 그에게 눈을 흘겼다.

"너는 어찌 하여 계속 그 눈빛인고?"

"체. 여우 같은 지지배."

"하하하. 너는 다 알면서 번번이 화를 내? 힘들지도 않냐?"

"알고 있는 사실이지만 볼 때마다 번번이 새롭다. 너란 인간이 말이다. 어쩜 이렇게 가증스러울 수가 있냐?"

"크크크, 가증이야말로 내가 가지고 있는 수많은 매력 중에 하나지. 크크크."

이번엔 준만이 웃고 말았다. 어찌나 너스레를 잘 떠는지 준희는 정말 여자처럼 느껴지지 않는 털털한 친구였다.

"진태는 몇 시에나 온대냐?"

"몰라. 퇴근시간에 오겠지."

"그래도 약혼자인데 신경 좀 써라."

"야. 우리가 무슨 약혼자, 약혼녀 따질 사이냐? 그냥 우리 아부지가 난리치시니까 흉내내는 거지."

"그래도 어쨌건 반지를 주고받은 약혼…… 어, 야! 너 반지 어디 있냐?"

"엉? 앗차! 아까 창고에서 손 씻을 때 빼놓고 깜빡했다."

"으이구! 남이 안 주워갔나 모르겠다."

준만이 벌써 문을 향해 뛰어가는 준희의 뒤통수에 대고 소리쳤다.

"잠깐, 잠깐만요!!"

새된 여자의 목소리에 한성은 얼른 엘리베이터의 열림 단추를 눌렀다.

목소리를 듣고 설마 하는데 아까 그 여자가 엘리베이터로 뛰어들어오는 것이 아닌가. 한성의 심장이 요란하게 두근거리기 시작했다. 명함을 주지 못한 게 천추의 한으로 남았었는데 다시 보게 될 줄은 꿈에도 몰랐다. 급하게 뛰어와서 그런지 여자의 볼이 발그레했다. 이번엔 멍하니 있다가 놓치지 않으려 선수를 쳤다.

"또 만났군, 한준희 양."

머리 위에서 들리는 남자의 목소리에 준희는 고개를 들었다. 아까 같이 엘리베이터에 탔던 남자였다. 느긋이 벽에 기대 그녀를 바라보고 있었다. 준희는 남자 앞에 서서 그를 가만히 쳐다보았다. 아까도 느꼈던 거지만, 남자는 참 단정하게 잘생겼다. 남자라면 자신의 뒤를 졸졸 쫓아다니는 귀찮은 존재로만 생각했었는데 충동적이라고 해도 그런 남자한테 말을 건넨 건 스스로도 의외였다.

"아, 네, 또 만났네요. 미스터……?"

"이, 이한성. 30살. 직업은 변호사고."

"흐음, 이한성이라……."

여자는 천천히 입 안에서 그의 이름을 굴려보는 듯했다. 작게 움직이는 여자의 빨간 입술이 탐스러워 보였다. 키스하고 싶을 만큼.

땡!

한성의 위험한 생각을 멈추기라도 하는 듯 그때 엘리베이터의 도착음이 울렸다. 지상에서 11층의 높이는 생각보다 짧은 거리였다.

엘리베이터를 나서면 여자와 헤어져야 한다는 생각이 들자 한성은 아쉬움이 밀려들었다.

"아, 도착했네요. 먼저 내릴게요."

여자는 한성보다 앞서 인사를 하고 엘리베이터에서 내렸다. 한성이 미처 그녀에게 전화해도 되겠냐고 묻기도 전에 말이다. 그는 그저 두 번 다 닭 쫓던 개 지붕 쳐다보듯 여자의 뒷모습만 멍청히 쳐다보고 있었다.

그때 여자가 다시 획 돌아서더니 닫히는 엘리베이터 사이에 발을 턱 걸쳤다. 이러는 게 이 여자의 취미인가보았다. 여자의 눈을 바라보며 한성의 머릿속에 언뜻 스친 생각이었다.

"이한성…… 나쁘진 않은 이름이지만, 별로 어울리는 이름은 아닌 것 같네요. 그냥 이 변호사님이라고 부르는 게 차라리 더 근사해 보여요."

살다살다 이런 뜬금없는 말은 처음 들었다. 한성은 배시시 웃으며 다시 획 돌아가는 여자에게 한마디도 해주지 못하고 바보처럼 경쾌하게 나풀거리는 갈래머리를 볼 뿐이었다.

홀로 엘리베이터에 남아 있던 한성은 천천히 주차장으로 내려갔다. 생각하면 생각할수록 재미있는 여자였다. 그녀는 마치 폭풍 같았다. 따스한 봄날, 아지랑이 피는 언덕에 휘몰아치는 꽃 내음 가득한 폭풍.

폭풍이 몰아치고 나간 엘리베이터에 남아 있던 한성은 천천히 주차장으로 내려갔다. 앞으로 이곳에 오는 일이 즐거워질 것 같았다. 매일 어머니를 보려면 조금 괴롭긴 할 테지만 얻는 것이 있으면 잃는 것도 있는 법이니까. 뭐, 손해 보는 장사만 아니면 됐다.

한성은 콧노래를 부르고 손가락으로 차 키를 빙빙 돌리면서 주차장으로 갔다. 생각보다 가까운 곳에 차가 주차되어 있다 하며 천천히 차를 향해 걸어가는데 주차장에서 웬 남자가 불쑥 나왔다.

하얀 피부에 부드럽게 찰랑거리는 밤색머리, 신뢰감을 주는 눈빛과 오똑한 코, 단정한 입술, 세련되면서 편안하게 차려입은 옷차림. 요즘 아이들이 말하는, 소위 얼짱이라는 단어가 너무나 잘 어울리는 무지하게 잘생긴 청년이었다. 하지만 어울리지 않게 잔뜩 심각한 표정을 짓고 있는 그를 쳐다보며 한성은 들리지 않게 속으로 휘파람을 불렀다.

'누군지 몰라도 이 남자를 데려가는 여자는 복 받은 거군. 남자가 뭐 저렇게 예쁘게 생겼냐?'

하지만 이내 한성의 머릿속은 다시 엘리베이터에서 만난 한준희라는 여자로 가득 찼다. 그러고 보니 지난번 여자와 헤어진 지 3주 정도 됐으니 아닌 게 아니라 여자가 필요하긴 했다.

차에 올라타 시동을 걸고 움직이기 전에 한성은 PDA를 꺼내 준희의 이름과 전화번호를 입력했다. 그런 식으로 헌팅을 해본 적도 없고, 또 연락처를 받아본 것도 처음이지만 나쁜 기분은 아니었다. 도리어 그녀의 전화번호를 알게 되어 다행이라는 생각이 들 뿐이었다.

문제는 언제 연락을 하는가였다. 서두를 것은 없었다. 어차피 내일이면 다시 이곳에 오게 될 터이니 말이다. 이름과 나이만 알고 있으면 충분했다. 사장 아들이 인사관리실 좀 기웃거린다고 해서 잡아가진 않겠지 뭐……. 부모님은 절대 몰라야 할 일급비밀이지만 말이다.

한성은 전화했을 때 준희가 어떻게 반응하는지 상상하며 액셀을 밟아 주차장을 빠져나갔다.

한성의 차가 매끄럽게 주차장을 빠져나감과 동시에 준희가 주차장으로 들어섰다. 잠시 주위를 두리번거리던 그녀는 하얀 라세티 앞으로 다가갔다. 차에 기대, 준희가 씩씩하게 걸어오는 모습을 보고 있던 진태는 얼른 얼굴에서 심각한 표정을 지웠다. 그의 찌푸린 얼굴을 보면 준희는 그 이유가 뭔지 꼬치꼬치 캐물을 게 뻔했다.

"어이, 권진태. 오래 기다렸어?"

"아니, 커피 한 잔 마실 정도."

"가방 가지고 나올게. 조금만 더 기다려."

"어……. 근데 준희야."

"응?"

진태의 부름에 벌써 두어 발자국 걷던 준희가 뒤돌아보았다. 어두운 주차장인데도 준희의 짙은 눈동자는 초롱초롱 빛났다. 저 평온해 보이는 눈동자가 분노로 빨갛게 타오를 생각을 하니 오싹하고 소름이 돋았다. 괜히 불똥이 튀어 자신만 죽어나는 게 아닌가 걱정이 되었다. 밥이라도 사줘서 배를 채운 다음, 이야기를 해야겠다는 생각이 진태의 머리를 스치고 갔다. 한준희의 약혼자로 10여 년 동안 살아오면서 터득한 생생한 삶의 지혜였다.

"아니, 보고 싶으니까 빨랑 오라고."

진태는 적당히 미소까지 섞어가며 말했다.

그 말을 들은 준희는 표정이 굳어지는가 싶더니 아예 몸까지 돌려 진태를 향해 걸어오기 시작했다. 이를 본 진태는 준희가 뭔가를 눈치 챈 것은 아닐까 두려움에 몸을 떨었다. 지금은 준희가 가장 배고플 시간인데 이때 성격이 나오면 난리 나는 것이었다. 진태는 떨려오는 몸을 진정시키고자 주먹을 꽉 쥐었다.

준희가 진태의 바로 코앞에 섰다. 그리곤 가늘고 긴 손가락으로 그의 가슴팍을 콕콕 찍어댔다.

"너, 권진태 이 자식. 내가 그런 느끼한 말투 쓰지 말랬지. 한 번만 더 내 앞에서 그런 버터 냄새나는 표정 지으면 가만 안 둔다."

"어? 어엉. 그럴게. 미안하다."

긴장으로 굳어진 몸이 눈에 띄게 풀어졌다. 진태는 자기도 모르게 안도의 미소가 지어졌다.

"그래. 그렇게 담백하게 웃으라고. 너의 전략적 스타일리스트로서 한마디하겠는데, 넌 느끼과가 아니니까 이 동생 코치도 없이 함부로 다른 거 시도하고 그러지 마라."

"어. 그래야지. 누구 말인데."

진태가 순종적인 자세로 나오는 것이 만족스러웠는지 준희는 만면에 활짝 미소를 지으며 손을 한껏 뻗어 진태의 머리를 헝클어뜨렸다.

"귀여운 짜식! 20분만 기둘려라. 이 동생 금방 내려오마. 준만이가 밥 사준댔다. 너 고시 패스한 거 제대로 축하도 못했었는데 겸사겸사 맛난 거 먹으러 가자."

제 말 끝나기가 무섭게 엘리베이터로 뛰어가는 준희의 뒷모습을 보며 진태는 한숨을 쉬었다.

준희 아버지가 보름 후 점심 비행기로 서울에 도착한다는 말을 어떻게 꺼내야 할지 난감했다. 그리고 그보다 더 심각한 문제. 이번에야말로 결혼 문제를 담판 지으실 거라는 말을 어떻게 한단 말인가? 불 같은 준희가 성질을 내며 밥상을 뒤엎는 장면이 훤하게 그려졌다. 나이도 3살이나 어리고 몸집도 자그만 것이 수틀리는 일이 있으면 마구마구 덤비는데, 진저리가 쳐졌다.

'에휴~ 이게 무슨 박복한 팔자란 말인가?'

진태는 저절로 한숨이 나왔다.

저녁 메뉴를 준희가 좋아하는 것으로 결정한 세 사람은 평소 자주 찾는 버섯전골집으로 갔다. 냄비가 넘치도록 가득 담겨 나온 버섯이 익기가 무섭게 홀랑홀랑 집어먹는 준희를 두고 진태가 화장실로 오라는 눈빛을 준만에게 보냈다. 준만이 살짝 고개를 끄덕이고 슬그머니 일어나 먼저 화장실로 갔다. 곧이어 진태마저 일어서자 준희가 먹던 것을 멈추고 말했다.

"너도 화장실 가냐?"

"어? 어어……."

"더러븐 놈들. 꼭 먹을 때 화장실을 가야겠냐?"

"급한 걸 어쩌냐?"

"왔을 때 니들 몫이 다 없어졌다고 뭐라 하지 마라."

버섯을 유난히 좋아하는 준희가 눈에 빛을 내며 말하는 모습이 퍽 귀여웠다. 이럴 때는 꼭 막내동생처럼 귀여운 준희였다. 진태는 앉아 있는 그녀의 머리를 헝클어뜨렸다.

"자식, 넌 어째 먹을 때만 귀엽냐?"

"흥. 남이사!"

"그래. 내 몫까지 배터지게 먹어라. 이 오라버니는 잠시 뒷간에 다녀오마."

먹느라 자신의 뒷말은 잘라먹은 준희를 한 번 쳐다본 후, 진태는 서둘러 화장실로 갔다. 준만이 담배를 피우며 기다리고 있었다.

"무슨 일이야?"

준만이 반쯤 피운 담배를 화장실 바닥에 버리고 발로 비벼 끄며 물었다.

"한 얼 교수님이 오신다."

"뭐? 언제?"

"보름 후. 그때 우리 결혼 진행하신대."

"갑자기 이게 웬 날벼락이냐?"

"그러게 말이다. 준희가 이 사실을 알면 미친 듯 날뛸 텐데…….
나 무섭다, 준만아."

"야……, 나두 무서워."

덩치는 산처럼 큰 두 남자가 벌벌 떨며 자그만 여자를 쳐다봤지
만 여자는 곧 무슨 일이 생길지 까맣게 모른 채 버섯 먹기에 집중
하고 있었다.

"으아……, 오늘도 거의 다 끝나가는구나."

준만이 크게 기지개를 켜며 말을 했다.

"그러네. 여름이라 해가 부쩍 길어졌어."

준희는 그리고 있던 도안에서 눈을 떼지 않고 말했다. 샘플용으로
만들 옷의 본을 뜨는 지루한 작업이긴 하지만 마감일이 얼마 남지
않아 정신이 없었다.

"잘 돼가냐? 오늘 중으로 끝낼 수 있겠어?"

"글쎄, 오늘 중으로 끝내는 건 좀 무리겠다."

"쉬어가면서 해. 차라리 우리 내일 아침 일찍 올까? 너무 더워서
맥주 생각이 간절하다."

푹 숙이고 있던 고개를 바짝 든 준희가 꿈속을 헤매는 듯한 눈빛
으로 허공을 쳐다보며 뇌까렸다.

"아, 맥주! 머리까지 찡하게 차가운 맥주, 구운 소시지랑 버섯이랑
먹으면 짱 맛있는 맥주. 아, 맥주……. 진짜 그럴까?"

"그래, 그러자. 진태 불러서 오늘 한 잔 꺾자."

"힛! 좋아!!"

준만은 말을 마치기가 무섭게 책상을 정리하는 준희의 얼굴을 내려다보았다. 걱정거리라곤 하나 없는 얼굴로 밝게 웃고 있었다. 준희의 정신은 벌써 호프집에 가 있는 듯했다.

속 타는 진태와 그의 마음을 알 리 없는 준희의 얼굴을 보니 저절로 한숨이 나왔다. 아마 진태는 자신보다 더하리라. 불쌍한 놈. 어쩌다가 이 고집쟁이 부녀에게 걸려가지고…….

준희도 한고집하지만 그 고집은 아버지인 한 얼 교수님한테 이어받은 것이었다. 부녀가 어찌나 고집이 센지 보통 어머님이 가운데서 중재를 하는데 이번 경우만큼은 어머님도 교수님 편을 드실 게 자명한 일이라 심통 난 준희가 어디로 튈지 정말 걱정이 되었다.

진태는 벌써 하루가 지났는데도 한 얼 교수님이 오신다는 얘기는 꺼내지도 못하고 있었다. 결혼 문제도 문제지만, 그 뒤에 준희에게 시달릴 것을 생각하면 한시라도 빨리 이야기해주는 것이 좋을 테지만 그 사이 결혼에서 벗어날 요량으로 무슨 일이든 벌이고 남을 한 준희여서 말하는 것이 쉽지 않았다. 그놈의 입장에서야 한 얼 교수님이 오시는 그 순간까지 말하지 않고 싶으리라. 아니 교수님의 일정이 바뀌고 바뀌기를 바라겠지. 일찍 얘기하든 늦게 얘기하든 진태에게 좋은 것은 하나도 없었다.

'에이 모르겠다. 내가 결혼하나? 진태놈이 하지. 나가기나 하자!'

머리에 쥐나도록 생각하던 준만은 설레설레 고개를 흔들었다. 이렇게 자기 혼자 고민한다고 해서 해결될 차원의 문제가 아니었다.

"참. 준만아, 내가 이 얘기했던가?"

퇴근시간이 되고 엘리베이터에 오르며 준희가 말했다.

"엉? 무슨 얘기?"

진태에게 전화하려 꺼내든 준만의 핸드폰이 허공에서 멈췄다.

"나…… 맘에 드는 남자 생겼다."

"뭐?"

준만은 반사적으로 핸드폰을 꽉 쥐었다. 놀라 떨어뜨리지 않은 것이 다행이었다. 산 지 보름도 안 된 비싼 기종의 핸드폰이었다. 놀라 한 톤 높아진 준만의 목소리가 두 사람뿐인 엘리베이터 안에서 메아리쳤다.

'아니, 교수님의 명을 받고 한시도 안 떨어져 있었는데 남자는 또 어느새 만나? 혹시 회사 사람인가?'

준만은 멍하니 준희의 얼굴을 쳐다보았다.

다른 때보다 눈빛이 초롱초롱한 데다 살짝 볼이 붉은 것도 같아 보이는 것이 정말 남자를 만나긴 만난 모양이었다. 고3 졸업을 며칠 앞두고 있었을 때 진태의 방에서 준희를 처음 본 후로 이런 모습은 처음이었다.

대학 입시로 부모님과 싸운 후, 홧김에 군대 자원서에 이름을 쓰고 나서 친구 진태의 집에 갔을 때 처음 준희를 봤다. 유명한 여고의 교복을 입고 진태 앞에서 핑그르르 도는 모습이 준만이 본 준희의 첫 모습이었다. 검은 긴 생머리에 티끌 하나 없는 하얀 피부와 붉은 입술 그리고 무엇보다 인상적이었던 까만 눈동자.

솔직히 말해, 그때 심장이 두근거렸었다. 살짝 치켜 뜬 눈으로 자신을 바라봤을 땐 숨이 멎는 것 같기도 했다. 하지만 그녀가 진태가 입에 달고 살던 준희라는 것을 알았을 때는 그런 마음이 순식간에 사라졌다. 친구의 약혼녀라는 타이틀도 있었지만 그동안 진태가 그녀에게 당한 것들을 세세히 들어왔던 것이었다.

세상에 둘도 없는 사고뭉치에 제멋대로 고집불통. 그게 준만이 진태에게 들어서 알고 있는 준희였다.

진태를 통해 소개받았을 때 준희가 준만에게 했던 말을 생각하면 지금도 입이 벌어졌다. 작은 것이 얼마나 건방지던지 그때는 머리통을 한 대 때려주고 싶었다.

"진태 친구면 진태랑 똑같이 대할 거야."

언제 봤다고 반말인가? 섬세한 성격의 소유자라고 자부하던 자신인데도 발끈했었다. 3살이나 어린것이 반말을 막 하는데도 진태는 바보같이 허허 웃기만 했었다. 나중에 이유를 듣고 고개를 끄덕였지만 그게 전부가 아니었다.

진태한테 들은 이유로는 초등학교 때까지 정규교육을 받아본 적이 없을 뿐더러 해외에서 지내느라 존댓말을 잘 배우지 못했다는 것이었다. 그래도 처음 봤을 때보다 많이 나아졌다고 했었는데 준만은 보고야 말았던 것이었다. 서툴러서 잘 못한다던 여자애가 진태의 부모님께는 존칭을 쓰다 못해 능수능란하게 사용하는 모습을 말이다. 벙찐 모습으로 서 있던 자신을 바라보며 싱긋 웃음 짓던 그 순간부터 자신이 준희의 밥이 되고 말았음을 깨닫는 준만이었다.

그랬던, 정말 뻔뻔함의 표상이라고 믿어 의심치 않았던, 그래서 생전가야 붉어진 얼굴 한 번 보지 못할 거라고 여겼던 준희가 지금 남자 이야기를 하며 얼굴을 붉히고 있었던 것이다. 준만은 믿을 수가 없었다. 뻔뻔함의 표상인 한준희가 얼굴을 붉히다니……, 해가 서쪽에서 뜰 일이었다.

"뭐? 남자? 야, 한준희. 나하고 진태가 매일 거의 24시간 네 옆에 꽉 붙어 있었는데, 네가 남자 만날 시간이 어디 있었다고."

준만의 핀잔 섞인 말투에 준희가 준만을 빤히 쳐다보았다. 사실,

준만은 준희가 이런 식으로 쳐다볼 때 가장 뜨끔했다.

"그 말은 조금 웃기다. 다른 사람들이 들으면 내가 뭐, 니들말고 는 친구도 없는 줄 알겠다?"

역시 준만의 말투가 준희의 심기를 건드린 모양이었다.

"아, 아니……. 뭐, 아니지. 한준희 인기 많지. 너 남자 많은 거 누구보다 잘 알지."

"흥!"

"야, 말이야 바른 말이라고, 내가 그동안 너한테 접근하는 남자들 처리하느라 좀 힘들었냐? 너야 없는 게 아니라 안 만드는 거지. 안 그러냐 준희야?"

계속되는 준만의 아부성 강한 말에 기분이 풀린 준희가 꿈꾸는 눈동자로 말했다.

"준만아, 나 연애할까봐……."

"엉?"

준희의 입에서 나온 말이 정말 연애가 맞는지 의심스러웠다. 하지 만 준희의 저 표정을 보건대 사실인 모양이었다.

'맘에 드는 남자가 생겼다더니 그럼 그 말이 정말이었단 말야?'

준만은 이 경악할 만한 사건을 어떻게 해석해야 할지 감이 잡히 지 않았다. 혹시 교수님이 오신다는 소식을 알고 있는 게 아닐까 의 심해보았지만 그러기엔 평상시와 다를 것이 하나도 없는 준희였다. 그렇다면 정말 한준희의 하트에 화살을 꽂은 남자가 나타났다는 얘 긴데……. 한 얼 교수가 준희와 진태의 결혼을 서두르려는 마당에 이게 좋은 징조인지 나쁜 징조인지 헷갈렸다.

'아니지. 이건 좋은 징조야. 진태랑 준희는 서로 결혼 상대자로 눈 곱만치도 생각하지 않는 마당에 준희의 마음에 드는 남자가 나타났다는 건 그만큼 준희의 결혼이 현실적으로 돼가는 건데. 그럼 진태는 약혼의 마수에서 벗어나고, 교수님은 딸 걱정에서 벗어나고…….
생각하면 생각할수록 좋은 징조잖아!'

준만은 잘 돌아가지 않는 머리에 열심히 기름칠까지 해가며 이리저리 생각해보더니 준희의 연애 사건이 나쁘지 않다고 결론을 내렸다.

"그래. 연애해라!"

"엉?"

"연애하라고. 네 나이가 몇인데 연애도 한 번 못해봤다는 건 좀 그렇지. 그리고 어차피 너, 진태랑 결혼할 것도 아니잖냐. 내가 진태 불쌍해서 못 본다. 그놈의 자식, 부모님 때문에 손가락에서 반지도 못 빼고 그 덕에 연애도 못한다."

"흠……."

"너나 진태나 서로를 위해서 각자 연애할 수 있는 기회가 오면 하는 것도 나쁘지 않은 거지."

본래대로라면 연애라는 준희의 말에 펄쩍 뛰었을 준만이었지만 상황이 다급해진 이상 뭔가 한 얼 교수를 설득시킬 상황이 필요했다. 그런 거라면 준희의 건전한 이성교제만큼 적격인 게 어디 있겠는가? 준만은 속으로 자신의 생각에 으쓱해했다.

"그런가? 하긴 내가 진태한테 너무 미안하긴 해."

"그런데 남자는 어디서 만난 거야?"

"어제, 회사 엘리베이터 안에서 만났는데 변호사래."

"회사? 그럼 우리 회사 사람이란 말야?"

"아니. 그건 아닌 것 같아. 우리 회사엔 변호사 팀이 없잖아."

"그렇긴 하지. 그럼 고문 변호사단인가? 그리고 또?"

"나도 자세히는 몰라. 그냥 이름하고 직업 그리고 서른이라는 것밖엔."

오호라, 서른. 딱 적령기라 준만은 생긋 웃었다. 그런데 겨우 아는 게 그것뿐?

"뭐? 야, 꼴랑 그거 알면서 맘에 든다고 한 거냐? 겨우 한 번 만나놓고?"

아무리 준희의 연애를 응원하는 입장이지만 무턱대고 한 번 본 남자 가지고 맘에 드네 마네 하는 준희가 기가 차 준만은 혀를 찼다.

"원래 남녀 사이는 처음 본 3분에 의해서 좌지우지된댄다. 남자든 여자든 상대방이랑 사귈 건지 아닌지는 그 3분 안에 결정을 한다는 거야. 첫 번째 엘리베이터에서 5분, 두 번째 엘리베이터에서 5분. 도합 10분이면 마음을 결정하는 데 필요한 시간의 3배하고도 남는다. 게다가 두 번이나 봤어. 30분 차를 두고 본 거지만 말야."

"아무리 그래도 처음 본 사람인데 너무 하지 않냐?"

준만은 준희의 이상한 논리에 넘어가지 않으려 버팅겼다.

"어차피 세상 사람들 다 처음 본 사람들이랑 인간관계를 맺고 이성관계를 맺어. 인간관계를 맺는 시간이 짧으면 어때? 그리고 인간관계랑 이성관계랑 틀린 건 또 뭐냐? 어차피 3분 안에 다 결정은 났는데 뭐 하러 피곤하게 내숭떨고, 아닌 척하고, 빙빙 돌려 말하냐? 사람이 오래 살아봤자 100년이야. 그 짧은 시간에 내숭떠는 건 시간 낭비라고 생각하지 않냐?"

"그래, 그래. 네 말이 다 맞다. 들어보니까 조건은 괜찮은 사람 같다. 그렇다고 해서 너무 앞서가지는 말고. 천천히 연애해봐라."

준만은 오늘도 역시 준희의 말도 안 되는 논리에 치를 떨며 단호하게 말했다.

그런 준만의 모습에 피식 웃으며 준희는 한성을 떠올렸다. 처음 엘리베이터 안에서 보았을 때의 벙찐 표정과 자신의 말에 생긋 웃는 모습까지, 왠지 좋은 느낌이었다. 뭐, 어차피 연애니 뭐니도 다 한성이 자신에게 연락을 해왔을 경우에 한해서지만 말이다.

땡!

1층에 도착했음을 알리는 경쾌한 벨소리가 들려왔다. 두 사람은 시시콜콜한 이야기에 웃으며 로비를 지나 따가운 여름햇살이 내리쬐는 바깥으로 나갔다. 그리고 그때 준희의 뒤통수를 향해 그녀를 부르는 소리가 들려왔다.

"어이, 23살 한준희 씨."

한성의 목소리에 준희의 고개가 획 돌아갔다.

"어……."

회사 건물 입구를 지나 앞마당 양쪽으로 쭉 늘어서 있는 기둥들 중 하나에 기대어 있던 한성이 성큼성큼 준희와 준만을 향해 걸어왔다. 처음엔 만면에 미소를 띄우고 있었지만 점점 둘 사이의 거리가 좁혀질수록 한성이 표정이 어두워져갔다.

"옆은 남자친구?"

한성의 목소리가 낮은 톤으로 울렸다. 말은 준희를 향해 했지만 시선은 준만에게서 떼지 못하고 있었다. 준만은 경계하는 한성의 눈빛을 지긋이 참아내며 지지 않고 한성을 훑어보았다. 만난 지 하루도 되지 않아 자신들의 공주님을 흔든 남자가 어떤 사람인지 너무나 궁금했다.

"와아~ 이 변호사님, 또 뵙네요. 여긴 어쩐 일이세요?"

"아, 잠시 근처에 왔다가 한준희 씨를 볼까 했지. 옆에 친구는 소개시켜주지 않나?"

한성은 집요하게 준만의 존재를 캐물었다. 그제서야 준만과 한성이 서로 뚫어지게 쳐다보고 있음을 깨달은 준희는 두 사람에게 통성명을 시켜주었다.

"여긴 제 친구 김준만이고요, 이쪽은 이한성 변호사님."

"만나서 반갑습니다."

"아, 네. 저도 반갑습니다."

한성이 내미는 손을 힘줘서 꽉 잡으며 준만은 준희의 남자의 반응을 기다렸다. 중학교 때부터 웬만한 운동부 애들보다 덩치나 힘이 컸던 준만이라 악력이 굉장히 센 편이었다.

움찔. 한성은 준만의 힘에 속으로 움찔댈 만큼 놀랐지만 풋내 나는 대학생 앞에서 약한 모습을 보일 수는 없는 일이었다. 게다가 여자 앞에서라면 더욱더. 속마음은 어떨지언정 한성은 여유만만한 모습에 얼굴에는 느긋한 미소까지 지으며 준만을 바라보았다.

"오늘 선약이 있었던 건가?"

"아니요. 약속까지는 아닙니다."

"그럼 내가 준희 좀 빌려가도 되겠지?"

"아, 물론이죠."

당사자인 준희는 열외된 채 남자들의 대화가 이어졌다. 그리고 한성은 자연스럽게 준희의 어깨에 손을 올려 그녀를 자신의 옆에 세우고 준만에게 살짝 고개를 숙여 인사하고 그녀를 이끌었다.

"어, 미안. 준만아. 나중에 통화하자. 정말 미안!"

한성과 함께 사라지는 준희의 뒷모습을 보며 준만의 눈이 초롱초롱하게 빛났다.

남자였다. 준희가 마음에 들어한 상대는 남자라는 느낌이 물씬 풍기는 사람이었다. 완성되어 있는 듯한 느낌. 자연스럽게 하대하고, 거기서 오는 위압감에 기분 나빠 할 새도 없었다. 준만은 설레설레 고개를 저었다. 오늘 진태를 만나 해야 할 이야기가 많았다.

"근데 이 변호사님. 정말 저 보러 오셨어요?"
"그래도 된다고 전화번호 가르쳐준 거 아닌가?"
"아니…… 뭐, 꼭 그런 건 아니지만."
마음에 드는 남자가 생긴 것도, 그런 상대에게 전화번호를 가르쳐준 것도 또 그 상대가 직접 그녀를 찾아온 경우가 없었던 준희로서는 처음 겪는 상황에 말을 우물거렸다.
그런 준희를 한성은 귀여워 죽겠다는 표정으로 보고 있었다. 자신의 어깨 높이 정도밖에 오지 않는 작은 키도 그랬지만 전체적으로 작고 호리호리해서 더욱 귀여운 느낌이었다.
'허참……, 귀여운 건 내 스타일이 아닌데 말야…….'
한성은 속으로 혀를 차며 준희를 위해 차 앞문을 열어주었다. 생전 남자하고 데이트 한 번 해본 적 없는 준희였지만 남자가 차 문을 열어주는 게 당연한 듯이 한성이 열어준 차 문 안으로 쏙 들어갔다.
"식사는 아직이겠지?"
차에 올라 시동을 걸며 한성이 말했다.
"네."
"뭐, 먹고 싶은 거 있어?"
"그다지 특별히는 없는데요?"
"그럼 내가 아는 곳이 있는데 제법 괜찮은 데야. 원래 식사하는 곳은 아닌데 사장이랑 친해서 간단히 요기할 수 있을 거야."

한성은 가볍게 미소지으며 능숙하게 차를 몰았다. 한성의 차가 목적지를 향해 열심히 달리는 동안 차 안에는 잠시 침묵이 흘렀다. 두 사람 다 혼자만의 생각에 빠져 헤어나올 줄을 몰랐다.

준희는 운전하는 한성을 힐끔 쳐다보았다. 자기가 전화번호를 가르쳐주긴 했지만 이렇게 빨리 연락을 해올지 몰랐다. 사실 충동적으로 전화번호를 가르쳐준 것을 내심 후회하고 있는 차였다. 연락이 안 오면 얼마나 창피한 일인가? 그리고 자신이 너무 가볍게 보인 것은 아닌가 걱정도 되었다. 하지만 오늘 한성이 그녀의 이름을 불렀을 때 준희는 전화번호를 가르쳐주길 잘했다고 생각했다.

따가운 여름햇살 아래 웃는 한성이 너무나 상쾌해 보였다. 그런 한성을 보며 자기도 모르게 활짝 웃을 수 있었다. 준희는 한성이 좋았다. 그녀의 인생에서 처음 만난 남성이라고 할 수 있었다.

한성은 한성 나름대로 준희를 훔쳐보고 있었다. 무슨 생각에 그렇게나 빠져 있는 건지 앞만 골똘히 쳐다보며 아무 말도 하지 않는 준희는 본래 나이보다 더 어려 보였다. 처음 보았을 때처럼. 고등학생이라고 해도 믿을 만큼 작고 귀여운 준희. 하지만 한성이 이제껏 만나온 여자들은 하나같이 어른스럽고 지적인 스타일이었다.

쉽게 말해 준희가 시트콤에 나오는 여대생 같은 스타일이라면 한성이 지금껏 만나온 여자들은 9시 뉴스데스크의 아나운서 같은 스타일이었다. 그렇게 엄청나게 차이가 남에도 불구하고 준희만 보면 그저 좋았다. 자신이 봐도 스스로가 한심하게 보일 정도로 말이다.

바로 어제 준희를 처음 보았을 뿐인데 하루종일 초조하게 준희의 전화번호를 눌렀다 말았다를 반복하고, 찾아갈까 말까를 수백 번, 수천 번 고민하다가 기어코 준희의 회사 앞으로 오고야 말았다.

마음에 드는 여자가 있으면 천천히 그녀가, 자신이 쳐놓은 그물 안으로 들어오기를 기다리며 시간이 얼마나 걸리든, 얼마든지 기다릴 수 있는 초인적인 인내심의 소유자가 바로 한성 자신이었다. 그런데 고작 하루를 참지 못하고 이렇게 얼간이처럼 온 것이었다. 준희의 모습이 보일 때까지 고민하고 있던 한성이었지만 그녀의 곁에 다른 남자가 서 있는 것을 보자 1초도 참지 못하고 그녀의 이름을 불렀던 것이다. 그 알 수 없는 소유욕이라니! 한숨이 절로 나왔다.

그래도 좋았다. 한 번쯤은 이런 감정도 좋았다. 흔들리고 초조하지만 상대방을 보면 그 마음이 단숨에 사라지고 오직 그 사람만 보이는 그런 감정. 그 감정은 생전 처음이었지만, 그 상대가 준희라면 나쁘지 않았다.

나란히 앉은 두 사람의 머릿속에 각자의 생각이 날아다닌 동안 차는 목적지에 다다랐다.

"어때?"

창가에 자리를 잡은 한성이 준희를 향해 물었다.

"음…… 좋은데요? 단골들이 많은 바인가봐요?"

"아. 이곳이 조금 특이한 곳이야. 금방 익숙해질걸?"

한성은 매일 보던 광경이라 대수롭지 않게 말했지만 준희는 굉장히 신기했다. 높다란 빌딩 입구에 J&G 로펌이라고 써 있는 글자를 보고 잠깐 의아해했지만 곧 패션 잡지에서 연인과 함께 가기 좋은 곳이라고 J&G 로펌 빌딩 스카이라운지에 있는 Bar ICent을 소개해준 기사가 기억났다.

그때는 특별히 연인이라고 부를 수 있는 사람도 없었기 때문에 나중에 진태의 사법고시가 끝나면 와야겠다고 생각했었는데 한성과 처음 오게 되니 말로 할 수 없는 이상한 기분이었다. 처음을 같이 한다는 게 이렇게 특별한 의미가 되는 줄은 몰랐다. 이런 게 여자친구들이 호들갑 떨며 말하던 연애의 감정이라는 것이었나보았다.

준희는 괜히 웃음이 나왔다. 한성의 얼굴을 올려다보며 준희가 싱긋 웃자 한성도 따라 웃었다. 한성의류 근처에도 괜찮은 바가 많았지만 굳이 이곳까지 준희를 데려온 것은 Bar ICent의 힘을 빌리고 싶었기 때문이었다.

Bar ICent은 연인들에게 마법을 주는 곳이었다. Bar ICent의 가족 같은 분위기 속에 있다 보면 어느새 서먹서먹함은 사라지고 웃고 떠드는 사이에 초보 연인들은 자연스럽게 그 이상의 단계로 발전해 있기 때문이었다. 사람들은 그것을 'Bar ICent의 마법'이라고 불렀다. 한성은 그런 것을 믿는 것은 아니지만 어쨌든 준희와의 관계가 발전하는 데 티끌만큼이라도 도움이 된다면 그것으로도 족하다고 생각했다.

"그래도 꽤 괜찮은 곳이야. 몇몇 잡지에도 소개되기도 했고."

"응, 잡지에 소개된 거 저도 읽어봤어요. 나중에 친구들과 한 번 와보고 싶었는데."

"그래? 그럼 내가 최적의 데이트 장소를 골랐군. 친구들이 없으니 나로 만족해야 하는데 친구들보다 나은가?"

"글쎄요, 남자하고 단둘이 이런 데 와보기는 처음이라서요."

한성은 자연스럽게 준희의 의자를 뒤로 빼주고 그녀에게서 가방을 건네 받아 빈 의자에 내려놓았다.

"그렇게 안 보이는데?"

"헤헤, 제가 보기보단 곱게 자랐거든요."

준희는 한성을 보며 배시시 웃었다. 준희의 웃음은 왠지 전염성이 있는 듯했다. 전혀 웃음이 나오는 상황이 아닌데도 그녀의 웃는 모습만 보면 절로 기분이 좋아져 자신도 모르게 따라 웃게 됐다.

한성은 살풋 웃음을 흘리며 웨이터에게 메뉴판을 받아 준희에게 전해주었다.

"술은 잘하는 편인가?"

"그냥, 분위기에 맞춰서 그때그때 달라요. 그래도 칵테일 종류는 많이 마셔보지 않아서 잘 모르겠네요."

"그래? 그럼 달콤한 것부터 마셔보는 게 어때? 아, 집안 어르신들이 엄해서 통금시간 같은 거 있는 건 아니지?"

"네. 부모님이 두 분 다 해외에 계셔서 혼자 자취해요."

"좋아, 집에 늦게 들어가는 거에 대한 부담은 없는 거네? 그럼 약한 것부터 시작해서 점점 알코올 도수를 높여보는 게 어때?"

"괜찮은 생각 같네요. 이 변호사님이 하나 골라주실래요?"

"그럴까? 뭐가 좋으려나?"

어려운 수학 문제라도 푸는 듯 한성은 메뉴판에 집중했고, 준희는 물을 천천히 들이켜며 그런 한성을 웃음 짓는 눈빛으로 쳐다보았다.

처음 갖는 데이트 비슷한 자리인데도 한성은 마치 10년은 사귄 연인들처럼 소소한 것 하나까지 챙겨주었고, 준희는 그런 것이 당연한 듯 너무나 자연스럽게 한성의 보살핌을 받아들이고 있었다.

적당히 요기를 하고 웨이터를 불러 칵테일을 주문하는 동안 두 사람은 점점 더 친해져갔다. 옷차림만 본다면 전혀 상반된 모습을 하고 있었지만 두 사람의 취향이나 사고관은 많은 부분에서 일치했다. 그래서인지 대화는 물 흐르듯 술술 이어졌다. 좋아하는 영화의 장르라든가 좋아하는 작가 등 공통된 관심사가 일치하니 상대방이 더욱 친근하게 느껴지고 좋아하는 감정은 새록새록 피어올랐다.

그때 그들의 테이블로 칵테일이 두 잔이 날라졌다.

"주문하신 블루하와이입니다."

웨이터는 테이블 위에 조심스레 술잔을 내려놓으며 말했다. 달콤한 향기에 여러 가지 과일로 모양을 낸 새파란 액체가 투명한 유리잔 안에서 찰랑거렸다. 현재까지는 아무도 시키지 않은 메뉴였다. 웨이터는 이 어울리지 않는 듯 어울리는 기묘한 커플이 선샤인 징크스의 주인공이 되기를 바랐다. 서로 다른 두 사람이 하나가 될 수 있는 방법에 사랑만큼 좋은 것이 없으니까. 하지만 웨이터는 아무 말도 하지 않고 그저 묵묵히 준희와 한성이 앉아 있는 테이블을 떠났다.

웨이터의 바람을 아는지 모르는지 서먹하게 앉아 있던 두 사람은 칵테일로 가볍게 건배를 했다. 칵테일이라고 해도 술은 술. 술이 들어가자 두 사람의 대화가 점점 무르익어갔다.

Bar ICent는 벽 전체가 통유리로 돼 있어 서울 시내의 야경뿐만 아니라 서울을 둘러싼 산자락에 해가 지는 모습까지 볼 수 있었다.

시대가 척박해질수록 사람들이 가지고 있는 아련한 향수는 더욱 짙어지는 법이라 Bar ICent에는 두 남녀가 지는 햇살을 맞으며 함께 칵테일을 마시면 영원한 사랑을 하게 된다는 로맨틱한 징크스가 있었다. 물론 그 칵테일이 그날 Bar ICent에서 주문을 받는 그 수많은 칵테일 중 단 두 잔만 시켜진 칵테일이어야만 한다는 전제 조항이 붙기는 하지만 영원한 사랑을 위한 두 잔의 특별한 칵테일이라는 말 자체로도 충분히 로맨틱하지 않은가? 어쨌건 그런 이유로 오늘도 Bar ICent에는 이른 시간임에도 불구하고 많은 연인들로 북적이고 있었다.

그곳, 사랑이 넘실거리며 그 향을 발하는 Bar ICent에서 두 남녀가 짙은 커피 빛 칵테일이 넘실거리는 유리잔을 마주했다. 진회색 베르사체 슈트에 청색 타이를 메고 얇은 은테 안경을 쓴 한성과 찢어진 청바지에 자잘한 꽃무늬가 프린트된 반소매 남방에 밝은 빨강 니트 조끼를 걸친 준희는 무척 대조되어 보여 많은 연인들이 있었음에도 불구하고 사람들의 시선을 끌었다. 하지만 두 사람은 이 넓은 바 안에 단둘만 존재하는 듯 서로에게서 눈을 떼지 않고 있었다.

아~, 얼마나 가슴 설레는 장면이란 말인가? 대조되는 두 남녀가 서로 지그시 바라보며 같이 지는 햇살을 받는 모습이란! 보는 이로 하여금 저절로 연애하고 싶다는 마음이 들게 하는 저 커플이 아마 영원한 사랑의 주인공이 아닐까? Bar ICent에 모인 많은 사람들이 수군거렸다. 하지만 달콤하다 못해 녹아내릴 듯한 시선으로 서로를 바라보고 있는 두 사람의 입에서 나온 말을 들으면 다들 뒤로 까무러칠 것이다.

"나는 결혼에는 별 관심 없는데……."

"나도 연애만 하고 싶어. 결혼은 싫어요."

"결혼과 동시에 수반되는 의무와 책임은 감당하기 어렵지."

"아무래도 여자는 결혼을 하면 포기해야 할 게 너무 많아요. 결혼이란 제도는 인간이 만든 최악의 불합리한 제도예요."

"흠……. 나도 준희의 생각에 전적으로 동감이야."

"이 변호사님……."

"준희야……."

준희와 한성은 서로의 눈동자를 바라보았다. 그 눈동자에는 자신의 모습이 고스란히 들어 있었다. 상대방의 눈동자에 비치는 자신의 모습을 보는 것은 퍽 좋은 기분이었다. 게다가 이렇게 마음이 잘 통하는 사람이라면……. 마치 롤러코스터가 클라이맥스로 천천히 향하는 그 순간처럼 두 사람의 심장이 무섭게 두근거렸다.

"우리 한번 사귀어볼래요?"

여자의 경우

기분대로라면 하늘 끝까지 뛰어오를 수 있을 것 같았다. 준희는 자꾸만 새어나오는 웃음소리를 참느라 죽을 맛이었다. 집에서라면 벽이 울릴 정도로 큰 소리로 웃겠지만 지금처럼 길 한복판에서는 곤란했다. 그렇지 않아도 사람들이 이상한 시선으로 준희를 보고 있었다. 준희는 한시바삐 집으로 가 시원하게 웃는 것이 가장 좋은 방법이라고 결론을 내리고 날 듯이 집을 향해 달려갔다.

그런데 집에 다다랐을 무렵 건물의 그림자 속에서 불쑥 시커먼 물체가 튀어나왔다.

"엄마야~!"

"나야. 놀랐니?"

진태가 집 앞에서 준희를 기다리고 있었다.

"준희야, 잠깐 얘기 좀 해."

"뭐야? 너 여기서 계속 기다린 거야? 안에서 기다리고 있지. 열쇠 잃어버렸어?"

준희는 진태네 집에서 5분 정도 떨어진 거리에 있는 원룸에서 살고 있었다. 고등학교 때까지 진태의 집에서 하숙을 했었지만 대학 입학과 동시에 자신의 삶이 필요하다고 부모님을 설득해 원룸에서 자취를 하게 되었다. 자취라고 해봤자 쌀이니 반찬이니 다 진태의 어머니가 날라줬기 때문에 아직도 진태 부모의 그늘 아래 있는 것이나 마찬가지였다.

준희의 눈에 진태의 발치에 가득 쌓인 담배꽁초가 들어왔다. 담배를 잘 피우지 않는 진태인데 발 밑에 수북히 꽁초가 쌓인 것을 보니 뭔가 심각한 일이 터진 모양이었다. 사법고시 패스 후 입사 지원을 했다더니 뭔가 잘못된 것 같았다. 정확히 회사의 명칭은 알지 못했지만 진태가 꽤나 열을 올렸던 곳이었다. 진태는 입사에서 고배를 마셨는데 자신은 연애를 한다고 들떠 있었던 것이 미안하게 느껴졌다.

"왜 그래? 무슨 일이야?"

걱정으로 가득 찬 준희의 눈동자를 보며 진태는 어떻게 말을 꺼내야 할지 난감했다. 일이 끝나자마자 달려온 준만이 자기네 집에 돌아간 지 불과 한 시간이었다.

숨이 차도록 달려온 준만이 아무도 듣지 않는지 주위를 살핀 후에 말했다. 천하의 새침떼기에다가 남자 보기를 돌같이 보던 한준희가 연애를 시작했다는 것이었다. 그것도 아주 좋아서 죽을라고 한다는 말에 처음엔 농담인 줄 알았다. 하지만 정색을 하고 말하는 준만의 얼굴을 보니 농담은 아닌 듯 싶었다. 그때 진태는 자신의 삶에 한줄기 서광이 비치는 것만 같았다. 드디어 한씨 부녀의 밀고 당기는 줄다리기 속에서 벗어나는 것이었다.

한씨 일가가 그의 집으로 이사 오던 어린시절 그때부터 지금까지의 일이 주마등처럼 스쳐 지나갔다. 처음에는 귀여운 여동생 같은 아이가 생겨서 기뻐했었지만 그 천사 같던 아이가 사실은 악마 뺨치는 고집불통에 장난꾸러기라는 것을 깨닫는 데는 그리 오랜 시간이 걸리지 않았다. 하지만 어린 진태가 준희의 손아귀에 떨어지기는 충분한 시간이었다. 그때부터 준희의 꼬붕이 된 진태는 그녀의 손가락질 하나에, 그녀의 아버지의 눈초리 하나에 바람처럼 끌려 다녀야 했다. 그리고 그 수난의 세월이 이제야 끝나려 하고 있었다.

진태는 뛸 듯이 기뻤지만 한 가지 고비가 남아 있었다. 준희에게 아버지가 온다는 걸 알려야 한다는 것, 게다가 이번에야말로 무슨 일이 있어도 자신들을 결혼시키려고 단단히 마음을 먹으셨다는 걸 말해야 했다. 이것만 준희에게 말하면 이제 완벽한 자유였다.

준희의 원룸으로 올라간 두 사람은 너무나 자연스럽게 자신의 자리에 가서 앉았다. 준희는 책상 옆의 작은 소파, 진태는 침대 위. 누가 정해놓은 것도 아닌데 항상 그렇게 앉아오고 있었다.

"오늘은 어디 갔다 온 거야?"

진태는 쉽게 말을 꺼내지 못하고 화제를 다른 것으로 돌렸다. 준희에게, 아버지가 온다는 사실을 알리는 두려움도 있었지만 진태도 준희의 남자가 궁금하기는 마찬가지였다.

"아아, 데이트…… 준만이가 안 일러바쳤어? 두 사람 맨날 붙어 다니면서."

"크크크, 안 그래도 한 시간 전에 갔어. 너 돌아올 때까지 기다려서 얘기 듣고 간다고 그랬는데 네가 너무 늦게 오니까 그냥 가버렸다."

"으응. 헤헤헤, 대빵 좋았어."

"뭐했었어?"

"저번에 우리, 잡지 보면서 가보자고 했던 바에 갔었다!"

"뭐? 치사해!! 나 입사하면 같이 가기로 했잖아!"

"미안. 나도 얼떨결에 가게 돼서……."

"그래서 좋았어?"

"응, 대빵 좋더라. 인테리어가 예술이야. 사방이 완전 유리야. 멀리 있는 산까지 다 보여."

"아니, 그거 말고 데이트."

"아아. 헤헤헤헤헤헤."

"뭐야, 얘가 왜 이렇게 느끼하게 웃어?"

"데이트는 짜~앙!! 좋았습니다!"

"어떻게?"

"음…… 암튼 정말 좋았어. 다른 말로는 좀 설명하기 그러네."

"하여튼 신기한 일이야. 남자라면 거들떠도 안 보던 한준희가 한순간에 이렇게 될 줄이야."

"그러게 말이다. 참, 근데 진태야, 나 약혼자 있다는 거 말해야 돼?"

준희가 주머니에서 약혼반지를 꺼내 침대 옆 탁자에 아무렇게나 던져놓으며 한 말이었다.

"그걸 왜 말해? 미쳤어?"

진태는 함부로 나돌려지는 반지에는 아랑곳하지 않고 쯧쯧 혀를 끌며 욕실로 걸어가는 준희의 뒤통수에 대고 말했다.

"한준희. 똑부러지는 것 같다가도 가끔 보면 되게 웃긴단 말야. 아무리 네 사고방식이 세상과 동떨어져 있어도 어떻게 연애하는 남자한테 약혼한다는 말이 나오냐?"

48

"아니. 처음부터 속이는 듯한 느낌은 싫어서 말야. 아, 나 잠깐 씻고 나서 얘기하자."

욕실에서 들려오는 요란한 물소리를 들으며 진태는 어떻게 말을 해야 준희가 덜 날뛸까 고민을 했다. 지금 처음 하는 연애사에 홀딱 빠져서 기분 좋은 상태에 있는 준희에게 얘기를 하는 것이 여러모로 좋을 것 같다는 생각이 들었다. 아무래도 기분이 좋으면 상대방에게 너그러워지는 법이니까.

'참나, 어째 양쪽으로 이용당하는 내가 제일 조마조마한 기분을 느껴야 하느냐고. 정말 못해먹겠네!'

"휴우."

문득 한씨 부녀에게 시달리는 자신의 신세가 한탄스러워서 진태의 입에서 한숨이 크게 나왔다.

"뭐야? 그렇게 심각한 일이야?"

"으응?"

"나한테 할 말 있어서 오래 기다린 거 아냐? 뭐야, 심각한 일이야?"

"하여튼. 둔팅이 한준희, 이럴 때만 눈치가 칼이지."

어차피 주사위는 던져졌다. 던져진 주사위가 바닥에 도착하기까지 남은 시간은 오직 13일뿐. 준희도 알고 있어야 하는 사실, 빨리 말하면 말할수록 상황이 유리하게 돌아갈 거라고 판단한 진태는 숨을 크게 들이마신 후 입을 뗐다.

"야……. 너네 아버지 오신대."

"뭐?"

"한 얼 교수님 들어오신다고."

준희가 벌떡 소파에서 일어났다.

"뭐? 언제? 난 그런 연락 못 받았어."

"보……보름, 아니 정확히 13일 후."

"뭐어? 이상하다. 왜 나한테는 연락 없으셨지?"

준희는 한국에 들어오면서 딸인 자신에겐 연락이 없었던 부모에게 의아한 생각이 들었다. 조심스런 눈빛으로 자신의 반응을 살피는 진태는 눈에 들어오지 않았다. 부모님이 한국에 들어오시는 걸 몰랐던 것도 그렇지만 입국 날짜가 얼마 남지 않았다는 사실에 놀랐다.

'별말 없으셨는데 갑자기 왜 들어오시는 거지?'

순간적으로 준희는 자신이 모르는 무언가가 있다는 것을 알았다. 그리고 그 사실은 바로 권진태 놈이 알렷다? 준희가 매섭게 치켜뜬 눈으로 자신을 째려보자 진태는 자신도 모르게 부르르 몸서리쳤다. 한겨울인 것처럼 소름이 돋았다.

"뭐야?"

"뭐, 뭐가……."

"네가 알고 있는 것."

침대에 앉아 있는 진태 앞에 서서 팔을 허리에 척 올리고 다리를 벌린 전투적인 자세로 서 있는 준희는 거짓말이 나올 경우 철저히 응징하겠다는 분위기를 팍팍 풍기고 있었다. 지금은 뱃속을 뒤집어서라도 있는 것을 다 까발려야 할 때라고 진태의 본능이 속삭였다.

자신도 준희와 결혼한다는 것은 꿈속에서도 상상하지 않았던 일이고, 그렇다고 해서 준희가 반발심으로 아무나 만나고 다니는 것을 볼 수 없어 전전긍긍하던 찰나에 그녀에게 애인이라고 부를 만한 남자가 생겼으니 정말 다행인 일이었다.

"교수님께서 이번엔 정말로 결혼을 시킬 의향이신가봐. 어떻게 하나?"

"정~말 내가 아버지 땜에 미치겠다니까."

준희는 진태 옆에 뒤로 벌러덩 누워버렸다. 진태는 눈을 감고 한숨을 쉬는 준희을 내려다보며 말했다.

"뭐…… 교수님 입장에서는 그러실 수도 있지. 어쩌다 한 번씩 한국에 들어오는데 딸 걱정이 안 되시겠냐? 그렇다고 해서 한 교수님께서 연구를 중단하실 입장도 못 되시잖아. 그러니 한시라도 빨리 무남독녀 고명딸의 짝을 찾아주는 게 아무래도 안심이 되시겠지."

진태의 말에 준희가 눈을 번쩍 떠 그를 쳐다봤다. 진태는 자신도 모르게 침을 삼켰다. 준희의 눈동자엔 불가사의한 힘이 있는 듯했다. 그녀의 눈동자가 자신을 똑바로 쳐다보면 꼼짝할 수 없었다.

"그래서?"

"어어…… 엉?"

"그래서 지금 이대로 결혼하자고?"

준희의 눈동자에 팔려 있던 정신이 번쩍 드는 순간이었다.

"미쳤어!! 내가 너랑 결혼하게!!"

진태의 격렬한 반응에 준희가 빙긋 웃었다.

"나도 마찬가지야. 너하고 내가 섹스 한다는 생각만 해도 끔찍하다, 야."

준희의 거침없는 말에 진태의 볼이 달아오르는 것 같았다. 어째 여자라는 것이 저렇게 부끄러움도 없이 저런 말을 입에 막 담을 수 있을까? 하지만…….

"푸하하하하."

"하하하하."

두 사람은 크게 웃어버렸다. 친남매 이상으로 가깝게 지내온 사이였다. 아니 두 사람은 남매지간이나 다름없었다. 마음씨 착한 오빠에 말썽쟁이 여동생. 그렇게 지내온 세월이 20년을 바라보는 즈음에서 둘 다 홀딱 벗고 같은 침대에 있다는 생각만 해도 웃음이 터져 나왔다. 하늘이 두 쪽이 나도 벌어지지 않을 일이었다.

"그치? 생각만 해도……."

너무 웃어서 눈물이 그렁그렁한 눈동자로 말하던 준희가 갑자기 입을 다물었다. 한 가지 생각이 번개처럼 머릿속을 확 스치고 지나갔다.

'그래! 바로 그거야. 섹스!! 내가 왜 그 생각을 못했지? 아무리 고집쟁이 아버지라도 설마 딴 남자랑 잔 딸을 진태한테 떠넘기시겠어? 그래. 이 어줍잖은 약혼에서 벗어나고 당당한 독신생활을 시작하는 거얏!'

벌써부터 디자이너가 되어 패션쇼를 기획하고 있는 자신의 모습이 눈앞에 아른거렸다. 아무것도 꺼릴 것 없는 만족스러운 독신생활. 준희의 이상향이었다.

'어차피 성인남녀가 사귀게 되면 다 그렇고 그런 관계로 발전하는 법이야. 어차피 하는 거, 미리 앞당겨서 한다고 해서 달라질 것은 없잖아?'

준희가 눈동자를 반짝거리며 생각에 잠겨 있자 진태의 마음에 걱정스러움이 슬그머니 고개를 들었다. 무슨 일을 내도 단단히 낼 것 같은 조짐이었지만, 그 일이 무슨 일인지 차마 두려워 아무 말도 하지 못했다. 그저 준희가 그 애인이라는 사람과 결혼할 마음이 들기를 창밖의 별을 보며 빌고 또 빌었다.

"바로 그거다. 내가 그냥 우리 이 변호사님이랑 콱 자버려야지. 설마 딴 남자랑 자버렸다는데 우리 아버지도 너랑 결혼하라는 말씀은 못하시겠지."

진태의 입이 떡 벌어졌다. 입을 다물 생각도 못하고 경악에 찬 눈길로 준희를 쳐다보았다. 그리고 한 번도 준희를 향해 큰 소리 쳐본 적 없던 진태의 입에서 어마어마한 고함이 터져 나왔다.

"야!! 너 미쳤어? 안 돼, 안 돼, 안 된다고!! 나 한 교수님한테 죽는 꼴 보고 싶어서 그래? 너 정신 나갔어? 이제 얼마나 본 사람이라고 덜컥 그런 마음을 먹냐? 네가 그렇게 충동적이고 무모하니까 한 교수님이 네 걱정을 하시는 거지. 얘가, 얘가 정말 미쳤어. 미쳤어도 단단히 미쳤어. 한준희. 나는 반대다. 네 오빠로서 말하는데 나는 분명히 반대다. 반대야!!"

너무 격렬한 진태의 반대에 놀란 준희의 눈이 동그래졌다. 그 동그래진 눈이 조금 웃고 있는 것도 같았다. 진태와 알고 지낸 지 거의 20여 년이 다 되어간다. 그동안 아무리 싫어도 큰 소리 한 번 내지 않았던 진태였다. 워낙에 여린 성격이기도 했지만, 유독 준희에게만은 그저 허허거리는 사람이었다.

그랬던 진태가 지금 준희에게 진심으로 화를 내고 있었다. 그런 진태를 보며 준희는 묘한 기분이 들었다. 맨날 이래도 흥, 저래도 흥이었던 진태여서 오빠라는 느낌은 한 번도 받아보지 못했었다. 아니 도리어 내성적이고 소심했던 진태를 머리끝부터 발끝까지 관리해준 사람이 자신이 아니던가? 그런데 이렇게 자신의 일에 펄펄 뛰며 단호하게 안 된다고 하는 진태를 보니 그래도 역시 오빠구나 하는 느낌에 왠지 가슴 한 켠이 뭉클해졌다.

"헤헤헤."

"어쭈? 한준희, 웃음이 나오시지?"

"헤헤헤. 나 걱정하는 거야? 으이구, 우리 귀여운 진태!"

준희는 단정하게 빗겨져 있던 진태의 머리를 사정없이 헝클어뜨렸다. 귀여워 죽겠다는 눈빛이었다.

"안 돼. 이렇게 설렁설렁 넘어갈 생각 일절도 하지 마, 한준희."

"크크크. 그럼 너 나랑 결혼할 거야?"

"미쳤냐?"

"거봐. 이 방법뿐이야. 좋아하는 사람이 생겼다는데 너랑 결혼하라고 하시겠어?"

"아마, 그 사람이랑 결혼하라고 독촉하시겠지."

"흠. 그건 안 되는데……."

"야, 안 될 건 또 뭐냐? 듣자 하니 그 사람 결혼할 나이라며. 네가 좋고, 그 사람도 좋으면 결혼하는 거지. 세상 모든 연인들이 다 그렇게 결혼하는 거야."

"안 돼. 이 변호사님이랑 나는 그냥 연애만 하기로 했단 말야. 우리 만남에 '결혼 배제'가 전제적인 조건이란 말이지."

"뭐?"

진태는 기가 찼다. 준희도 준희지만 상대편 남자도 어지간히 특이한 사람인 모양이었다. 보통 호감 있는 여자한테 그런 말은 못하는 법이었다. 결혼할 마음이 없는 여자라 할지라도 자신의 남자의 신부감이 못 된다는 말을 듣고 좋아할 여자가 어디 있겠는가? 그런 말을 듣고도 아무렇지도 않은 준희나, 뻔뻔스럽게 그런 말을 잘도 하는 그 남자나 결코 평범하지는 않았다.

'어휴, 어찌 보면 천생연분인가보다. 참내.'

"으아아~! 세상에 왜 결혼이라는 불합리한 제도가 있는 거야! 내가 정말 미쳐!!"

준희는 머리를 쥐어뜯으며 침대 위를 뒹굴뒹굴 굴러다녔다. 그런 준희를 피해 의자로 옮겨 앉은 진태의 눈빛은 '저거, 미쳤지' 하는 눈빛이었다.

"어쨌거나 그런 생각은 꿈도 꾸지 말아라. 한 교수님이 너 그 남자랑 몸까지 섞은 거 아시면 당장 결혼식장으로 끌고 가실 테니……."

진태의 심각한 충고를 들은 준희는 고민하기 시작했다. 생각에 잠겨 작은 원룸을 한없이 빙글빙글 돌다가 철푸덕 바닥에 앉아 괜히 방바닥을 손톱으로 긁어대다가 이제는 아예 바닥에 누워 이리 뒹굴, 저리 뒹굴 하고 있었다. 준희의 그 모든 작태를 쳐다보고 있던 진태는 '쯧쯧, 젊은 나이에……' 하는 눈빛을 지을 뿐이었다.

'참나, 고민도 희한하게 한다. 그래도 흐흐, 한준희. 고민 좀 해라. 네 23살 인생, 어지간히도 지 마음대로 해왔는데 이번만큼은 쉽지 않을 것이다.'

왠지 고소한 생각이 들었다. 한준희가 23년 인생 동안 제 마음대로 할 때마다 제일 곤혹스러웠던 게 다름 아닌 진태 자신이었기 때문이었다. 준희가 혹여 무슨 험한 일이라도 당할까 하는 걱정에 조마조마했고, 어른들께서는 진태에게 직접적으로 뭐라 하시지는 않았지만 그 눈빛들이…… 으으으. 진저리가 쳐졌다. 아무튼 준희의 고집이 진태에게는 곧 괴로움이었다. 그런데 지금 이러지도 저러지도 못하고 고민하는 준희의 모습에 그동안 묵은 체증이 내려가는 듯했다.

진태는 실실 새어나오는 웃음을 막고 주방으로 다가갔다. 저녁부터 준희의 집 앞에서 기다리느라 배가 출출했다.

"아! 그럼 이러면 어떨까?"

"응, 말해봐라."

진태는 여전히 머리를 냉장고 안에 처박고 무심히 말했다.

"우리 이 변호사님 얘기는 빼놓으면 되지. 내가 다른 남자를 만났었다. 그래서 그 남자랑 깊은 관계까지 갔지만 뭐, 성격 차이 때문에 헤어졌다. 여기서 중요한 건 내가 그 남자랑 몸을 섞었다는 거다. 히히히히. 암튼 그런 마당인데 나 뻔뻔스럽게 진태한테 시집 못 간다. 요거지. ㅎㅎㅎㅎ. 그리고 나서 나는 우리 이 변호사님이랑 룰루랄라 즐거운 만남을 지속하는 거야. 흐흐, 어떠냐? 완벽한 생각 아니니?"

"헹! 교수님이 그 말을 잘도 믿으시겠다. 당장 너 데리고 병원 가서 처녀인지 아닌지 검사하실걸? 야, 너는 어쩜 너희 아버진데도 그렇게 모르냐?"

"칫, 하여튼 우리 아버지도 대단하셔."

"뭐가, 내가 보기엔 너나 너희 아버지나 막상막하고만."

진태의 말은 귓등으로 듣고 준희는 계획을 꼼꼼히 재정비했다. 아무래도 처녀성이 문제가 됐다. 말도 안 되는 일이었지만 아버지는 자신의 손을 끌고 병원에 가고도 남았다. 정말 특이한 아버지였다. 아무리 딸이 걱정이 돼도 그렇지 조금의 자유도 허락되지 않았다. 그렇다고 해서 꽉 잡혀 지낼 그녀도 아니었지만 말이다.

"됐어. 너는 이제부터 가만히 있어. 그냥 내가 다 알아서 할 테니까. 너는 앉아서 굿이나 보고 떡이나 먹으라고. 나는 우리 이 변호사님과의 불 같은 연애를 위해 이 상황을 타계하고야 말 테니!"

준희는 짐짓 비장하게 말했지만 진태는 속으로 코웃음을 칠 뿐이었다.

'참나, 벌써부터 우리냐? 지가 언제부터 그 사람을 만났다고. 참나.'

고개를 설레설레 저으며 진태는 냉장고 앞을 벗어났다.

"어휴, 나도 모르겠다. 나중에 그 불똥이 다 나한테 튀지나 않게 해라."

여자들이 수다가 많다는 것은 다 거짓말이다. 남자들의 수다야말로 귀가 따가울 지경이었다. 무슨 그리 할 말이 많은지 한시도 입을 쉬지 않고 말하는 진태를 보며 준희는 웃을 수밖에 없었다. 준희와 진태는 그동안 서로 바빠 나누지 못했던 얘기를 하느라 거의 밤을 새우고 있었다.

저 수다쟁이 소심남이 학교에서 제일가는 인기인이라는 게 믿어지지 않았지만 그건 엄연한 사실이었다. 진태는 웬만한 연예인 저리 가라 할 만큼 학교 내에서 압도적인 지지를 받으며 킹카로 군림하고 있었다. 잘생기고 스타일 좋고 능력 좋고 게다가 성격까지 좋은 멋진 남자가 바로 그녀의 명목상 약혼자 권진태였다.

준희는 진태를 보며 흐뭇한 미소를 지었다. 진태는 자신이 만들어낸 최고의 창조물이나 다름없었다. 헤어스타일부터 시작해서 양말까지 자신이 꼼꼼히 다 체크하고 계산해서 스타일링을 했다.

어릴 적 어리버리했던 진태를 아이들이 괴롭히는 것을 본 후부터 준희는 진태를 자신처럼 과감하고 당당하고 주눅 들지 않는 강한 남자로 완전히 바꾸어놓기로 결심을 했다. 자기는 괴롭혀도 되지만 남들이 괴롭히는 것을 용납할 수 없었던 어린 마음에서 나온 것이긴 하지만 진태를 준희가 바라는 그런 강한 남자로 바꾸기는 결단코 말하건대, 불가능한 일이었다. 애초에 태생이 틀려먹었다. 고양이라도 돼야 사자 울음소리를 가르치지, 빨간 눈으로 부들부들 떠는 토끼에서 사자 울음소리는 절대 무리였다.

그래서 준희가 생각한 것이 아이들이 함부로 덤비지 못하도록 외모라도 완벽하게 꾸며놓자는 거였다. 원래 여자아이들이야 왕자님처럼 생긴 남자한테 껌뻑 죽는 법이니까. 게다가 왕자처럼 럭셔리해 보이는 사람은 같은 남자라도 범접하기 어려운 분위기를 풍기니까.

그래도 신은 공평했는지 진태는 제법 괜찮은 외모를 가지고 있었다. 하얀 피부에 적당히 살집이 붙은 몸, 그리고 여자를 보호해주기에 모자람이 없는 키. 쇼핑 다니기를 질색하는 진태의 목덜미를 끌고 다니며 그의 옷장을 완벽하게 바꾸어놨다.

아침마다 하루도 빼먹지 않고 날씨를 체크하고 유행하는 색과 스타일을 체크하고 상황과 시간에 맞는 옷차림을 골라줬다. 여자애들한테는 어떻게 행동해야 하며, 남자들이 시비를 걸어올 때는 어떻게 행동해야 하는지도 꼼꼼히 가르쳤다. 그렇게 하기를 어언 10여 년. 그 결과 모든 면에서 완벽한 — 적어도 남들이 볼 때엔 — 남자 권진태가 태어난 것이다.

그렇게 어릴 때부터 진태를 병아리 품듯 돌보았으니 준희 눈에 진태가 남자로 보일 리 없었다. 그럼에도 불구하고 준희가 진태와 약혼을 한 이유는 '독립'이라는 거창한 이유가 있었다. 손가락에 약혼반지를 끼기 전엔 진태네 집에서 한 발자국도 못 내보낸다는 한얼 교수의 엄한 말에 준희가 한 수 접고 들어간 것이다. 어차피 약혼은 약혼일 뿐 결혼은 아니지 않은가?

그래도 만만했던 진태를 들들 볶아 약혼자로 아버지 앞에 내세웠다. 웬만하면 모두 준희의 손을 들어주는 진태의 반발이 예상외로 컸지만, 시시때때로 계속되는 고문과 다름없는 괴롭힘에 금방 손을 들고 울며 겨자 먹기 식으로 약혼반지를 꼈던 것이었다. 나중에 진태에게 사랑하는 사람이 생기면 두 말 않고 반지를 빼버린다는 조건 하에서였다. 그리고 어릴 적부터 다정다감하고 착한 진태를 — 사실 진태처럼 어리버리한 아이가 아니고서는 누가 말괄량이에 제멋대로 인 딸을 데려가겠는가? 하는 마음의 작용이 더 컸다 — 마음에 두 고 있었던 한 얼 교수도 단번에 오케이했다. 그렇게 해서 준희는 지 금 이 한가로운 독립생활을 할 수 있었는데 그것도 얼마 남지 않았 다.

계속되는 진태의 얘기를 들으면서도 준희의 다른 쪽 두뇌는 이 난관을 헤쳐나갈 방법을 강구하느라 일사불란하게 돌아가고 있었다. 샛별이 뜨는 것을 보고서야 자리에서 일어난 진태를 배웅한 준희는 졸립기도 하련만 여전히 쌩쌩했다. 부모님을 피할 방도를 찾아낸 이 상, 그리고 부모님의 귀국이 얼마 남지 않은 이상, 독립생활을 쟁취 해내기 위한 전쟁에서 승리할 방법은 속전속결이었다.

한가득 뜨거운 물을 받아놓은 욕조에 몸을 푹 담근 준희는 한성 을 떠올렸다. 준희에겐 누군가를 이성(異性)적으로 좋아한다는 감정 이 매우 낯설었다.

넓은 만주 벌판에서 자라난 준희는 굉장히 독립적인 성격이었다. 상황도 그랬지만, 누군가에게 도움을 청한다거나 기대는 일은 그녀의 천성에도 맞지 않았고 그러한 일도 잘 이해할 수 없었다. 자신이 할 수 있는 일은 자기가 하면 되지 굳이 남에게 부탁할 이유가 없다는 것이 준희의 지론이었다.

하지만 연애라는 것이 무엇인가? 누군가에게 기대고 싶다는 마음 에서 연애는 시작되는 것이다. 아무리 상대방의 사생활을 존중해주는 연애라 할지라도 항상 서로 맞닿아 있는 부분이 있기 마련이다. 두 근거림이 연애의 시작이라면 계속해서 상대방의 감정을 배려하고, 그 러한 과정에서 자신도 상대방의 배려를 받고 편안함을 찾는 것이 진 정한 연애였다. 때문에 독립적인 성격의 준희로선 연애라는 감정은 불필요한 요소가 너무 많아 피곤할 거라 생각해왔다. 그런 그녀에게 누군가로 인해 자신의 심장이 이렇게 빨리 뛸 수도 있다는 사실은 정말 놀라운 사실이었다. 게다가 한술 더 떠서 준희는 자신의 그런 상태가 꽤 마음에 들었다.

오랫동안 욕실에서 시간을 보낸 후 몸에 달랑 타월 하나를 걸치고 나온 준희는 벽에 걸린 시계를 쳐다보았다. 아직 7시도 되지 않은 시간이었다. 시간은 충분했다. 한성을 만나러 가기 전에 잠깐 눈이라도 붙일까 생각했지만 흥분이 되어 잠이 오지 않을 것 같았다. 게다가 괜히 잤다가 눈이라도 부으면 큰 일이었다.

준희는 자기도 모르게 콧노래를 흥얼거리며 원룸 안을 돌아다녔다. 화장대 앞에 앉은 준희는 거울을 통해 자기 자신과 눈을 마주했다. 준희의 까만 눈동자는 자신의 계획을 현실로 만든다는 흥분으로 반짝이고 있었다. 다른 사람이라면 모를 테지만 오래 알고 지낸 진태라면 단박에 눈치 채고도 남을 만큼 감정이 새었다. 결혼을 피하기 위해 남자를 유혹해 섹스를 해야 하는, 정말 말도 안 되는 상황을 자신이 즐기고 있는 것이었다.

준희는 설레설레 고개를 흔들고 조심스레 화장을 시작했다. 열어놓은 콤팩트는 거의 새것이나 다름없었다. 패션 디자인을 하고 있지만 자신을 꾸미는 일에는 무관심한 준희였다. 그저 옷만 입을 줄 알지 어울리는 화장을 한다거나 헤어스타일에 신경을 쓰는 일은 없었다. 학생이기도 하고, 또 일을 할 땐 가장 편안한 옷차림을 해야 좋은 결과가 나온다고 생각했다. 사실 하이힐 신고 사무실에서 창고로, 창고에서 사무실로 돌아다닐 순 없는 일이었다. 하지만 지금 남자를 유혹하기 위해 화장솔을 붙잡았다.

준희의 까만 눈동자에서 비장감마저 느껴지는 듯했다. 파운데이션으로 피부를 정돈시키고 가벼운 파우더를 묻혔다. 건강해 보이도록 볼에는 복숭아 빛 볼터치를 살짝 바르고, 코가 반듯해 보이라고 콧날을 따라 피부 톤보다 밝은 파우더로 붓질을 했다. 펄이 든 아이섀도를 펴 바르고 조심스레 길다란 속눈썹을 붙이고, 까만 아이라이너로 눈매를 한층 더 또렷하게 만들었다. 눈 화장을 끝마친 준희는 시험삼아 눈을 깜빡여봤다. 길다란 속눈썹이 깜빡이는 게 굉장히 어색하고 눈이 무거웠다. 하지만 도톰한 입술에 글로시한 빨간 립글로스를 덧바르니 굉장히 섹시해 보였다.

빨간색의 커다란 꽃이 여기저기 프린트되어 있는 원피스를 입고 작은 키가 커버될 수 있도록 높은 하이힐을 신었다. 머리는 하나로 틀어 올렸지만 자연스럽게 몇 가닥을 흘러내리게 하는 것도 잊지 않았다. 전신 거울 앞에 서서 꼼꼼히 옷차림을 체크하던 준희는 옷장으로 걸어가 앙증맞은 하얀 볼레로를 하나 꺼냈다. 슬립형 원피스 위에 걸치니 화려함과 귀여움이 적절히 조화되어 굉장히 여성스러워 보였다.

아무리 여장부 같은 성격의 준희일지라도 거울 속 자신이 예전과 달리 보인다는 것이 마음에 들었다. 준희의 얼굴에 예쁘장한 미소가 절로 지어졌다. 한성에게도 자신이 이렇게 예쁘게 보일 거라고 생각하니 그녀의 미소는 더욱 커졌다.

준희는 한쪽에 챙겨놓은 작은 나무 토트백을 들고 문밖으로 향했다. 자신이 연애라는 것을 하고 싶은 마음이 들게 한 남자, 생각하는 것만으로도 가슴이 뛰고 저절로 미소가 지어지는 남자, 오늘 밤 기필코 유혹하고 말 남자. 그 남자, 이한성을 만나러 가는 준희의 발걸음은 가볍기만 했다.

토요일 근무는 따분하고 재미없다. 소송을 맡고 있을 경우에는 토요일이고 일요일이고 할 것 없이 눈코 뜰 새 없이 바쁘지만 그 외의 토요일은 정말 말 그대로 한산하다. 아무것도 하지 않는 토요일은 시간이 왜 그리 더디게 가던지……. 퇴근시간까지 시간이 달팽이 기듯 그렇게 느리게 간다. 그나마 다음 달부터 주 5일 근무제를 실시한다니 다행이었다.

한성은 의자에 푹 기대며 하품을 했다. 다섯 개나 되는 일간지도 모두 읽었고, 한성의류에서 봐달라는 국제협력에 관한 계약서도 모두 살펴본 후였다. 이렇다하게 할 일이 없어 애꿎은 시계만 노려보며 시간이 빨리 지나기를 기대하고 있었다. 퇴근시간까지는 아직 한 시간이나 남아 있었다.

오늘 오후에는 한영이 부부 그리고 사돈 어르신과 식사 약속이 있었다. 오랜만에 가족 모두가 모이는 자리라 집안 어른들의 기대가 대단했다. 사촌여동생의 임신 소식을 들은 후, 처음으로 그녀를 보는 자리라 한성도 기대되기는 마찬가지였다. 언제까지고 품안의 어린애일 줄 알았던 사촌여동생 한영이 창창한 오라버니들을 제치고 결혼한 것으로도 모자라 처음으로 부모가 된다니……, 한성은 한영과 꼭 닮은 여자아이가 태어나길 바라며 웃음을 지었다.

'이한영 주니어라…….'

부모를 일찍 여의었지만 씩씩하게 집안의 꽃으로 자란 한영은 한영재단의 보물이었다. 그런 그녀가 대명그룹의 젊은 오너에게 한눈에 반해 약혼을 고집했을 때는 집안 모두가 반대했었는데 ― 특히 한성은 절대적으로 반대 입장이었다 ― 요즘 그 두 사람이 알콩달콩 잘 사는 모습을 보면서 한영재단의 삼형제도 결혼이라는 것에 대해 다시 한 번 생각하게 되었다. 특히 큰집의 한재, 한주 형제는 매일같이 결혼을 입에 달고 살 만큼 영향을 많이 받았다. 그런 두 형제를 보며 한성은 그저 쓴웃음을 지을 뿐이었다.

그에게 결혼이란 것은 거추장스러운 사회적 제도일 뿐이었다. 한성은 지금 이 상태가 좋았다. 언제나 의지가 되는 따뜻한 가족들, 도전의식을 자극하는 지금의 일, 현재 자신의 지위 그리고 시간이 남는다면 괜찮은 여자와의 적당한 데이트.

칵테일 잔을 들며 웃음기 가득한 표정으로 건배를 하던 준희가 떠오르자 자신도 모르게 미소가 지어졌다. 처음 엘리베이터에서 그녀를 보았을 때 두 사람의 관계가 이런 식으로, 그리고 이렇게나 빨리 발전하게 될 줄은 꿈에도 몰랐다. 처음 봤을 때 갈래머리의 여고생으로 봤으니……. 하지만 그때, 여고생으로 알고 있었던 그때부터 한성은 준희를 여자로 의식하고 있었다. 그런데 두 사람의 관계가 단 하루 만에 이렇게 급진전되니 과히 나쁜 기분은 아니었다.

저절로 콧노래가 나왔다. 오늘 오후에는 가족 모임이 있으니 내일 준희에게 전화를 걸어 데이트 신청을 해도 되겠지. 어쨌거나 우리는 어제부로 사귀기로 한 사이가 아니던가? 한성은 준희와 데이트를 할 기대감에 가슴이 설 다. 그동안 많은 여자들을 끊임없이 만나왔지만 이렇게 설레는 것은 정말 오랜만이었다. 준희를 통해서라면 모든 것이 특별하게 느껴졌다. 식상한 연애라는 말조차도 준희가 하니 굉장히 두근거리는 느낌이었다.

'우리 사귀어볼래요?'

작고 붉은 입술로 내뱉은 말이 그때 한성에게 더없이 유혹적으로 들렸다. 그리고 그 매력적인 입술이 자신의 입술에 닿고 그녀의 작은 혀가 자신의 입술을 부드럽게 핥고, 나는 그녀의 키스를 기꺼이 받아들이리라. 아니 그녀에게 보답을 해야겠지. 자신의 품에 작은 그녀를 안고 탐스러운 머리카락의 감촉을 음미하리라. 한성은 준희와 키스하는 상상에 흠뻑 빠져 사무실로 누가 들어오는지도 몰랐다.

똑, 똑, 똑

준희는 열린 문에 기대 노크를 했다. 의자에 기대앉아 있는 한성은 뭔가 골똘히 생각하고 있는 표정이었다. 그녀가 노크한 소리도 듣지 못한 것이 분명했다. 준희는 한성이 자신의 출현을 알아채기를 바라며 그의 모습을 천천히 쳐다보았다.

은색 안경을 쓰고 있는 그는 꽤 날카롭게 보인다. 은빛 안경테가 그에게 기가 막히게 잘 어울렸다. 준희는 한성처럼 안경이 잘 어울리는 남자는 보지 못했다. 안경이, 날렵한 그의 얼굴 옆선을 더욱 잘 살렸다. 날카로운 콧대부터 고집스럽게 보이는 입술 그리고 부드러운 턱 선까지⋯⋯. 준희 자신이 처음으로 연애를 하고 싶은 감정이 들게 한 남자는 정말 잘생겼다.

한성의 잘생긴 옆모습을 보면서 준희는 자신이 꽤 얼굴을 밝히는 게 아닌가 생각했다. 진태만 해도 주위 여자들이 한눈에 뻑 갈 정도로 잘생기지 않았던가? 그런 진태도 눈에 차지 않았던 준희였다.

하지만 진태와 한성, 두 사람 다 잘생기긴 했지만 두 사람에게서 풍기는 분위기는 천지 차이였다. 진태가 달콤한 솜사탕 같은 분위기라면, 한성은 오랫동안 숙성된 와인에서만 느낄 수 있는 깊이 있는 달콤함이었다. 그 달콤함에 반해 한 모금, 두 모금 마시다 보면 자신도 모르게 취해버리고 마는 오래된 와인⋯⋯.

한 5~6분이 지났을까? 여전히 그녀가 왔음을 알아채지 못하고 혼자만의 생각에 빠져 있는 한성을 보고 준희는 걸음을 옮겼다. 살짝살짝 그의 뒤로 걸어가 두 손으로 한성의 눈을 가렸다.

"누굴까요?"

여자의 따뜻한 입김이 귓가를 간질이자 온몸이 짜릿했다. 한성은 자신의 눈앞을 가리는 자그마한 손 그리고 귓가를 울리는 달콤한 목소리에 정신을 차릴 수 없었다. 이게 꿈인가도 싶었다. 준희를 생각하고 있던 그 순간에 그녀가 그의 앞에 섰다.

"후후후……, 웬일……!"

준희의 작은 손을 붙잡아 자신의 앞으로 끌던 한성은 말을 마칠 수 없었다. 눈앞에 서 있는 준희는 어제와는 전혀 다른 모습이었다. 그동안 보아왔던 캐주얼한 옷차림과는 천지 차이였다.

처음 준희를 엘리베이터에서 봤을 때 갈래머리를 풀면 더 예뻤을 거라는 생각처럼, 준희는 그 긴 머리를 풀고 그 앞에 서 있었다. 길고 긴 머리는 커다랗게 웨이브를 줘서 등에서 굽실거리고 있었고, 가냘픈 준희의 몸을 감싼 화려한 꽃무늬 원피스는 그녀의 몸을 더욱 강조해주었다. 준희는 활짝 핀 장미꽃처럼 달콤하고 유혹적인 향을 흘리고 있었다. 처음에 봤을 때처럼 어려 보이는 구석이 없었다. 자신이 왜 그렇게 느꼈을까 싶을 정도로 성숙한 여인이 되어 있었다. 나비가 허물을 벗고 찬란한 날개를 펄럭이듯 하룻밤 사이 소녀에서 여인이 된 준희는 지독하게 자극적이었다.

어안이 벙벙한 표정을 짓고 있는 한성을 보며 준희가 빙긋 웃었다. 그런 준희를 보며 한성은 작게 숨을 멈췄다. 맙소사! 미소짓는 준희는 너무 예뻤다.

"어…… 오늘 무슨 일 있어? 선머슴 같던 옷차림이 아니라……."

자신도 모르게 속마음이 그대로 나왔다. 이런 바보! 자신의 혀를 깨물고 싶은 심정이었다. 준희 앞에만 서면 냉철하고 이지적인 변호사는 사라지고 멍충이 같은 한성만 남는다.

"그래요? 어떠세요? 좀 예뻐 보이나요?"

여전히 유혹적인 미소를 지으며 준희가 물었다.

"응. 정말 예쁜데?"

"후후후. 다행이네요. 이 변호사님한테 잘 보이려고 신경 좀 썼거든요."

한성의 눈동자를 쳐다보며 준희가 말했다. 그녀의 눈동자에는 만족스런 기색이 묻어 있었다. 동서고금을 막론하고, 호감 있는 남자에게 자신이 매력적으로 보인다는 것은 여자의 우월감을 충족시켜준다. 준희의 눈꼬리가 더욱 가늘어졌다.

꼴까닥 한성의 목에서 침 넘어가는 소리가 들렸다. 준희의 미소는 한성에게 너무 큰 유혹이었다. 여자의 미소 하나에 자신이 이렇게 주체 못하고 흔들리게 될 줄 누가 알았겠나? 하지만 그만큼 준희의 미소엔 미소 그 이상의 것이 있었다. 남자의 마음을 설레게 하는 그 무엇이……. 게다가 자신에게 잘 보이기 위해 이렇게 차려입었다지 않은가? 우쭐한 기분이 한성의 가슴을 부풀어오르게 했다. 당장이라도 길가에 나가 지나가는 사람을 붙잡고 자랑하고 싶었다.

'저기 보이나요? 이 예쁜 여자가 저를 위해 이렇게 멋지게 차려입었답니다!!'

한성은 준희와 사귀기로 한 것이 정말 잘한 일이라고 생각했다. 이렇게 예쁜 미소가 다른 남자를 향한다고 생각하니 갑자기 기분이 나빠지는 게 자신이 준희를 꽤 많이 좋아하는 것 같았다. 이런 마음이 누군가를 소유하고 싶은 마음에서 나온다는 것을 한성은 잘 알고 있었다. 너무 성급한 듯한 감정이었지만 그래도 좋았다.

"아. 그런데 여긴 웬일이야?"

넋을 놓고 준희를 바라보던 한성은 가까스로 정신을 차리고 말했다. 준희는 자연스럽게 한성의 책상에 기대앉았다.

"주말이잖아요. 데이트하러 왔죠, 뭐."

"어? 안 되는데……. 오늘 가족끼리 식사 약속이 있는데……."

한성의 입에서 나온 말은 준희가 전혀 예상하지 못한 말이었다. 이렇게 되면 준희가 큰맘을 먹고 계획한 것이 다 허사가 된다. 자기도 모르게 준희의 이마가 살짝 찌푸려졌다.

그런 준희의 표정에 한성의 마음이 다급해졌다. 지금 이렇게 화창한 토요일 오후, 이렇게 예쁘게 차려입은 준희가 홀로 돌아다닌다면 다른 남자들이 그녀에게 접근할 것은 자명한 일이었다. 그렇다고 해서 가족들과 미리 한 약속을 취소할 수도 없고…….

"뭐, 선약이 있으시다니 어쩔 수 없네요."

준희는 조용히 말하며 살짝 시선을 아래로 흘렸다. 서운한 감정을 한성에게 알리고 싶지 않았다. 준희는 의도하지 않았지만 그런 그녀의 모습에 한성의 마음이 더더욱 다급해진 건 말할 나위도 없었다.

"가족끼리 식사야, 다음으로 미루면 되니까."

한성의 말에 준희는 자신도 모르게 고개를 획 들었다. 준희는 미처 몰랐겠지만 준희의 눈동자엔 반가움이 또렷하게 새겨져 있었다. 그런 준희의 눈동자를 보며 한성은 활짝 웃었다. 자신의 선택이 옳았음을 깨달았다. 임신한 사촌여동생이 궁금하긴 했지만 준희에게 실망감을 주고 싶진 않았다. 더욱이 이렇게 매력적으로 변한 준희를 뒤로하고 가족 모임에 가봤자 하나도 집중하지 못할 것이었다. 다 모여 있는 가족들에겐 조금 미안한 일이지만, 한성은 자리에서 벌떡 일어나 준희에게 손을 내밀었다.

"가실까요? 공주님?"

"우리 칙칙한 서울에 있지 말고 교외로 나가요!"

한성의 사무실에서 나와 엘리베이터에 올라타자마자 준희가 한성에게 던진 말이었다. 고등학생같이 풋풋한 준희의 표정에 왠지 한성의 마음 한구석에 편안한 기분이 들었다. 180도 달라진 준희의 모습을 보며 계속 어색하고 불편한 기분이 들었었는데 이제야 진짜 준희를 만난 것 같은 기분이 들었다. 조금 여유로운 기분이 들었다.

"어디 생각한 데라도?"

"아니요! 하루종일 이 변호사님이랑 있을 생각만 했지, 어디 갈지는 생각 안해봤어요."

준희가 방긋 웃더니 한성의 팔에 팔짱을 꼈다. 스스럼없는 준희의 행동에 놀란 한성이 우뚝 서서 그녀를 내려다보았다. 갑작스런 스킨십도 스킨십이었지만, 팔을 통해 느껴지는 뭉클한 가슴의 촉감에 정신을 차릴 수 없었다. 얇은 옷감을 통해 준희의 가슴이 고스란히 느껴졌다. 처음인데 접촉의 강도가 너무 센 것 같았다. 심장이 거세게 두근거리기 시작했다. 가슴이 막막해지면서 준희에게 키스하고 싶다는 생각이 머릿속을 날아다니기 시작했다.

"왜요? 제가 팔짱 끼는 게 싫으세요?"

"아……아니, 그게 아니라."

벌써 반쯤 팔짱을 푼 데다가 금방이라도 마저 풀 것 같은 준희의 어조에 한성이 강하게 부인했다. 사실 감촉이 너무너무 좋았다. 게다가 좀더 친밀해진 기분이 들어 더할 나위 없이 좋았다. 이대로 계속 있다간 어느 순간 꼭지가 돌아 준희의 입술을 맛볼지도 모르지만, 어쨌거나 지금은 너무 좋았다.

지하 주차장에 도착한 두 사람은 차 안에 올랐다. 한성은 안전벨트를 매고 액셀을 밟았다. 준희의 안전벨트를 매주고 싶었지만 그대로 키스해버릴까봐 꾹 참았다.

"괜찮으면 남한산성 쪽으로 나가볼까?"

"좋아요!"

목적지를 정하고 차가 달리기 시작했다. 갑작스런 스킨십에 미친 듯 설레는 한성과, 다른 꿍꿍이로 심장이 미치듯 뛰는 준희를 싣고 차는 쌩쌩 잘도 달렸다.

남자의 경우

한성과 준희는 남한산성을 둘러보고, 늦은 점심을 먹었다. 산나물이 유명한 한식집이었는데 밥을 먹고 있는 도중 주인이 서비스라며 작은 주전자에 과실주를 담아 내왔다.

한성은 운전해야 한다며 마다했지만 준희는 한 잔, 두 잔 잘도 마셨다. 딱 한 잔 마셨을 뿐인데도 빨갛게 달아오른 준희의 얼굴이 귀여워서 연거푸 따라 마시는 것을 그냥 내버려두었다. 얼굴만 빨개질 뿐 말도 똑바로 하고 이야기도 잘하는 걸 보니 술을 잘 마시나 하고 생각했다. 그러다 작은 주전자에 담긴 술이 반도 넘게 없어진 것을 보고서야 뒤늦게 말렸다. 그만 마시라고 말릴 때까지 계속 먹었으니 못해도 다섯 잔 이상은 마신 듯했다.

한성은 계속해서 괜찮냐고 물어왔지만 준희는 멀쩡했다. 술을 잘 마시는 편이 아닌데도 이상하게 마시면 마실수록 정신이 또렷해졌다.

난감했다. 술기운이 돌아야 그 김에 유혹이라는 것을 해볼 텐데 이렇게 정신이 멀쩡해서야 쑥스러워서 한성의 눈도 마주 볼 수 없을 것 같았다. 아무리 뻔뻔스러운 준희라 할지라도 남자를 정식으로 사귀어보는 것은 한성이 처음이었다. 게다가 굳이 유혹 같은 걸 하지 않아도 남자들이 따랐기 때문에 한성을 유혹해야 한다는 사실에 가슴이 답답했다.

힐끔힐끔 옆에 선 한성의 얼굴을 훔쳐보는 준희의 마음은 어떻게 하면 한성을 효과적으로 유혹할까 하는 생각만 가득 찼다. 한 얼 교수의 결혼 재촉에서 벗어나기 위해 한성과 하룻밤을 보낸다는 당초의 목표를 위해 유혹이라는 수단을 사용한 것인데, 목표는 뒷전으로 사라지고 수단이 목표가 되어버렸다. 하지만 준희는 아무래도 좋았다. 무엇이 목표가 되었든 결과는 마찬가지이고 그것과 다른, 뭔가 말로는 설명할 수 없는 어떤 기대감 같은 것이 준희의 마음을 재촉하고 있었기 때문이었다.

지금 이 좋은 감정을 넘어서서 더 친밀하고 달콤한 무언가가 있다고 준희의 본능이 속삭였다. 술에 취한 그녀의 본능은 그녀를 더욱더 지분질했다. 가볍게 맞잡은 손에서 느껴지는 온기를 온몸으로 느끼고 싶다는 생각이 들었다. 한성의 널찍한 품에 꼭 안겨보고도 싶었고 입술을 부딪혀보고도 싶었다. 욕구불만에 찬 서른 살의 노처녀처럼 준희의 애타는 마음이 점점 커져만 갔다. 하지만 그런 마음에 비해 준희는 돌같이 딱딱히 굳어 아무런 말도 못하고 그저 발만 동동 굴렀다.

돌아오는 차 안이었다. 결국 준희는 아무것도 못하고 차에 오르고 말았다. 한숨을 폭 쉬며 의자에 기대앉았다. 시간이 촉박한데, 아니 그런 걸 떠나서 한성과 키스하고 싶다는 생각이 머릿속에서 떠나지 않는데 시간은 벌써 밤을 향해 달리고 한성의 차도 집을 향해 달리고 있었다.

'어떻게 하지? 어떻게 해? 그냥 확 입술을 밀어붙일까? 자기도 남잔데 피하진 않겠지? 아니, 키스하고 싶다고 말해볼까?'

준희의 머릿속에 온갖 잡생각들이 활개를 치고 다녔다. 여름햇살이 차 안만 덥혀놓은 게 아니라 자신의 머릿속도 뜨겁게 데워놓은 것 같았다. 생각들이 머릿속을 휘젓고 있었다. 마음은 급한데 몸은 천근만근 무거웠다. 아까 마신 과일주의 취기가 이제야 도는지 정신을 집중할 수가 없었다. 볼이 화끈거리고 눈가가 뜨거웠다. 자세를 바로 하고 앉아 있는 것이 힘에 부쳤다.

준희는 자기도 모르게 시트에 깊숙이 기댔다. 한성의 차가 일정한 진동을 내며 속도를 붙이자 준희는 더 이상 생각하기를 멈추고 고개를 숙여 잠에 빠져들었다.

준희의 고개가 결국 픽 하고 떨어지자 한성은 작게 웃었다. 차에 타기 전부터 준희의 눈동자가 몽롱하게 풀려 있었기 때문이었다. 역시 혼자서 홀짝홀짝 마신 술에 취한 모양이었다. 몽롱한 눈빛으로 뭘 그렇게 생각하는지 차가 출발한 지 한참이 되었는데도 자기만의 세계에 골몰해 있는 모습이 퍽 귀여웠었다. 언제쯤 혼자만의 생각을 끝내고 자신에게 말을 걸어줄지 혼자서 가늠해보며 운전을 했다. 그런데 신호를 타느라 시선을 뗀 잠깐 동안 준희가 잠이 들어버린 것이었다.

한성은 1차선으로 차선을 바꾸어 달리다 갓길에 차를 세웠다. 옆으로 떨어진 준희의 고개가 아플까봐 자리를 잡아주기 위해서였다. 의자를 충분히 젖혀 편안한 자세를 잡아주었다. 한쪽으로 숙여진 고개도 바로 잡아주고 이마에 달라붙은 머리카락도 떼어주는데 갑자기 준희가 벌떡 일어났다. 한성은 깜짝 놀라 준희를 쳐다봤다. 두 사람의 시선이 마주쳤지만 준희는 여전히 잠에 취한 듯했다.

"어휴~ 차 안이 왜 이렇게 더워요!"

준희가 투정 부리듯 말하며 볼레로를 벗어 뒷좌석으로 던져버렸다. 그리고는 뒤로 젖혀진 의자가 침대라도 되는 양 이리 꿈틀, 저리 꿈틀 움직이더니 두 손을 배에다 곱게 얹고 다시 잠을 자기 시작했다.

어안이 벙벙한 얼굴로 준희를 바라보던 한성의 얼굴에 활짝 웃음기가 돌았다. 정말 귀여운 여자였다. 한성은 설레설레 고개를 흔들며 안전벨트를 느슨하게 매주었다. 그리고는 차를 출발시켰는데 자꾸만 시선이 준희의 봉긋한 가슴으로 향했다. 슬립형 원피스의 얇은 천이 그녀의 봉긋한 가슴을 가리기엔 모자란 듯 싶었다. 풍만한 가슴 골짜기가 살짝살짝 보였다. 생각해보니 안전벨트를 매줄 때 살짝 스친 것도 같았다.

한성은 넥타이를 느슨하게 풀었다. 갑자기 차 안의 온도가 급상승하는 느낌이었다. 덥다며 벗어놓은 볼레로를 살짝 덮어줄까 생각도 했지만 이대로 잠시, 조금만 더 그녀의 가슴을 훔쳐보고 싶은 마음이 더 컸다. 아니 손이라도 한 번 대보고 싶었다.

한성은 자기도 모르게 준희의 가슴을 향해 뻗고 있는 손을 초인적인 의지로 다시 운전대에 올려놓았다. 그리고 돌아가는 고개를 잡아 시선을 앞차에 고정시켰다. 정신일도!! 약해지는 마음을 다잡으며 운전에만 정신을 집중했다. 준희의 가슴에 정신을 빼앗기고 있다간 사고라도 낼 것 같았다.

어떻게 서울로 돌아왔는지도 모를 만큼 긴장상태에서 운전을 했다. 그래도 어쨌든, 한성과 준희를 태운 차는 무사히 서울에 도착했다. 날은 이미 많이 어둑어둑해졌다. 한성은 서울에 도착하고 나서야 준희를 깨웠다. 마음 같아서야 준희의 집 앞에 도착하고 나서 깨우고 싶었지만 평창동 어느 부근이라고만 알지 정확한 주소는 알지 못했다. 빨리 준희를 집에 데려다주지 않으면 그녀의 의지와 상관없이 호텔로 끌고 갈 것 같았다. 그래도 준희가 놀라지 않게 조심스레 깨우는 것을 잊지 않았다.

"준희야, 일어나봐. 집에 가야지!!"

"아함……. 여기가…… 어디예요?"

몇 번의 채근에야 빼꼼 실눈을 뜬 준희가 일어나 앉으며 하품을 했다.

"서울에 도착했는데……, 집으로 가려면 어떻게 가야 해?"

"네? 벌써 서울요?"

한성의 말에 정신이 번쩍 들었다. 좌우를 둘러보니 야경이 찬란한 도심의 한가운데를 달리고 있는 것이 맞았다. 자느라 시간이 이렇게 늦어진 줄 몰랐던 것이다.

'아직 아무것도 못했는데…….'

아버지가 귀국하려면 아직 열흘 정도 시간이 남아 있었지만, 왠지 지금은 그게 문제가 아니었다. 지금도 한성을 보면 미친 듯 두근거리는 자신의 심장을 달래줄 무언가가 필요했다. 대단한 결심을 하고 왔는데 지금 그냥 들어가게 되면 앞으로 그를 유혹하는 게 더욱 어려울 것 같았다. 마음을 단단히 먹은 지금이 가장 좋은 때인 것 같았다. 그때 차 창밖으로 호텔의 커다란 상호가 보였다. 순간 보물 상자를 발견한 기분이었다. 앞뒤 잴 것도 없었다. 이 밤이 지나면 이 기회도 사라지고, 다잡은 용기도 사라진다.

준희는 한성을 향해 여우 같은 웃음을 지으며 말했다.

"오늘 데이트의 마지막 코스는…… 호텔 바가 어떨까요?"

유난히 '호텔'이라는 단어를 강조하는 준희였다. 순간 한성의 심장이 쿵 하고 저 바닥으로 떨어졌다.

바에 오기엔 꽤 이른 시간이어서 사람들이 별로 없었다. 웨이터가 바의 중심으로 안내했지만 준희가 극구 구석 자리로 달라고 해서 창가의 맨 끝에 앉은 두 사람이었다. 창을 통해 야경이 한눈에 들어오는 곳이었지만 돌출된 기둥으로 인해 사람들의 시선에는 잘 띄지 않는, 정말 구석진 자리였다.

자리가 마음에 들었는지 준희의 얼굴에서 미소가 떠나지 않았다. 하지만 한성의 마음은 불안하게 두근거렸다. 시선이 차단된 곳이 불안했다. 자신이 어느 순간, 늑대로 돌변할지도 모른다는 생각이 한성의 머릿속을 어지럽게 날아다녔다.

준희는 착잡한 표정을 짓고 있는 한성을 대신해 최고급 와인을 주문했다. 뭐, 바라고 해서 칵테일만 마시라는 법이 있는가? 지금 자신의 기분과 같은 달콤한 와인이 마시고 싶었다.

간단한 안주거리와 함께 테이블이 세팅되었다. 마지막으로 웨이터가 와인의 코르크 마개를 제거하고 사라지자 두 사람의 숨소리만 테이블 위를 돌아다녔다. 준희는 한성을 보며 귀엽게 미소지었다. 어색하기도 했지만, 호텔을 선택한 자신이 기특해서였다. 바에서 적당히 술을 마시다보면 자연스레 객실로 올라갈 수 있을 것이다. 준희의 얼굴에 만족스런 기색이 만연했다.

하지만 준희와 반대로 한성의 얼굴엔 긴장한 기색이 역력했다. 평균대 위에서 위태위태하게 균형을 잡고 있는 기분이었다. 아차 하는 순간, 가차없이 바닥으로 떨어져버리는 평균대. 지금 한성은 이성과 욕구의 가는 평균대 위에서 방황하고 있었다. 순간 균형을 잃게 된다면 준희를 번쩍 안고 객실로 향할지도 모를 일이었다. 한성은 크게 한숨을 내쉬었다. 빨리 와인을 마셔버리고 이 자리에서 일어나는 것이 가장 좋은 방법 같았다. 자신의 잔과 준희의 잔에 넘치도록 투명한 와인을 가득 따랐다.

계속 불안해하며 안절부절못하는 한성을 보자 준희는 여유로운 마음이 들었다. 왠지 이번에는 정말 능숙하게 한성을 유혹할 수 있을 것 같았다.

준희는 한성이 들고 있는 와인글라스부터 천천히 손가락을 움직여 다가갔다. 뚫어지게 한성의 눈동자를 쳐다보며, 그의 입술이 닿았던 글라스의 가장자리를 천천히 쓰다듬었다. 준희는 쓰다듬어주길 바라는 고양이 같은 표정을 지었다. 그러다 살포시 눈을 감았다. 뭔가를 음미하는 듯한 준희의 표정에 한성은 입 안이 마르는 것을 느꼈다. 준희의 손가락이 와인글라스가 아니라 자신의 입술을 쓰다듬는 것 같았다. 입술이 바짝바짝 말라갔다.

천천히 글라스의 표면을 따라 내려온 준희의 손가락이 가볍게 한성의 손등을 스쳤다. 순간 찌르르 감전을 한 것처럼 짜릿한 기분이 들었다. 한성의 손가락 모양을 자신의 마음에 새기듯 천천히 움직이는 동안 계속 감겨 있는 준희의 눈을 보며 한성은 이대로 그녀에게 키스하면 어떤 기분일까 생각했다. 최면에 걸린 듯 멍하니 준희의 입술만 바라보았다. 그의 생각에 동조라도 하듯 빨갛고 도톰한 준희의 입술이 벌어져 하얀 치아가 살짝 보였다. 그 어떤 것보다 자극적이었다.

한성은 준희의 손가락 안에 갇힌 손을 빼내야 할지, 아니면 이대로 좀더 손가락이 주는 자극적인 감촉을 즐겨야 할지 결정을 내리지 못하고 있었다. 어떤 것을 선택한다 하더라도 후회할 것 같았다. 성급하게 그녀의 입술을 맛보고 싶지 않았지만 그렇다고 해서 이 아찔한 자극을 포기하고 싶지도 않았다.

준희가 깊은 잠이 든 것처럼 감겨 있던 눈을 반짝 떴다. 한성은 순간 깜짝 놀라 몸을 뒤로 뺐다. 하지만 손가락이 준희의 손아귀를 다 빠져나가기 전에 보드라운 손이 그의 검지손가락을 잡았다. 한성을 바라보는 준희의 눈동자는 별 하나 뜨지 않은 깜깜한 밤 빛과 같았다. 준희가 그 티끌 하나 없는 까만 눈동자로 자신을 바라보면 한성은 왠지 허공에 붕 떠 있는 느낌이 들었다. 어떤 감정도 흡수하고 마는 까만 눈동자가 진을 다 빼놓는 것 같았다.

문득 진한 키스를 나눈 후에도 이렇게 무심한 까만색일까 하는 생각을 했다. 그리고 자신이 한 생각에 흠칫 놀라며 머릿속에서 키스에 대한 생각을 털어버리려 노력했다. 하지만 준희의 까만 눈동자는 꼭 무언가를 말하는 것 같았다.

"지금 무슨 생각해?"

한성의 입에서 자기도 모르게 흘러나온 말이었다. 한성은 마른 목을 축이려 와인을 한 모금 마셨다.

"그냥, 내가 어떻게 유혹하면 이 변호사님이 저한테 넘어올까 생각하는 중이에요."

그 말에 한성은 입 안에 머금었던 와인이 뿜어져 나오는 듯했다.

"켁켁켁."

한성은 눈물이 비어져 나올 정도로 기침을 해댔다.

"괜찮아요? 어휴, 조심 좀 하시죠."

한성은 물잔을 건네며 걱정스런 눈빛으로 바라보는 준희를 쳐다보았다. 유혹이란 말을 천연덕스럽게 내뱉던 바로 그 표정이었다.

"흠흠흠. 유혹이라고?"

유리잔 안의 물을 다 마시고도 두세 번 더 목을 가다듬은 한성이 내뱉은 말이었다.

"아, 그거요?"

준희가 활짝 웃으며 대답했다.

참 이상한 일이었다. 눈앞의 여자가 웃으면 세상의 어떤 것도 눈에 들어오지 않는다. 그리고 그와 동시에 자신의 몸속에선 여자에 대한 소유욕이 치밀어 오른다. 자꾸만 욕심이 난다. 조바심이 난다. 여자의 웃음을 다른 테이블의 남자가 훔쳐볼까봐, 여자의 웃음이 갖는 강력한 힘이 자신이 아닌 다른 남자한테도 영향을 미칠까봐.

"흠흠. 그래, 그거 말야."

"후후후. 나 지금도 이 변호사님 보면, 키스하고 싶다는 생각뿐이거든요. 물에 촉촉하게 젖은 이 변호사님 입술이 무척 섹시해요."

"켁켁켁켁."

또다시 사레에 걸려버렸다. 여자는 단둘이 있을 때도 낯간지러운 말을 잘도 한다. 본인은 전혀 창피해하지 않는데 듣는 사람은 얼굴에 불이 나는 것 같다. 한성은 가슴을 쓸어내리며 생글생글 웃는 준희를 쳐다보았다. 참 사람이란 게 이상한 동물이었다. 준희의 입에서 입술이라는 말이 나오자, 이젠 그녀의 입술에서 시선을 뗄 수 없는 한성이었다.

준희는 한성의 거침없는 눈빛을 하나도 빠짐없이 응시했다. 한성의 갈색 눈동자가 더욱 깊은 수심으로 빠져 들어갔다. 무엇을 생각하는지 환히 들여다보이는 남자의 눈동자는 그래서 더 짜릿했다. 성인남자가 그런 눈빛으로 자신을 쳐다보는 게 준희에게 작은 설렘, 아니 솔직히 말해 심장이 천둥치듯 두근거리는 설렘을 가져다줬다.

그리고 무엇보다, 남자의 그런 시선이야말로 준희가 바라던 바였다.

"제가 이 변호사님한테 키스하고 싶다면 받아주실래요?"

준희의 까만 시선은 한성의 시선을 붙잡고 놓아주지 않았다.

"저…… 큼큼, 준희야……."

준희의 거침없는 눈빛을 받아내기가 힘들어졌다. 한성은 금방이라도 끊어질 것 같은 이성을 붙잡기 위해 안간힘을 썼다. 한 번 놓아 버린다면 다시는 되돌릴 수 없을 것 같았다. 키스가 문제가 아니었다. 지금이라도 당장 준희를 안아들고 객실로 뛰어갈 것 같았다.

그런 한성의 마음을 준희는 눈치 못 챘는지 가느다란 손가락으로 계속 한성의 손등을 쓰다듬고 있었다. 그러는가 싶더니 살짝 무릎을 부딪혀왔다. 스커트 아래 맨 무릎을 살짝살짝 부딪히며 은근한 눈빛을 보냈다.

한성은 목에 메서 말이 제대로 나오지 않았다. 금붕어처럼 뻐끔거릴 뿐이었다. 준희는 분명 자신을 유혹하고 있는 것이 맞는데 어떻게 행동을 해야 하는 건지 마음만 급했다. 빨라도 이건 너무 빨랐다. 이제 고작 두 번째 데이트였다. 두 번밖에 만나지 않았는데 진도가 이렇게 빠르다니……. 하지만 한성도 신체 건강한 남자인지라 준희의 유혹이 나쁘지만은 않았다. 못 이기는 척 받아줄까? 하는 마음이 빠른 속도로 한성의 마음을 채워갔다. 처음 준희를 보았을 때부터 느꼈던 소유욕이 그녀를 진짜 갖으라고 종용하고 있었다.

"왜요? 싫으세요?"

까맣게 빛나는 두 눈동자에 '오늘 밤 함께해요' 라는 글을 써넣은 준희가 계속 한성을 지분거렸다. 준희의 무의식적인 손짓과 발짓에 한성의 이성은 점점 무너지고 있었다.

'키스가 문제가 아니라고, 이 아가씨야! 그 뒤도 감당할 수 있는

거야?'

한성은 이미 반쯤 객실로 가 있는 자신의 마음을 다잡으며 원망 담긴 눈빛을 지었다. 준희는 이제 졸업반이었다. 아직은 학생이라는 타이틀이 더 어울리는 사람이었다. 준희가 원하는 것은 그저 키스일 뿐인데 자신이 오버해서 유혹을 생각하는 건 아닌지 걱정스러웠다. 만약 정말 자신이 오버한 거라면 울고 싶은 심정이었다. 이미 그의 몸은 이성의 지배를 벗어나기 시작했다.

한성의 눈빛이 뭘 말하는지 준희는 정확히 알아들었다. 자신이 친 그물에 고기가 걸려들었다는 신호다. 자신의 유혹이 성공을 눈앞에 두고 있다는 생각이 들자 자신도 모르게 표정이 밝아졌다. 이제 굳히기에 들어갈 타이밍이었다.

"어때요? 관심 있어요?"

준희는 테이블 위로 호텔 객실 키를 올려놓았다.

아까 호텔 바에서 자리를 잡았을 때 잠시 화장실에 다녀오겠다는 거짓말을 하고 로비에 내려가 미리 체크인을 한 터였다. 일껏 마음이 들었는데 방이 없으면 얼마나 난감한 상황이 되겠는가? 영악한 준희의 성격상 그런 상황을 만드는 것은 말도 안 되는 일이었다.

처음에는 준희의 입술에서 눈을 떼지 못했다가, 두 번, 세 번을 보고 한성의 눈이 화등잔 만해졌다.

"이……, 이게…….."

한성의 한평생, 가장 말문이 막히는 순간이었다. 하지만 한성의 놀라는 표정에도 준희는 아랑곳하지 않고 좀더 은근한 미소를 지을 뿐이었다. 준희의 까만 눈동자 속에 작은 나비가 넘실거리는 듯했다. 한성은 최면에 걸리듯 그녀의 눈동자에서 시선을 뗄 수가 없었다.

'위험!!'

한성의 머릿속에 요란한 사이렌이 울렸다. 위험을 알리는 빨간 등이 깜빡였다. 뭔가를 요구할 때의 여자는 백 번 조심해도 부족하다는 건 바보도 다 아는 사실이었다. 준희의 이 노골적인 유혹 뒤에 무언가 있다고 한성의 머릿속에서 '조심해'라는 말이 끊임없이 울렸다. 하지만 이런! 준희의 여성성에 한성은 속절없이 빠져들고 말았다. 준희가 자신을 원한다면, 이 밤을 함께 지내기를 원한다면 그렇게 해줄 수밖에 없다. 그것이 준희보다 한성 자신이 더 원하는 것이었다. 한성은 준희를 원했다. 준희와 이 밤을 함께 지내고 싶었다.

준희는 한쪽 입꼬리를 올리며 살포시 웃었다. 한성의 머릿속에 남아 있던 개미 눈물만큼의 이성을 확 날려버리는 미소였다.

준희의 유혹에 굴복하기로 마음먹은 이상, 한성의 몸이 생각보다 먼저 앞서갔다. 준희의 가느다란 손목을 잡고 벌떡 일어섰다. 한성의 갑작스런 행동에 하이힐의 가느다란 굽에 몸을 의지하던 준희의 몸이 균형을 잃고 비틀거렸지만, 한성이 자연스레 그녀를 안아 부축했다. 준희가 가방을 잡을 새도 없이 성큼성큼 계산대로 걸어갔다. 한성이 계산을 하는 동안 웨이터가 빠르게 다가와 준희의 손에 가방을 쥐어주었다.

"고마워요."

자신의 유혹 작전이 멋지게 성공했다는 것, 한성을 이렇게 다급하게 만든 것이 자신이라는 사실에 준희는 가슴이 벅찼다. 가방을 가져다준 웨이터를 향해 자신이 지을 수 있는 최고의 미소를 지어 보였다. 그만큼 준희는 기분이 좋았다. 모란꽃처럼 활짝 핀 준희의 미소를 보며 한성의 얼굴은 굳어졌다. 화가 난 듯한 표정이었다. 한성의 표정은 엘리베이터로 가는 중에도 여전히 변하지 않고 있었다.

엘리베이터의 문이 닫히고 두 사람이 뜨거운 밤을 보낼 24층의 버튼을 누른 한성은 준희를 거칠게 엘리베이터의 한쪽 벽으로 밀어 붙였다. 두 사람밖에 없는 공간이었다.

"나, 말, 고! 아무한테도 그런 웃음 짓지 마!"

처음 준희를 만나러 갔을 때 준만이라는 친구를 보며 볼이 발그레해져서 웃음을 짓던 순간, 마음 한구석을 괴롭히던 — 그저 친구일 뿐인데도 말이다 — 질투라는 감정이 지금 한성의 몸 안에서 난리치고 있었다. 생글거리던 준희가 놀라 멍하니 한성을 바라보았다. 벙찐 표정인데도 한성의 눈에는 준희가 예쁘게만 보였다.

한성은 참지 못하고 와인의 물기로 촉촉한 준희의 붉은 입술을 자신의 혀로 핥았다. 새큼한 와인이 다급한 욕망을 부추겼다. 결국 참지 못하고 준희의 입술을 깨물었다. 놀라 무방비한 채로 벌어져 있는 준희의 입 안을 파고들었다. 준희의 작은 혀를 자신의 것으로 살짝 쳐댔다. 서너 번 건드리니 준희에게서 반응이 왔다. 시작은 조심스러웠지만 이내 한성 못지않아졌다. 서로의 타액이 오가는 격렬한 키스 속에서 준희의 손은 한성을 옷깃을 꽉 잡고 있었다.

언제 누가 들어올지도 모르는 엘리베이터 안에서 두 사람의 첫 키스가 이뤄졌다. 다급하고 뭔가 모자란 듯 채워지지 않은 첫 키스. 활화산처럼 뜨겁게 타오를 이 밤을 알리는 경종과도 같았다.

땡!

목적지에 도착했음을 알리는 경쾌한 소리가 없었다면, 그 두 사람은 아예 엘리베이터에서 일을 치렀을지도 몰랐다. 겨우 준희에게서 입술을 뗀 한성은 문 앞에 붙여진 번호를 보며 자신들의 방을 찾았다. 방은 빌어먹게도 엘리베이터에서 가장 멀리 떨어져 있었다.

엘리베이터에서 내려 자신이 들어가야 할 객실 문을 보면서 준희는 생각에 잠겼다. 저기 정면으로 보이는 저 문을 지나면, 어제의 한준희와는 달라지는 것이었다. 에로틱한 영상들이 준희의 눈앞을 지나갔다. 고등학교 시절, 뒤에서 난리치는 준만과 진태를 두고 끝까지 봤던 포르노 비디오의 영상들이 준희의 머릿속에서 마구 뒤엉켜 플레이되고 있었다. 호텔 방에 가까워질수록 음탕하게 신음을 내뱉던 남녀 주인공의 모습이 자신과 한성의 모습으로 바뀌었다. 살짝 몸이 떨려오면서 저절로 발걸음이 멈춰졌다. 두려워서가 아니라 왠지 모를 기대감에서였다.

준희가 걸음을 멈추자 한성은 혹여 그녀의 마음이 달라진 것은 아닌지 걱정되었다. 이대로 준희를 그냥 보내주기엔 자신이 너무 흥분해 있었다. 싫다고 하는 그녀를 억지로 갖게 될까봐 겁이 났다. 한성은 신의 경지라고밖에 말할 수 없을 만큼 자제심을 끌어 모아 말했다.

"왜? 마음이 바뀌었어?"

자상한 목소리였지만 눈빛은 불안하게 흔들렸다. 한성의 불안한 기색을 눈치챈 준희는 방긋이 웃으며 그의 팔에 매달렸다.

"이 변호사님 마음이 변하지 않았다면 나도 그래요."

준희는 자신이 먼저 객실 문을 열고 들어갔다. 은은한 조명으로 채워진 방은 굉장히 포근해 보였다. 뒤따라 들어온 한성이 찰칵하며 문을 닫는 소리가 들렸다.

"……지, 지금이라도…… 늦지 않았으니까……."

막상 밀폐된 공간에 둘만 있게 되자 긴장된 한성이 더듬거리며 하릴없는 이야기를 꺼냈다. 조금 전 엘리베이터에서 열정적으로 키스하던 배짱은 어디로 사라졌는지 지금은 어색하기만 했다.

그런 한성을 뒤돌아보며 준희가 빙긋 웃었다. 한성이 긴장하고 있다는 느낌을 준희도 생생히 느낄 수 있었다. 한성도 자신과 같다는 생각에 마음이 편안해졌다. 두렵거나 하는 마음은 전혀 들지 않았다. 그저 편안한 기분이 점점 기대감으로 변해갈 뿐이었다. 그리고 순수한 호기심이었다.

여전히 긴장되는지 뻣뻣하게 서 있는 한성에게 이번에는 준희가 먼저 다가갔다. 그의 손을 끌고 침대 곁으로 다가가 무작정 그의 입술에 자신의 입술을 올려붙였다. 아까 한성과 엘리베이터에서 해본 키스가 준희의 첫 키스였다. 그러니 자신이 먼저 남자의 입술에 자신의 입술을 대기는 처음이었지만, 전혀 부끄럽다는 생각은 들지 않았다. 백 번은 키스를 해본 것처럼 능숙하게 다가갔다. 한성이 그녀에게 했던 것과 똑같이 그의 입술을 핥고 놀라 벌어진 그의 입 속으로 혀를 밀어넣었다.

과감한 준희의 키스에 한성은 이성을 잃을 것만 같았다. 다리에 힘이 풀려 풀썩 침대로 넘어졌다. 그대로 상대의 입술을 맛보는 두 사람이었다. 길고 긴 키스를 끝내며 먼저 몸을 움직인 사람은 준희였다. 몸을 일으켜 한성의 몸 위에 걸터앉은 준희는 조심스레 그의 셔츠 단추에 손을 대었다.

언젠가 보았던 영화처럼 에로틱한 분위기를 연출하기 위해 노력했다. 하지만 경험이라곤 눈곱만치도 없는 준희가 능숙하게 리드를 하려고 마음먹은 것부터 잘못되었다. 영화 속의 여자 주인공은 남자 주인공을 빤하게 쳐다보면서 단추를 잘도 풀었지만, 준희 자신은 한성과 눈을 마주치기는커녕 떨리는 손 때문에 단추도 잘 풀어지지 않았던 것이다. 그리고 그 짧고도 단순한 행동은 한성이 준희가 숫처녀라는 것을 알아채기에 너무도 충분했다.

순간 누군가 얼음물을 냅다 뿌려댄 것 같은 오싹한 느낌이 한성의 등골을 스치고 지나갔다. 벌떡 일어나 앉은 한성은 준희를 자신의 무릎에서 내려놓고 침대에서 벗어났다. 폭신폭신한 매트리스의 침대가 늪같이 느껴졌다. 다시금 그녀의 유혹 뒤에 있는 무언가가 한성을 콕콕 찔러댔다.

한성은 의심스런 눈초리로 준희를 쳐다보았다.

"왜……? 왜?"

앞뒤를 다 끊어먹은 말이었지만 준희는 알아들을 수 있었다. 게다가 지금 자신의 말 한마디에 여태 들인 공이 물거품이 되느냐, 아니면 성공의 샴페인 거품이 되느냐가 달려 있다는 것 또한.

준희는 나긋나긋해진 몸을 침대에 눕히며 한쪽 손으로 머리를 받쳤다. 그리고 다른 손으론 매트리스 위에 의미 없는 그림을 그려대며 말없이 미소를 지으며 한성을 쳐다보았다. 그 눈빛이 너무도 태연해서 한성은 자신이 받은 느낌이 잘못된 것이 아닌가 생각했다. 하지만 그 떨리는 손은 명백히 준희가 처녀라는 것을 말해주고 있었다. 그런 것에 대한 자신의 느낌은 정확하다.

얇은 원피스 아래 드러난 가냘픈 허리 곡선도, 보일 듯 말 듯 아찔한 가슴의 곡선도 그리고 무언가 말하려고 벌어지는 입술의 곡선도……. 모두 한성에겐 슬로우 모션으로 보였다. 준희의 모든 것에 최면을 당하는 느낌이었다. 한성은 멍하니 준희의 벌어지는 입술을 보다가 세차게 고개를 흔들어 정신을 가다듬었다.

"그냥. 한성 씨가 갖고 싶었어요."

어깨를 으쓱하며 대수로운 일이 아니라는 듯 말하는 준희를 한성은 더 이상 거부할 수 없음을 알았다. 사실 준희가 처녀라는 것이 문제가 되지는 않았다. 오히려 짜릿한 느낌을 가져다줬었다. 한성 또한 남자라면 누구나 가지고 있는 그 이기적인 마음 — 자신이 한 여자의 첫 남자가 된다는 사실 — 에 못 견디게 흥분했었다. 그저 이성이라는 한 가닥 양심이 잘난 척을 한 것뿐이었다.

준희가 손으로 입을 가리며 작게 웃음을 흘리는 순간, 한성은 준희의 초승달 눈동자에 빠져버리고 말았다. 그 까만 눈동자가 거는 최면에 빠져 자신도 모르게 천천히 침대로 올라갔다. 준희는 당연하다는 듯 웃으며 가느다란 팔을 한성의 목에 걸었다. 그와 동시에 한성의 귓가에 준희의 따뜻한 입김과 속살거리는 목소리가 들려왔다.

"평생 기억에 남을 밤, 만들어줄 거죠? 후후후……."

부드러운 침대 시트가 몸에 감겨왔다. 한성은 만족스러운 하품을 하며 시트 속으로 파고들었다. 잠에서 깨고 싶지 않았다. 하지만 그의 단잠을 방해하는 핸드폰 벨소리가 연속적으로 울리기 시작했다. 지치지도 않고 계속 울리는 것을 보면 사촌여동생이 분명했다. 불여우의 꼬리를 가진 귀여운 여동생…… 그리고 그보다 더 자그마하고 더 사랑스러운 한 여자…….

준희가 그의 머릿속을 스치고 지나가자 한성은 벌떡 일어나 곁을 보았다. 저쪽 침대 끝에 매달려 준희가 자고 있었다. 어젯밤의 일은 꿈이 아니었다. 순간 한성의 얼굴이 벌겋게 달아올랐다. 처음이라 힘들어하는 준희를 얼마나 거칠게 탐했던가? 자신을 조여대는 준희의 몸에 정신을 잃고 몇 번이나 그녀 위로 올라갔던가? 황홀했던 지난밤이 파노라마처럼 흘러갔다.

고통으로 눈가에 살짝 맺힌 준희의 눈물을 입술로 훔치면서도 몸을 뺀다거나 하는 생각은 하지 못했다. 그저 가만히 그녀의 아픔이 빨리 가라앉기만을 바랐다. 준희가 살짝 빨개진 눈동자로 부끄럽게 웃으며 움직임을 재촉할 때까지 참느라 몸이 부들부들 떨릴 지경이었다. 그리고 그 아픔의 순간이 지나간 후부터 미친 듯이 준희를 올라타고 또 올라탔다. 한성의 품에 안겨 황홀함의 비명을 외치던 준희가 지쳐 그의 품에서 잠드는 순간까지, 아니 잠들고 난 후까지 한성은 준희에게 끝없는 갈증을 느꼈다. 밤새워 안았지만 지금 또 그의 몸은 준희를 원하고 했었다.

한성은 주책 맞게도 침대 시트를 슬며시 들춰 올리는 자신의 수컷을 욕하면서 여전히 울려대는 핸드폰을 열었다. 받고 싶지 않았지만 계속 울리는 소리에 준희가 뒤척이기 시작했기 때문이었다.

"네, 이한성입니다."

"어쩜 그럴 수 있어?"

"으음?"

"못 가겠다는 전화 달랑 한 통 해놓고 토요일 저녁 내내 연락도 없어?"

토라진 사촌여동생의 목소리에 한성은 생긋 웃었다.

"이 오라버니가 특히 바쁜 일이 있었어."

"가족 모임보다 바쁜 일이 뭔가? 혹시…… 여자?"

하여튼 이한영이의 눈치는 칼이었다. 전생에 불여시가 분명한 사촌여동생 한영이는 하나를 가르쳐주면 열은 넘겨짚을 수 있었다. 그것도 아주 정확하게.

"까분다."

"어어……, 정말인가 보네? 오빠 나한테 여자 얘기하는 거 처음이라는 거 알아? 뭐야? 중요한 여자? 오빠 결혼할 여자?"

"또, 또 오버한다. 그런 거 아니거든요? 이한영 양?

"뭔가 수상해요, 이한성 씨. 우리 나중에 차분히 얘기 좀 해보자고요!"

수화기 저편에서 까르르 하는 한영의 웃음소리가 들렸다. 이대로 계속 통화하다간 끝이 없을 것 같았다. 그리고 무엇보다 한성은 잠들어 있는 준희를 보고 싶었다.

"됐다. 지금 바쁘거든? 전화 끊는다."

한영의 대답도 듣지 않고 한성은 서둘러 전화를 끊었다. 그의 큰 목소리에 준희가 조금 뒤척이긴 했지만, 고개를 한성 쪽으로 돌린 채 여전히 잠에 빠져 있었다.

평온한 얼굴로 쌔근쌔근 잠들어 있는 모습이 마치 천사 같았다. 티끌 하나 없이 매끈한 피부는 꼭 아기 피부 같았다. 그리고 길다란 속눈썹이 부드럽게 볼 위에 그림자를 만들고 있었다. 한성은 유혹을 이기지 못하고 준희의 얼굴에 손을 대고 말았다. 이마에서부터 콧날까지 부드럽게 쓸어내렸다. 그리고 아기 피부처럼 보드라운 볼도 만져보았다. 준희의 볼은 그녀의 몸처럼 말랑말랑했다. 정말 아기 피부를 만지는 것 같았다. 하지만 아기와 달리 준희는 그의 성욕을 불러일으켰다.

한성의 손길을 느낀 준희가 서서히 잠에서 깨어났다. 살짝 뜬 눈은 여전히 몽롱했지만 곧 초롱초롱하게 빛을 띠었다.

"좋은 아침."

"응. 좋은 아침."

한성은 준희의 까만 눈동자에 자신의 얼굴이 새겨지는 것을 기분 좋게 쳐다보았다. 막 일어나 부스스한 모습까지 사랑스러웠다. 준희는 천천히 일어나 침대 헤드보드에 몸을 기댔다. 그 바람에 시트가 흘러내려 가까스로 그녀의 가슴을 가렸지만 준희는 부끄러운 기색도 없었다. 도리어 한성이 시선을 어디에 두어야 할지 당혹해했다.

"저기…… 몸은 괜찮아?"

작게 말하는 한성의 목덜미가 붉어졌다. 화창한 아침햇살 아래 반쯤 드러난 준희의 상체는 그가 남겨놓은 흔적으로 울긋불긋했다. 한성의 시선이 어디에 가 있는지 안 준희가 작게 소리를 내며 웃었다.

"후후후……, 어젯밤은 정말 평생 기억에 남을 것 같아요."

"그것 참 영광이네요."

한성이 장난스레 웃으며 맞받아쳤다. 두 사람의 얼굴에 만족스런 기색이 역력했다.

"아, 저 씻고 싶은데……."

준희는 말끝을 흘리며 한성을 바라보았다. 준희의 옷가지는 침대에서 멀리 떨어져 있었다. 한성은 준희가 무얼 말하는지 알면서도 두 손을 머리 뒤에 받히며 느긋하게 뒤로 기댔다. 준희의 반응이 궁금했다.

한성이 움직일 생각을 하지 않자 약이 바싹 오른 준희는 낑낑대며 시트를 빼내어 침대 밖으로 나갔다. 그리고 시선을 한성에게서 떼지 않고 천천히 시트로 온몸을 칭칭 말았다. 그런 준희의 행동에 한성은 활짝 웃었다. 준희는 몸을 휙 돌려 씩씩하게 욕실로 향했다. 길다란 시트 자락이 드레스처럼 바닥에 끌렸지만 준희는 여왕처럼 당당하게 걸었다.

거울 앞에 선 준희는 찬찬히 자신을 훑어보았다.

욕실의 전신 거울에 비친 자신이 매우 낯설게 보였다. 길게 늘어진 머리카락이 몸을 가려주고 머리카락 사이로 드러난 가슴엔 남자의 흔적이 역력하게 남아 있었다. 준희는 쏟아지는 물줄기를 맞으며 멍하니 한성이 자신의 가슴에 남긴 흔적들을 만져보았다. 그제서야 한성과 함께 보낸 지난밤이 떠올랐다. 두 볼이 금세 복숭아 빛으로 달아올랐지만 두 눈동자는 그 어느 때보다 반짝거렸다.

준희는 샤워기를 끄고 욕조에 물을 받기 시작했다. 향긋한 라벤더 향 바스큐브를 물속에 떨어뜨리고 뜨거운 물속으로 들어갔다. 밤새 긴장했던 근육들이 풀리며 입에서 자신도 모르게 만족스러운 한숨이 흘러나왔다. 지금 이 순간만큼은 완벽하게 편안했다. 뜨거운 김이 모락모락 피어올라서 나른했다.

욕조에 푹 기대고 고개를 뒤로 젖힌 준희는 지난밤을 떠올렸다. 한숨이 나도록 멋진 순간이었다. 아무도 그녀에게 이렇게 황홀한 일이라는 것을 알려주지 않았다. 불긋불긋 흔적이 남은 어깨를 보며 미안한 표정으로 그녀를 쳐다보던 한성을 떠올려봤다. 그 난감해하던 표정이란!

자신의 처녀성이 상실되었다던가, 아니 더 중요한 ─ 결혼을 강요하는 아버지의 손아귀에서 벗어날 수 있게 됐다는 사실보다 지금 준희에게 더 중요한 ─ 것은 한성과 함께 있다는 사실이었다. 잘생기고 능력 있고 다정하고 멋지고 자신을 황홀하게 만들어주는 사람이 그녀의 연인이었다.

자꾸 실실 터져 나오는 웃음을 막을 수 없었던 준희는 그냥 풍덩하고 물속으로 몸을 가라앉혔다.

"저기…… 조금 오래 기다렸죠?"

30분 넘게 욕실에 있던 준희가 엉거주춤 밖으로 나왔다. 촉촉하게 젖은 머리와 화장기 하나 없는 청순한 얼굴이 한성의 눈에 들어왔다. 그리고 그 모습이 더욱더 한성을 자극했다. 다시 준희를 침대로 끌어들이고 싶었다. 사실 준희가 욕실에서 첨벙대는 내내 욕실 안으로 들어가지 않기 위해 초인적인 힘으로 참아내고 있던 중이었다.

그러나 아이러니하게도, 청순해 보이는 그녀의 모습에 차마 아무 말도 할 수 없었던 한성이었다. 처음 경험을 갖는 그녀를 지난밤 충분히 힘들게 하지 않았나? 지금 또 준희를 안는 것은 염치없는 짓이었다. 한성은 준희를 다시 안고 싶다는 생각을 머릿속에서 털어냈다. 그들은 이제 시작이었다. 한성에게 시간은 넘치고 넘쳤다.

한성이 욕실로 들어가자 벗어놓은 옷가지를 향해 걸어가던 준희의 발에 뭔가가 걸렸다. 내려다보니 핸드백이었다. 어제 한성을 만나러 가면서부터 꺼놓은 핸드폰이 들어 있는 가방. 감시하듯 번갈아가며 하루에도 몇 통씩 전화를 해대는 진태와 준만을 피해 꺼놓은 전화기였다. 어제는 완벽히 한성과 자신, 둘만의 시간이고 싶었다. 게다가 진태가 자신의 계획을 눈치채기라도 하면 틀림없이 위치 추적을 해서라도 그녀를 찾아낼 것이 분명했기에 그냥 전화기를 꺼버렸다.

자신이 말도 없이 외박했다는 사실을 비로소 깨달은 준희는 가방을 들고 침대에 걸터앉았다.

아마 지금쯤 진태는 머리끝까지 화가 났을 것이다. 진태의 화 따윈 하나도 무섭지 않았지만 진태가 자신 때문에 걱정하는 것은 원치 않았던 준희는 핸드폰을 꺼내 전원 버튼을 길게 눌렀다. 핸드폰의 전원이 들어오는 경쾌한 소리가 들렸다. 그리고 한 1~2분이 지났을까? 연속적으로 문자와 음성메시지를 알리는 소리가 호텔 방을 채우기 시작했다.

삑삑삑삑삑삑!

그 요란한 소리에 준희는 깜짝 놀라 핸드폰을 떨어뜨렸다.

"왓! 이게 다 뭐야?"

띠리리리리.

준희의 단말마 같은 비명과 동시에 핸드폰의 벨이 울렸다. 덜컥 심장이 멈춘 준희는 조심스레 액정을 살펴보았다. 그 짧은 순간에도 준희의 머릿속엔 이 전화를 받아야 할까, 말아야 할까 하는 생각이 수십 번 교차했다. 진태의 잔소리가 장난이 아닐 터였다. 그리고 지금은 그 잔소리를 듣고 싶은 심정이 아니었다. 하지만…… 매도 먼저 맞는 게 낫다고 한성이 나오기 전에 짧게나마 통화를 하는 게 나을 것 같았다. 받기 싫다고 다시 핸드폰을 꺼놓을 수도 없는 일이었다.

준희는 냉큼 핸드폰을 들어 폴더를 열었다.

"여보세요."

"야! 너 어디야?"

진태는 흥분한 목소리로 크게 외쳤다.

"걱정 많이 했어?"

"어디냐니까?"

"그건 알아서 뭐 하게?"

"……."

"여보세요? 진태야?"

"……."

"야, 권진태? 진태 오빠야, 말 좀 해봐!"

준희의 입에서 오빠라는 소리가 나오는 것을 보면 자기도 잘못한 줄은 아는 모양이었다. 진태는 전화기를 통해 들려오는 준희의 목소리를 들으며 마음이 스르르 풀리는 것을 느꼈다. 지난밤 한숨도 못 자고 안절부절못한 것을 생각하면 아직도 울화통이 터지지만, 지금 중요한 것은 그게 아니었다.

"야. 너네 부모님 오셨어."

"뭐??"

준희는 지금 당장 원자폭탄이 서울에 떨어졌다고 해도 이보다 더 놀라진 않을 것 같았다.

"너네 부모님 오셨다고!! 어젯밤 비행기로 도착하셨어."

"뭐라고? 이렇게 일찍? 12일 후에나 도착하시는 거 아냐?"

"일정이 앞당겨지셨대. 어제 너, 연락 안 된다고 나한테 전화하셨어. 나도 그제서야 알았다."

"그래서? 그래서 뭐라고 했어?"

"너 간수 못한 거 아시면 나도 날벼락인데? 난 우리 부모님한테까지 더블로 혼난단 말야. 대충 준만이랑 입 맞춰서 회사에서 밤샌다고 해놨다. 핸드폰은 아무래도 배터리가 다 된 것 같다고 했고. 교수님이 12시 넘어서 도착해서 그대로 주무셔서 다행이지, 안 그랬으면 우리 둘 다 초상나는 거였어."

진태 또한 하루종일 전화가 되지 않아 걱정이 산처럼 쌓였었다. 아무래도 예감이 좋지 않았다. 어젯밤 남자와 섹스 운운하던 게 가슴에 걸렸다. 그래도 다 큰 녀석인데 제 앞가림은 하겠지 하는 마음으로 초조하게 준희의 연락을 기다리고 있던 차에, 한 얼 교수한테 전화를 받아 깜짝 놀란 것은 진태도 마찬가지였다. 혹시 준희의 부재를 눈치챌까 심장이 미친 듯이 두근거렸다. 안 좋은 예감이 현실이 될 것 같았다. 진태는 자기도 모르게 한 얼 교수한테 술술 거짓말을 하고 있는 자신을 발견했다.

그리고 아니나 다를까 이 사고뭉치 한준희가 겁도 없이 외박을 한 것이었다. 시침이 12시를 가리키고 새벽 2시를 가리키고 4시를 가리키고 6시를 가리키고 8시를 가리키고 비로소 전화의 신호음이 울릴 때까지 진태의 마음은 열두 번도 더 타서 바람에 훌훌 날아갔다.

"지금 당장 집으로 와. 부모님들은 아직 모르셔. 빨리 와야지 말이라도 맞출 거 아냐!"

"와, 하나님 감사합니다! 알았어, 지금 당장 갈게!!"

"근데 너 어디야?"

"여기? 금화호텔."

"뭐? 호텔? 너 정신나갔어?"

"어휴~ 몰라, 잔소린 나중에 해. 전화 끊엇!"

진태는 이미 끊어진 핸드폰을 멍하니 쳐다볼 수밖에 없었다. 방귀 뀐 놈이 성낸다더니 꼭 그 짝이다. 오빠 하면서 앵앵거릴 때는 언제고, 이제 알 거 다 알았다고 금세 건방져지는 것 좀 보라지. 한준희를 데려갈 사람이 누군지 정말 심각하게 걱정되었다. 게다가 호텔이라니……! 정말 한준희를 누가 말린단 말인가? 진태는 어금니를 꽉 깨물었지만 새어나오는 탄식을 막을 수 없었다. 머리가 지끈지끈 아파왔다.

금화호텔이라면 그리 먼 곳도 아니니 다시 전화해서 준희가 집에 오는 시간만 더디게 만들 필요가 없었다. 얼굴을 보고 말해도 늦지 않을 것이다.

"제발 부디……, 큰 말썽이 아니었길 바란다, 한준희!!"

진태는 준희의 침대에 털썩 주저앉아 머리를 쥐어뜯으며 소리쳤다.

바깥에서 준희에게 어떤 일이 벌어지고 있는지도 모르고 한성은 유유자적 샤워를 하고 있었다. 문득 천사처럼 잠들어 있던 준희의 얼굴이 떠올랐다.

'아~ 준희, 한준희. 내 품에 폭 안기는 한준희.'

한성은 가볍게 한숨을 내쉬었다. 아직도 준희의 부드러운 몸의 감축이 남아 있었다. 준희는 한성이 지금껏 만나왔던 여자들과는 다른 분위기를 풍겼다. 무심한 듯하면서도 열정적으로 빛나는 눈동자가 확실히 달랐다. 그런 점이 속수무책으로 준희에게 빠져들게 만드는 것 같았다. 준희는 마약과도 같았다. 너무도 짧은 시간에 그녀에게 중독되게 만들었다. 불과 며칠 사이에 한성의 마음속에 준희의 의미는 너무나 커져버렸다.

지금이라도 당장 나가 준희를 다시 안고 싶었다. 그건 비단 성욕 때문이 아니었다. 성적인 면에서 그를 자극하는 여자들은 얼마든지 더 있었다. 하지만 준희처럼 완벽한 만족감을 주는 여자가 있는가는 다른 문제였다. 준희를 안는다는 행동은 성적인 면뿐만 아니라 그녀의 영혼까지 안는 느낌이었다. 그리고 자신의 영혼까지 내어주는 듯한 느낌.

한성은 이런 감정을 갖게 하는 여자를 만났던가 자문해보았지만 처음이었다. 준희처럼 특별한 여자는. 그렇기 때문에 더욱더 소유욕이 일고 더 소중하게 여기고 싶었다. 성급하게 관계를 진전시켰지만 한 치의 후회도 없었다. 두 사람의 육체적인 관계는 준희의 유혹으로 시작되었지만, 마치 해야 할 일을 한 것 같은 편안함을 느꼈다. 그저 단순히 즐기기 위해 가졌던 관계들과는 천지 차이였다.

육체적인 관계가 목적이기는 했지만 그렇게 만난 여자라 할지라도 감정적으로는 자신이 할 수 있는 만큼 최선을 다해왔다고 생각했다. 그런데 그보다 더 특별한 감정을 안고 여자를 안는다는 것의 만족감은 말로 표현할 수 없었다. 부모님이 말하시던 완벽한 결합이란 이런 걸 말하는 것 같았다.

한성은 어쩜 자신은 결혼이 싫은 것이 아니라 결혼하고 싶은 여자를 한 번도 만나지 못했던 것이 아닌가 의심이 들었다. 큰아버지나, 이미 돌아가신 둘째 큰아버지, 아니 가까이 있는 부모님만 보더라도 사랑이라는 것은 분명 존재하는 게 틀림없었다. 자신도 준희와 함께 그렇게 할 수 있을까? 준희와 함께하는 삶이란 괜찮을 것 같았다.

순간 한성은 어안이 벙벙했다. 만난 지 3일밖에 안 되는 여자랑 함께 살 생각을 하고 있다니, 충격적이었다. 자신이 이렇게 충동적인 사람이었나? 자신에 대해 완벽하게 판단을 하고 있다고 생각했었지만 사실은 잘 모르고 있었던 게 아닌가 하는 생각이 들었다.

샤워기를 끄고 가운을 들어 몸에 걸치며 한성은 고개를 설레설레 저었다. 아무리 준희라도 이렇게 빨리 결혼을 생각하는 건 정말 오버 중에 오버였다. 게다가 그는 엄연한 독신주의자였다. 독신주의자의 모토는 혼자인 삶을 기꺼워하고 자기의 인생을 제대로 즐기는 것이다. 그런데 결혼이라니…….

'당치도 않은 생각이지, 암. 아마 어젯밤이 환상적이어서 이런 미친 생각이 드는 걸 거야.'

한성은 스스로를 납득시키며 젖은 머리를 수건으로 말리기 시작했다.

'뭐, 굳이 결혼이 아니라도 좋겠지. 준희도 결혼이라는 형식적인 일은 싫어한다고 했으니…….'

그러나 머리를 말리면서도 한성의 머릿속은 삼천포로 치닫고 있었다. 그래도 역시나 주제는 준희였다. 한성은 자신의 생각이 점점 준희에게로 향하는 마음을 합리화시키고 있다는 것은 깨닫지 못하고 있었다. 마음이 이미 누군가에게 들어올 자리를 내주었는데도 자존심을 지키려는 사내의 치기심은 여전했다.

작전종료 혹은 실패

　한성이 욕실에서 나왔을 때 준희는 완벽하게 준비를 마친 상태였다. 머리는 아직 젖어 있었지만 옷은 말끔히 차려입고 있었다. 한성의 미간이 살짝 찌푸려졌다. 벽에 걸린 시계는 방금 9시를 지난 시간이었다. 지금까지 수없이 만나온 여자들 중 누구도 이렇게 이른 시간에 호텔에서 나가진 않았었다.

　물어보는 듯한 한성의 눈빛에 준희는 미안한 표정을 지었다.

　"미안해요. 집에 급한 일이 생겨서 가봐야 할 것 같아요."

　준희의 표정은 정말 다급해 보였다. 금방이라도 호텔 방을 뛰쳐나갈 듯 보였다. 준희의 사정이 정말 다급하다는 것을 깨달은 한성은 부리나케 옷을 향해 걸어갔다. 그리고 준희가 쳐다보는 것도 아랑곳하지 않고 뻔뻔스럽게 옷을 입었다.

　"잠시만, 5분이면 돼. 내가 데려다줄게."

"예? 아니, 안 그러셔도 돼요. 여기서 택시 타고 가면 금방이에요."

혹여 한성이 집까지 데려다주다가 부모님과 마주치는 최악의 상황이 벌어질지도 몰라 준희는 펄쩍 뛰며 거절했다. 하지만 한성은 그런 준희의 거절을 일언지하에 잘라냈다.

"무슨 소리야? 나 그렇게 매너 없는 사람 아니야."

그리고 한성은 자신의 말대로 5분 만에 나갈 채비를 마쳤다. 어제 입었던 양복을 그대로 입었지만 재킷은 걸치지 않고 넥타이도 매지 않아서 조금은 스포티한 느낌이 들었다. 그리고 한성의 머리도 젖어 있는 건 준희와 마찬가지였다.

이른 일요일 아침 남자와 단둘이 호텔을 나가려니 조금 뻘쭘한 기분이 들었다. 지난밤의 열기가 왠지 꿈만 같았다. 준희는 혼자 생각에 잠겨 엘리베이터가 1층에 도착한 줄도 모르고 있었다. 그런 준희의 팔을 잡아 자연스럽게 이끈 건 한성이었다.

"집엔 무슨 일이야?"

대화의 물꼬를 트고자 한성이 호텔 로비를 가로지르며 말했다. 한성의 물음에 비로소 정신이 든 준희는 그제서야 자신이 한성과 밤을 지새우기로 한 가장 큰 이유가 실감났다.

'이 변호사님은 내 행동을 어떻게 받아들일까? 지금이라도 솔직히 말할까? 진태는 펄펄 뛰었지만 지금은 상황이 다르지 않은가? 이렇게 부모님이 빨리 올 줄은 꿈에도 몰랐어. 하지만 이 변호사님이 이해해주지 않는다면? 약혼 파기를 위해 다른 남자랑 잔 가벼운 여자로 생각하면 어떻게 하지?'

순간 머릿속을 스치고 간 생각에 준희는 입을 꽉 다물어버렸다.

진태나 준만은 종종 그녀를 보고 이상한 사고를 한다고 했다. 남들이 다 그녀 같지는 않다고도 말한다. 준희에겐 별것 아닌 일이 다른 사람에게 전혀 다르게 받아들여질 수도 있으니 조심하라는 충고도 자주 해주었다. 그러니까 지금 이런 상황이 준희에겐 별것 아닌 일이지만 한성에겐 그렇지 않을 수도 있다는 얘기였다. 제3자의 입장에서 보면, 준희는 약혼자가 있는 마당에 바람을 피운 꼴밖에 되지 않았다. 아무리 그 약혼이 강압적으로 이뤄지고, 당사자들은 무슨 일이 있어도 결혼할 생각이 없다고 해도 말이었다.

그제서야 준희는 자신의 충동적인 행동을 되짚어보았다. 허술하기 짝이 없는 행동이었다. 하지만 한성과 밤을 지새운 일에 대해서는 추호의 후회도 없었다. 아니 도리어 그 생각을 하면 살포시 웃음이 지어졌다. 그렇게 친밀하고 만족스러운 밤은 또 없을 것이다.

그렇지만 그녀의 약혼 파기를 위해 자신이 이용된 사실을 알면 한성은 어떤 표정을 지을까? 한성의 잘생긴 얼굴에 경멸하는 표정이 떠오르자 준희는 고개를 설레설레 저었다. 이미 엎질러진 물. 원래의 계획대로만 하면 된다.

원래의 계획. 다른 남자와의 동침을 근거로 약혼을 파기하도록 부모님을 설득하고, 자신은 한성과 데이트를 즐기면 된다. 여기서 꼭 비밀로 부쳐져야 할 것은 한성의 존재. 부모님이 다시 출국하실 때까지만 숨기면 되는 사실이다. 그리고 이용이라는 말은 어울리지 않는다. 한성과 자신은 가벼운 성관계를 한 게 아니었다. 어젯밤의 판타스틱한 경험을 그저 섹스라고 표현하기엔 부족한 게 너무 많았다.

'어젯밤 이 변호사님과 난…… 그러니까 우리 두 사람은…… 사랑…… 그래, 사랑을 나눈 거야.'

준희는 어깨를 으쓱하며 잡스러운 생각을 털어냈다. 좋아하는 사람과 섹스를 한 것은 사랑을 나눈 거지, 이용한 게 아니다. 준희는 평상시 버릇대로 자기 편한 대로 해석을 하고 만족스럽게 미소를 지었다. 그러다가 여전히 한성이 자신의 대답을 기다리고 있다는 것을 깨닫고는 가벼운 목소리를 말했다.

"뭐, 그냥…… 별건 아닌데요, 말하기는 조금 곤란하네요."

'비밀이라……. 말 못할 사정이란 뭘까?'

한성은 환한 표정 뒤로 고민을 감춘 준희를 내려다보며 생각했다. 준희가 자신 모르게 뭔가를 숨기는 기색이 보이는 게 싫었다. 그게 좋은 일이든 나쁜 일이든 다 자신에게 털어놓고 기대면 좋을 텐데……. 한성은 갑자기 솟구치는 보호본능에 눈살을 찌푸렸다. 아직은 이런 감정이 이르다고 수 차례 되뇌어도 사람 마음이 자기 마음대로 되지는 않는 법이었다. 그리고 그 사실을 지금 한성은 뼈저리게 느끼고 있었다.

'뭐, 조만간 준희가 날 믿고 얘기해주겠지.'

한성은 애써 평정심을 유지하며 생각했다.

"자, 그럼 빨리 집으로 갈까? 급한 일이라며."

한성은 새삼스레 활짝 웃으며 말했다. 그 웃음은 준희에게 힘내라고 말하는 것이었지만, 좀더 여유를 갖으라고 자신에게 말하는 것이기도 했다.

한성이 더 캐물을 기색이 없자 준희는 안도의 한숨을 쉬며 걸음을 옮겼다. 그리고 그때 청천벽력과도 같은 사건이 터지고 말았다. 사건은 언제나 예기치 않은 곳에서 터진다는 속설은 정말 맞는 말인 듯했다.

"준희야?"

뒤쪽에서 낯익은 목소리가 들려오자 준희는 두 눈을 감고 말았다. 친근한 이 목소리는 분명 엄마의 목소리였다. 그제서야 이 호텔이 부모님이 한국에 올 때마다 묵던 곳이라는 사실을 깨달았다. 정말 멍청이 같은 실수가 아닐 수 없었다.

그 잠깐 사이에 준희는 뒤돌아보지 않고 도망가버릴까 생각해보았지만 그럼 부모님뿐만 아니라 한성까지 큰 소리로 자신의 이름을 부르며 쫓아올 것이고, 그렇게 되면 설사 도망치는 일이 성공하더라도 한성과 부모님이 맞닥뜨리고 마는 상황이 된다.

'아…… 바보, 바보, 바보, 멍청이, 천치 한준희!!'

준희는 애써 얼굴에 미소를 띠우며 몸을 돌렸다.

"엄마?"

돌아보니 준희의 부모, 정윤희와 한 얼 교수가 나란히 서 있었다.

'후아~ 아버지까지라……. 미치겠구만.'

아무리 뻔뻔스러운 준희라도 이렇게 이른 아침에 호텔 로비에서 부모를 만나게 되다니, 정말이지 누군가 자신을 납치라도 해줬으면 하는 심정이었다. 아니면 총으로 머리라도 쏴주던가. 물 밖에 내던져진 물고기가 파닥거리듯이 준희의 심장도 그렇게 파닥거리기 시작했다. 누군가 심장을 통째로 꺼내 바닥에 패대기를 친 느낌이었다.

눈앞의 이 상황이 모두 꿈이기를 바라고 또 바랐지만, 앞에 서 있는 사람들은 준희의 부모가 맞았다. 그리고 준희 옆에 서 있는 사람은 그녀의 남자, 한성이었다. 준희는 앞으로 무슨 일이 벌어지게 될지 눈앞이 캄캄해졌다.

놀라기는 한성도 마찬가지였다. 밤을 같이 지새운 여자의 부모를 보기는 처음이었다. 그것도 이렇게 이른 아침에 호텔 로비에서 보기는 더욱더! 붉게 달아오르려는 얼굴을 가까스로 진정시키며, 아무렇지도 않은 얼굴로 준희 옆에 엉거주춤 서 있었지만 등짝에서 땀이 번쩍 났다.

먼저 인사하기도 어색하고, 그렇다고 해서 어른들께 인사도 없이 지나칠 수도 없는 진퇴양난의 상황에서 한성은 연신 이마에 솟아오른 땀만 닦아낼 뿐이었다. 이미 손바닥은 긴장으로 땀에 흥건히 젖은 상태였다.

다섯 달 동안 보지 못한 딸이 눈에 들어오자 반가운 마음에 주위도 살피지 않고 부른 윤희는 딸 옆에 서 있는 한 남자를 뒤늦게 보며 혀를 깨물고 싶었다. 한국에 들어올 때마다 항상 묵는 호텔이니, 꽤 이른 아침이긴 하지만 그래도 당연히 부모를 보러 온 줄 알았다. 그런데 그게 아닌 모양이었다. 아직 옆에 서 있는 남편은 눈치 채지 못했지만 준희의 머리는 촉촉이 젖어 있었다. 그리고 옆에 서 있는 키가 훌쩍 큰 저 남자도.

그리고 결정적으로 윤희는 딸의 저런 옷차림을 본 적이 없었다. 고등학교 졸업 이후로 치마라면 질색을 하던 준희였다. 털털한 성격답게 아무렇게나 퍼질러 앉을 수가 없다며 대학교 4년 내내 바지만 입고 다닌 딸이었다. 저 화사한 꽃무늬 원피스는 그런 딸의 모습을 보다 못한 윤희가 억지로 준희의 손을 잡고 백화점에 가 떠안긴 옷이었다. 저 옷을 입은 준희의 모습을 본 것도 백화점에서 옷 살 때 입어본 것이 전부였다. 질색팔색하던 펄럭거리는 스커트에, 1년에 한 번이나 신을까 말까 한 하이힐. 절대로 야근에 어울리는 옷차림이 아니었다.

윤희는 남편이 눈치 채지 못하게 작게 한숨을 내쉬었다. 보나마나 이제 곧 호텔 로비에 두 사람의 목소리가 쩌렁쩌렁 울릴 것이다. 윤희는 자신의 성급함을 후회하며 쓴 미소를 지었다.

"누구냐?"

한 얼 교수는 딸 앞에 서자마자 다짜고짜 물었다. 5개월 만에 보는 딸이건만, 잘 있었냐는 둥 보고 싶었다는 둥 하는 인사는 일절 없었다.

준희의 입에서 자기도 모르게 포옥 하고 작은 한숨이 흘러나왔다. 하지만 곧 당황한 표정을 얼굴에서 지웠다. 어떻게든 이 상황을 타계할 방법을 찾아야 했다. 준희는 얼굴에 자신이 지을 수 있는 최고의 미소를 지었다. 한 얼 교수보다 먼저 선수를 치는 게 이 상황을 빠져나갈 수 있는 유일한 방법이었다. 최대한 뻔뻔스럽게 아무 일도 아닌 것처럼. 그리고 재빠르게.

준희는 한달음에 한 얼 교수에게 달려가 그의 품에 깊숙이 안겼다. 그리고는 이내 고개를 들어 아빠인 한 얼 교수의 볼에 뽀뽀를 해댔다. 하루종일 홀로 집에서 주인을 기다린 강아지처럼 열렬히!

"아, 아빠, 너무너무 보고 싶었어요."

한 얼 교수는 귀한 딸이 이렇게 반갑게 자신을 맞자 조금은 어리둥절했다. 진태 녀석과 억지로 약혼하게 했다고 볼 때마다 툴툴거린 딸이었다. 만주와 몽골에서 조사를 마치고 분기별 자료정리를 위해 한국에 들어올 때마다 쑥쑥 커버린 딸은 이제 예전처럼 '아빠, 아빠' 하며 달라붙지 않았다.

애지중지했던 딸이 이제 어엿한 사회인으로 자라나는 것을 옆에서 지켜볼 수는 없었지만 부모가 곁에 없어도 반듯이 잘 자라준 딸이 고마웠다. 하지만 한편으론 아비의 품을 떠나는 것이 서운하기도 했다. 그랬는데 딸이 이렇게 어리광을 피우니, 자기도 모르게 히죽 웃음이 나왔다. 한 얼 교수는 바보같이 벌어지는 입술을 다잡으며 엄한 목소리를 내려고 했지만 쉽지 않았다.

"어허, 사람들이 죄다 돌아다니는 로비 한복판에서 망신스럽게 왜 그러냐?"

"치, 사람들이 뭐가 중요해요? 아빠는 생판 모르는 사람들이 딸보다 더 중요하세요?"

준희는 미소를 담뿍 지으며 한 얼 교수에게 살랑거리며 어리광을 피웠다.

딸의 그런 모습에 윤희는 피식 웃음이 나왔다. 정말 자기 배 아파 낳은 자식이지만 저럴 때는 꼭 요물 같았다. 남편은 딸내미가 어떤 마음으로 저러는지도 모르고 그저 허허 웃기만 하고 있었다. 그리고 남편과 똑같이 헤벌레 웃고 있는 남자가 하나 더 있었다. 딸의 남자, 키가 훌쩍 큰 그 사내는 준희가 하는 것은 다 예뻐 보이는지 귀여워서 어쩔 줄 모르는 눈빛으로 멍청히 준희만 보고 있었다. 자신이 지난밤 같이 지낸 여자의 부모 앞에 서 있다는 사실조차 잊고 있는 것 같았다.

'어휴, 나도 전적이 있으니 뭐라 할 수도 없고. 깍쟁이 준희가 마음 없는 남자한테 선뜻 몸을 내줄 리도 없고. 지지배. 이 엄마한테 신고도 안하고 연애를 해?'

고등학교 때 15살 차이가 나는 한 얼 교수와 불 같은 연애를 해 결혼에 골인한 윤희로선 딸의 연애사에 아무 말도 할 수 없었다. 애초부터 딸이 사귀는 남자는 다 응원하리라 마음먹은 터였다. 늦게 하나 얻은 딸을 남편이 얼마나 애지중지했는지 23년 동안 본 윤희로선 딸이 제대로 된 연애를 할 수나 있을는지 내심 걱정하던 차였다. 친척들은 물론, 주위 사람들이 워낙 귀하게 여기고 예뻐했던 터라 자신의 딸이지만, 준희는 조금 버릇없는 면이 있었다. 게다가 지치도록 많은 사랑을 받아 누군가와 감정을 교류하는 일에는 무심하게 돼버린 딸이었다. 그게 엄마 입장에서 가장 걱정되는 일이었는데 이렇게 번듯하게 연애라니.

'호호 뭐, 이렇게 호텔에서 부모랑 마주치는 것은 문제지만 말야.
호호호호.'

윤희는 숨죽여 웃으며 딸의 다음 시나리오를 기다렸다.

"아참, 소개시켜드릴게요. 이쪽은 이한성 변호사님이에요. 그리고
저희 부모님이시고요."

엉겁결에 준희의 부모를 소개받게 된 한성은 엉거주춤 고개를 숙
였다. 이 집은 원래 이렇게 개방적인가 하는 생각도 했지만 지난밤
준희는 분명 처녀였다. 머릿속에 물음표가 날아다녔지만 겉으로는 아
무런 내색을 하지 않았다. 그저 아침에 일어나 커피 한 잔 하듯 자
연스럽게 인사했다. 눈에 미소를 짓는 것을 잊지 않고.

"처음 뵙겠습니다. 이한성입니다."

"한 얼이오. 이쪽은 아내……."

"반가워요, 정윤희예요."

윤희는 냉큼 앞에 나서서 남편의 말을 끊었다. 한성과 눈이 마주
치자 생긋 웃었다. 윤희의 웃음을 본 한성은 훅 하고 숨을 들이마셨
다. 너무 닮았다! 준희는 자기 엄마와 꼭 닮았다. 한성은 두 모녀를
천천히 번갈아 보았다. 중년의 여인은 여전히 아름다웠다. 얼굴에 있
는 주름은 그녀의 미모를 손상시키기보다 우아한 기품을 보태주었다.
준희도 나이가 들면 이렇게 되겠지. 자신의 옆에서 여전히.

"너무 아름다우십니다."

한성은 윤희에게 따뜻한 미소를 되돌리며 말했다. 준희와 닮았다
는 이유 하나만으로 그녀의 어머니까지 좋았다. 아니 준희를 이 세
상에 낳아주신 이 미모의 여성에게 감사한다는 말이 더 맞을 것이
다.

"아빠, 이 변호사님은 저희 회사 고문 변호사님이에요."

"흠."

"저희 회사가 얼마나 큰지 아시죠? 게다가 우리나라에서 제일 가는 로펌에 근무하는 유능한 분이에요."

"그래? 정말 대단한 분이구나."

멀뚱히 있는 남편을 대신에 윤희가 준희의 말에 장단을 맞춰주었다.

"어휴, 별말씀을요. 그저 운이 좋았습니다."

한성은 연이은 준희의 칭찬에 겸손하게 말했다.

'흠. 준희가 꽤나 괜찮은 사람을 건졌네? 하긴 누구 딸인데. 호호. 근데 이 양반은 왜 이렇게 말이 없으셔?'

윤희는 남편이 아무 말 없는 것을 의아하게 생각하며 쳐다보았다. 한 얼 교수는 딸 옆에 진태와 준만 이외의 남자가 서 있는 것이 어색한지 입술을 삐쭉이고 있었다. 준희를 빼앗긴 기분이 드는 모양이었다.

"그런데 어떡하죠? 아직 처리 못한 일이 있어서 다시 회사에 들어가봐야 할 것 같아요. 한 30분 정도 걸릴 것 같은데, 아빠, 엄마 어떡하시겠어요?"

'오호라, 한준희. 이렇게 스무스하게 빠져나가겠다?'

빤히 보이는 딸의 작전에 윤희는 고개를 가로저었다. 딸의 뻔뻔함은 모조리 자신에게서 물려받은 것이었다. 평생 역사밖에 모르는 남편은 절대 아니었다. 자신이 누군가? 그래도 소싯적엔 대한민국이 알아주는 배우가 아니었던가? 딸의 일생일대의 명연기를 바라보며 이번 한 번만 눈 감아주마고 생각했다. 어디 그뿐인가? 하나뿐인 딸을 위해 지원사격까지 해주기로 마음먹었다.

"어, 우린 지금 진태네 가는 길이었어. 일 마치고 그리로 와라. 괜찮죠? 여보?"

"음. 어디 다른 데로 빠지지 말고 얼른 들어와."

한 얼 교수는 짐짓 엄하게 말했지만 그 목소리엔 위엄이 조금 부족했다. 역시 아직도 딸 옆에 남자가 있다는 사실이 못내 마음에 걸리는 모양이었다.

"그럼요, 아빠. 일 빨리 마치고 올게요. 헤헤. 사랑해요, 아빠!"

준희는 한 번 더 한 얼 교수를 꼭 끌어안으며 말했다.

"조심해서 가세요, 이 변호사님."

윤희는 어쩌면 또 보게 될지도 모르는 한성에게 다정하게 인사했다.

"그럼 다음에 뵙겠습니다."

준희의 부모에게 인사를 하고 돌아서는 한성의 눈에 웃음이 넘쳐났다. 처음 그녀의 부모님을 봤을 때 미친 듯이 두근거렸던 심장은 이미 제 박동을 찾은 지 오래였다. 이런 상황만 아니었다면 식사 대접이라도 하면서 더 좋은 시간을 보낼 수 있었을 터였다. 하지만 상황이 상황인지라 이 자리를 벗어나는 게 기뻤다. 준희의 아버지에게 멱살잡이를 당해도 할 말이 없는 상황이었다. 그런데 준희는 아무렇지도 않은 듯 이 상황을 슬기롭게 넘겼다. 부모님에게 자신을 인사시키면서도 그들이 왜 이른 아침에 호텔에 있는지 한마디도 얘기하지 않은 것이다. 정말 보면 볼수록 귀여운 아가씨였다. 게다가 똑똑하기까지!

준희의 재치 있는 행동에 괜히 그가 으쓱해졌다. 준희를 내려다보자, 그녀도 자신을 보고 있었다. 한성과 눈이 마주치자 준희는 배시시 눈동자를 굴리며 웃고 말았다. 비록 뒤에 있는 부모님 때문에 크게 웃지는 못했지만 두 사람은 숨죽여 활짝 웃었다. 일요일 아침이

유난히 밝은 것 같았다.

한 얼 교수는 말 없이 멀어져가는 두 사람의 뒷모습을 보았다. 마치 한바탕 회오리가 휩쓸고 지나간 것 같았다. 뭐가 뭔지 정신이 하나도 없었다. 그때 한 얼 교수의 눈에 밟히는 것이 있었다. 준희의 유난히 까만 머리, 촉촉하게 젖은 머리!!

"잠깐!"

한 얼 교수의 쩌렁쩌렁한 목소리에 두 사람은 걸음을 멈추고 뒤돌아봤다. 준희는 아버지의 목소리를 듣고 눈을 질끈 감고 싶었지만 이내 활짝 웃으며 말했다.

"왜요, 아버지?"

하지만 그 찰나, 한 얼 교수는 준희의 눈빛이 흔들리는 것을 보고야 말았다.

'이놈의 자식이!!'

언제나 얼굴 표정보다 눈빛으로 더 많은 것을 말하던 딸이었다. 물으나 마나였다. 답은 한 가지. 순간 한 교수의 얼굴이 확 붉게 달아올랐다. 망할놈의 딸내미가 사고를 치고야 만 것이다. 어쩐지 수상했다. 볼 때마다 으르렁거리던 것이 달착지근하게 나올 때부터 의심했어야 했다. 말 만한 처녀가 감히 외박을 해? 그것도 겁도 없이 매일 부모가 묵는 숙소에서?? 자신이 어젯밤 세상 모르고 자고 있을 때 준희가 같은 호텔 어딘가에서 홀딱 벗고 남자한테 안겨 있었다고 생각하니 피가 거꾸로 솟았다.

'이놈의 지지배, 다리를 몽땅 부러뜨려 집 안에 가둬놓던지 해야지.'

"여보, 진정하세요."

한 얼 교수의 고혈압이 걱정된 윤희가 그의 팔을 붙잡고 그를 진정시켰다. 둔감한 남편이 눈치를 챈 모양이었다. 윤희는 걱정스런 눈빛으로 남편과 딸아이 그리고 한성을 돌아보며 한숨을 내쉬었다. 두 사람의 싸움이 어디까지 갈지 걱정스러웠다. 한 얼 교수는 아내의 다정한 손길에 깊은 심호흡을 하며 끓어오는 화를 겨우 가라앉히고 매서운 눈빛으로 한성을 째려보았다.

'이놈의 자식! 귀한 남의 집 딸을 건드려? 너 이놈. 오늘 제대로 걸렸다.'

한 얼 교수의 강렬한 눈빛에 한성은 찔끔했다. 마치 자신의 할아버지가 노려보는 것 같았다. 절대 반항할 수 없는 그 무시무시한 눈빛. 집안의 절대 강자, 할아버지.

'으아. 역시…… 걸렸나보네.'

순간 자리를 박차고 도망가고 싶은 욕구가 드는 한성이었다. 그리고 아이러니하게도 준희 곁에 더 바짝 붙어 있어야겠다는 생각도 동시에 들었다.

그들은 다 자란 성인이었다. 다 큰 성인남녀가 만나 사랑을 한 게 뭐가 잘못이냔 말이다. 불륜을 한 것도 아니고 자신들은 잘못을 한 게 없었다. 부모님들 눈에야 아직 한참 어리고, 무엇보다 결혼도 하기 전에 성관계를 맺은 것이 큰 일이긴 하지만, 그런 이유로 준희를 빼앗길 수는 없었다.

준희에 대한 소유욕이 한성에게 용기를 불어넣어 주었다. 더 나아가 한성은 한 얼 교수에게 투쟁의식 같은 것을 느끼는 자신을 발견할 수 있었다. 목적이 정해지자 마음에 여유가 찾아왔다. 마치 승리를 장담하는 재판처럼, 느긋한 마음이 들었다. 설득하는 것은 한성의 전공이었다.

'아무리 그렇게 노려보셔도 어쩔 수 없습니다, 어르신. 준희는 제

여자입니다.'

한성은 한 얼 교수의 매서운 시선을 여유롭게 받아치며 준희를 제 쪽으로 끌어당겼다.

'어라? 이놈 봐라?'

한 얼 교수는 준희에 대한 소유욕을 거리낌없이 팍팍 드러내는 한성을 빤히 쳐다보았다. 처음엔 꽁지 빠진 닭처럼 안절부절못하더니, 이내 태도를 바꿔 부모 앞에서도 당당히 준희를 자기 쪽으로 끌어당기는 한성의 모습을 본 한 교수는 그제서야 눈앞의 남자가 다르게 보였다.

부모의 마음이 간사한 거라, 좀 전까지는 딸의 순결을 빼앗은 남자를 어떻게 죽이는가를 고민했지만, 그 사내가 쓸만해 보이자 무남독녀 고명딸의 상대로 맞는지 이리저리 재보기 시작한다.

'흠. 키도 말쑥하니 잘빠졌고, 얼굴도 훤하게 잘생겼고…….. 엥? 얼굴이 너무 잘생긴 거 아닌가? 하긴, 변호사라니 제 얼굴 팔아먹고 살진 않겠지. 그래도 얼굴이 너무 생기면 여자가 끊이지 않을 텐데……. 뭐, 그렇게 따지자면 진태 녀석도 곱상하니 잘생겼지. 그래도 이놈은 진짜 사내 얼굴이구만. 쩝, 준희 녀석 눈은 높구만. 무엇보다 저 배짱이 마음에 드는데……. 이놈, 어떻게 나오나 보자.'

한 얼 교수는 반은 시험해보는 심정으로, 반은 자신의 귀한 딸을 결혼도 없이 안은 게 괘씸해 이놈 당해봐라 하는 심정으로 툭 하니 말을 뱉었다.

"약혼자 있는 내 딸을 꼬드겨 사귀었으면 책임을 지게나!"

자신의 귀에 들려오는 말에 한성은 기절초풍할 뻔했다.

"네에?"

너무도 의외의 말이라 한성은 자기도 모르게 멍청하게 소리를 질렀다.

"아빠! 무슨 소리하시는 거예요!!"

난데없는 한 교수의 말에 준희는 펄쩍 뛰었다. 거의 다 넘겼다고 생각했는데 결국 걸리고 말았다. 하지만 그건 그거고 이렇게 다짜고짜 약혼자라니! 준희는 얼굴이 벌게져서 옆에서 길길이 뛰었다.

"왜? 내가 틀린 말한 거냐?"

한 얼 교수도 딸에게 지지 않고 되받아 쳤다.

"아버지!!"

부녀가 서로 뚫어지게 노려보았다. 기 싸움이었다. 그 사실을 알고 있는 두 사람은 한 치의 물러섬도 없이 마주했다. 한 교수로서는 백 번 양보한 것이다.

"저기…… 준희가 약혼을?"

도통 영문을 모르는 한성은 멍청하게 되물었다.

"쯧쯧쯧. 이 치는 그것도 모르고 있구만……."

한성의 말에 한 교수는 혀를 찼다. 딸애가 진태와의 약혼을 길에 붙은 껌딱지 보듯 취급하는 것은 알았지만, 그래도 다른 누군가를 사귈 때는 염두에 둬야 하는 법이었다. 자칫하면 오해의 소지가 많은 문제였다.

'똑똑한 준희가 그걸 모를 리는 없는데……. 뭔가 또 다른 꿍꿍이가 있구만.'

한 교수는 준희를 징그럽다는 눈빛으로 쳐다보았다. 딸은 요물이었다. 자신이 갖고 싶은 게 있으면 어떻게든 손에 쥐고야마는. 그리고 그렇게 키운 건 자신이었다. 어릴 적부터 안해준 게 없었던 자신 덕에 딸내미는 영악하게 자랐다. 그런 딸이 약혼한 사실도 숨기고 갖고 싶었던 남자라……

'허허 참, 이 사내가 그렇게도 좋았단 말인가?'

한 얼 교수는 한성을 다시 천천히 훑어보았다. 조금 어리버리하지만 강단 있어 보이는 성격에 당당하고 기품 있어 보였다. 한성깔 있어야 망아지 같은 딸 준희를 꽉 잡고 살 수 있을 것이다. 그리고…… 누구를 많이 닮았는데……. 한성에 대한 한 교수의 점수가 너그러워지고 있었다. 준희가 팔팔 뛰는 것을 보니, 이 사내는 영악한 딸에게 뭣도 모르고 순진하게 속은 모양이었다. 쯧쯧쯧.

하지만 그런 한 교수의 마음을 모르는 준희는 펄펄 뛰었다. 좋은 것만 보이고 싶었던 한성에게 이런 모습을 보이고 싶진 않았다. 그리고 만약 약혼한 사실에 대해 한성에게 얘기를 해야 한다면 자신이 말하고 싶었다. 아무런 의미도 없는 것이라고 설명하고 싶었다. 인정하긴 싫었지만 지금 자신은 약혼자를 두고 바람을 피운 꼴이었다.

진태가 자신이 보기엔 아무리 꼴 같지 않은 약혼자라도 남들이 보기엔 겉모습은 멀쩡하니 결국 자신만 나쁜 년이 되는 셈이었다. 이 얼마나 아이러니한 일인가! 화가 났다. 정말 미칠 듯한 심정이었다. 주위에 진태나 준만이 있었으면 준희가 부리는 무시무시한 히스테리를 고스란히 받았을 테지만 그 두 사람은 아마 이런 상황을 짐작도 못하고 있을 터였다.

당연히 준희의 화는 아버지인 한 얼 교수에게 향했다.

"그러게 애초에 왜 딸을 못 믿고 약혼 같은 걸 강요했어요? 아니, 막말로 진태하고 나하고 한 게 약혼이에요? 그냥 눈 가리고 아웅하기지!"

"뭐, 뭐?? 그게 애비한테 할 말이냐? 수억 만리 떨어져 있는 딸 걱정하는 건 부모로서 당연한 거지. 그러니까 네가 말썽 피우지 않고 조신했으면 됐잖아!"

"제가 말썽 피웠어요? 남자들이 쫓아다니는 걸 어떻게 하라고! 그러면 가서 엄마한테 따질까? 엄마가 이렇게 낳아준 거잖아. 왜 나보고 그래요?"

아버지와 딸의 목소리가 점점 더 커지다 못해 로비에 쩌렁쩌렁 울릴 지경이었다. 비교적 한가한 호텔의 주말 아침에도 불구하고 사람들이 하나둘씩 근처로 모이기 시작했다. 세상에서 제일 재미있는 것이 불구경과 싸움 구경이랬다고, 거기다 머리가 희끗희끗한 노신사와 화려한 꽃무늬 원피스를 입은 미모의 젊은 여자의 말다툼은 더욱 흥미로웠다.

준희는 이제 모든 문제의 시발점을 억지로 약혼을 시킨 한 얼 교수에게 전가하고 있었다. 자신은 백 번 양보해서 이 사내를 사윗감으로까지 생각해줬는데 애비한테 이렇게 대들다니! 참다 못한 한 얼 교수는 팩 하니 충동적으로 외쳤다.

"그래서 진태하고 약혼에서 벗어나려고 아무 남자나 붙잡아 호텔로 간 게 아니냐!! 성공했으니까 된 거 아니냐!!"

한 얼 교수의 말이 떨어지자마자 웅성웅성했던 호텔 로비가 시베리아 벌판보다 더 냉랭해졌다. 헉 하고 구경하는 사람들이 숨을 들이켜는 소리가 여기저기서 들려왔다.

"아빠아!!"

준희는 새된 비명을 지르고 말았다.

준희는 믿을 수 없다는 눈빛으로 한 얼 교수를 노려보았고 윤희의 눈도 휘둥그레졌다. 한 얼 교수도 아차 한 표정이었다. 하지만 한 번 내뱉은 말은 영원히 주워담을 수 없었다. 상황은 점점 더 꼬여가고 있었다.

준희는 원망스런 눈길로 아버지를 보다가 신음을 흘렸다. 한성이 자신을 어떻게 볼까? 그에게 시선을 돌리기가 무서웠다. 준희는 이 모든 상황이 꿈이었으면 좋겠다고 생각했다. 커다란 회오리가 그녀의 인생을 송두리째 돌리고 있는 것 같았다. 그리고 그 회오리의 한가운데에 한성이 서 있었다.

한성은 한 얼 교수가 한 말의 뜻이 뭔지 곰곰이 생각해보려 했지만 집중이 되지 않았다. 준희였다. 먼저 키스해달라고 말한 사람은. 은근한 몸짓으로 그의 욕망에 불을 붙인 사람은. 기다렸다는 듯이 그의 품에 벌거벗은 채로 안겨온 사람은…… 머리가 지끈지끈했다.

지금 준희 아버지의 말을 정리해보자면, 준희는 약혼을 했지만 — 잠시 한성의 눈동자에 살기 비슷한 것이 실렸었다 — 그 약혼이 맘에 들지 않았고, 그래서 그 약혼에서 벗어날 요량으로 남자와 밤을 세웠다? 그리고 그 남자가 바로 자신이고? 약혼을 파기하기 위한 목적으로 잔 잠자리 상대가 다른 누구도 아닌 바로 자신이라고??

한성의 머리가 마침내 결론을 내놓자 순간 신물이 넘어왔다. 자신은 이용당한 것이었다. 저 한준희란 앙큼한 여자한테. 어젯밤 머릿속에서 울린 위험의 신호는 바로 이거였다. 다급한 유혹이 주는 이질감.

한성의 온몸을 감고 있던 흥분이 활활 타오르는 난로에 물을 끼얹은 것처럼 갑자기 차분히 가라앉았다. 준희가 약혼에서 벗어나기 위해 자신을 이용한 거였다니…… 믿고 싶지 않았지만 그것은 사실이었다. 저기 커다란 눈동자 가득 미안하다는 말을 담고 있는 준희를 보면 안다. 한성은 상처받았다. 어쩌면 사랑하는지도 모르는 여자의 배신은 벌어진 상처에 소금을 쏟아 붓는 것 같았다. 심장이 따끔따끔 아팠지만 준희 앞에서 티내기는 싫었다.

정지된 것 같았던 시간이 빠르게 흐르기 시작했다. 한성이 생각할 수 있는 건 빨리 이 자리를 벗어나는 것뿐이었다. 이 치욕스런 자리는 물론, 준희라는 여자한테서도 벗어나야 했다. 자신의 목적을 위해 그를 이용한 여자.

한성은 태양이라도 얼릴 것 같은 냉랭한 목소리로 말했다.

"아버님도 아시다시피, 저는 따님께 이용당한 몸이니 책임질 만한 의무는 없는 것 같습니다. 그럼 이만."

한성은 한 얼 교수를 향해 정중하게 고개를 숙인 뒤 준희를 쳐다보았다. 경직된 얼굴로 자신을 쳐다보고 있는 준희가 눈에 들어왔다. 표정이 풍부한 준희의 까만 눈동자가 뭔가 말하려 했지만, 한성은 고개를 살짝 들고 그녀를 내려다보며 무례하게 고개를 까닥거렸다. 그의 행동에 준희가 멈칫했고 한성은 그녀를 다시는 안 볼 것처럼 차갑게 휙 돌아섰다. 한성은 믿을 수가 없었다. 준희가 자신을 이용했다니……. 정말 끔찍한 여자였다. 한준희는.

하지만 시베리아 벌판보다 더 냉랭하게 돌아섰던 한성은 차리리 끔찍한 준희를 보는 게 더 나을 거란 생각이 들었다. 왜냐하면 지금 불과 3미터도 떨어지지 않은 곳에 할아버지와 큰아버지가 서 계셨기 때문이었다.

"할아버지……."

한성은 성큼성큼 다가오는 이한영 총장을 보며 주춤거렸다. 하지만 한성보다 더 놀란 것은 한 얼 교수였다.

"아니, 선배님!"

"한 얼 교수."

"이 청년이……."

"그러네. 이 못난 놈이 내 둘째 손자라네."

"이런……!"

한 얼 교수의 얼굴에 난감한 기색이 흘렀다.

'어쩐지…… 어디서 본 것 같다 했더니만, 선배님 손주분이라니!'

준희가 정말 대형사고를 친 것이다. 얼굴이 화끈거렸다. 그러나 이한영 총장의 눈에 한 얼 교수는 들어오지 않았다. 왜냐하면 지금 그는 한성을 죽일 듯이 노려보고 있었기 때문이었다.

"이한성, 정말이냐?"

일찍이 들어본 적 없는 할아버지의 엄한 목소리에 한성의 몸에 번쩍 하고 진땀이 배어 나왔다.

"저…… 할아버지……, 그게 아니라……."

"예, 아니오로 대답해."

"저……기……. 예. 그렇습니다."

한성의 대답에 한 발 물러서 있던 큰아버지의 입에서 탄성이 흘러나왔다. 낭패한 기색이 성훈의 얼굴에 역력했다.

"그런데? 순진한 처녀를 건드려놓고도 책임을 회피해? 내가 널 그렇게 키웠더냐?"

"할아버지. 그런 게 아닙니다."

"그런 게 아니긴 뭐가 아니야?"

이한영 총장은 한성을 다그쳤다.

어려서부터 유난히 의젓한 손주였다. 사업하는 부모 덕에 매일 큰집에 와 있어야 했지만, 투정 하나 부리지 않고 도리어 첫째 손주보다 더 큰 손주 노릇을 하던 아이였다. 대학교 입학 때 아들 내외가 힘들게 키워온 사업체를 물려받지 않겠다고 선언하고 법대에 들어가 아들 내외가 서운해했지만, 자신이 원하는 길로 씩씩하게 걸어가는 한성을 보며 이한영 총장은 기특한 마음에 내심 흡족해했었다. 그런데 그렇게 믿었던 손주 녀석의 잘못을 마주하게 될 줄은 꿈에도 몰랐다.

집안에 말 만한 장성들이 셋이나 있었다. 그 나이 되도록 여자 하나 만나지 않는다는 것은 거짓말이었고, 그런 만남을 이해하지 못하는 이한영 총장은 아니었다. 하지만 이렇게 대놓고 여자 집 부모에게 막말하게 가르치지는 않았다. 하물며 자신이 아끼는 후배의 자녀였다. 후배의 얼굴을 볼 엄두가 나지 않았다.

이한영 총장은 붉그락푸르락해지는 얼굴로 한성의 얼굴만 째려보았다.

"인마! 남의 집 귀한 처자한테 실수를 했으면 책임져야지, 사내자식이 그걸 회피해?"

반듯한 한성의 비행(?)을 본의 아니게 목격하게 된 성훈은 혀를 끌끌 차며 한성을 나무랐다.

"큰아버지는 전후 상황을 잘 모르셔서 그런 겁니다."

"알 건 다 안다. 이놈의 자식, 책임져야지."

"그런 게 아니라니까요!!"

한성은 무턱대고 자신만 탓하는 할아버지와 큰아버지가 답답해 미칠 지경이었다.

"아……아닙니다. 저, 선배님……."

한성이 집안 어른들께 집중적으로 공격받는 것을 보고 한 얼 교수가 더듬거리며 입을 열었다. 어찌 보면 정말 한성의 말대로 발칙한 자신의 딸한테 한성이 이용당한 거나 마찬가지여서 미안한 마음이 들었다. 하여간 느즈막이 얻은 딸이라고 너무 자유롭게 풀어준 것이 잘못이었다.

"한 교수는 말 말게. 내가 부끄러워서 말이지."

아직도 노여움으로 얼굴이 빨간 이한영 총장이 단칼에 한 얼 교수의 말을 끊었다. 한 얼 교수는 그냥 물에 물 탄 듯 술에 술 탄 듯, 두루뭉술한 이 상황을 넘어갈까 했지만 양심의 가책이 느껴져 도저히 그냥 넘어갈 수 없었다.

"그게 아닙니다, 선배님."

한 얼 교수의 단호한 어조에 이한영 총장과 한성을 구박하던 식구들 모두 말을 멈추고 그를 쳐다보았다.

"이 청년 말대로, 잘못은 청년이 아니라 제 모자란 여식한테 있습니다."

"그게 무슨 말인가?"

"그러니까…… 그게…….'

한 얼 교수가 말을 잇지 못하고 그냥 얼굴만 벌게지자 이번엔 두 사람의 시선이 한 발 떨어져 있던 준희에게로 쏠렸다.

한성이 막무가내로 당하는 모습을 멍하니 보던 준희는 갑자기 시선이 자신에게 모아지자 퍼뜩 정신을 차렸다. 아버지가 자신이 꾸민 일을 말씀하시기로 작정을 한 것이었다. 난감한 상황이 아닐 수 없었다. 이 상황을 벗어나야 했지만 그 순간 섬광과도 같이 한 가지 생각이 준희의 머릿속에 번뜩였다.

'그래. 여기서 엉망으로 보이면 되지. 자칫하면 코가 꿰어서 결혼하게 생겼어. 그리고 이 변호사님은…….'

무슨 벌레 보듯 내려보며 그녀를 가차없이 끊어버린 남자, 한성의 냉정한 말에 상처 입은 준희는 될 대로 되라는 마음이 들었다. 이제 좋아하고 자시고도 없었다.

'내가 누구를 좋아하는 것부터가 잘못된 거야. 그래, 이한성 씨. 나 따윈 책임지지 않게 해드리죠!'

준희는 눈매에 한껏 나른한 시선을 실었다. 그녀의 눈빛은 마치

'나 오늘 한가해요'라고 말하는 듯했다. 체중을 한쪽 발에 싣고 자세도 삐딱하니 잡았다.

준희의 관능적인 눈빛에 한성은 복부에 강한 펀치를 맞은 것 같았다. 저 유혹적인 시선이라니……. 그리고 저 까만 눈동자에서 그런 기색을 느낀 건 자기뿐만은 아닌 듯했다. 큰아버지 성훈의 얼굴이 괜히 발갛게 달아올랐다. 짜증이 난 한성이 괜히 죄 없는 큰아버지를 째려보자 조카아들의 시선에 뻘쭘해진 성훈은 큼큼거리며 시선을 다른 곳으로 돌렸다.

'망할 여자 같으니. 지금 어르신들 앞에서 저런 시선이 나와?'

하지만 그게 끝이 아니었다. 준희는 이유 모를 미소를 담뿍 안고 흑단 같은 머리카락을 손가락 사이에 끼워놓고 뱅글뱅글 돌렸다. 그러고는 고개를 살짝 옆으로 기울이며 고혹적인 목소리로 인사했다.

"안녕하세요? 한준희입니다."

그 인사는 결코 아버지의 선배나, 아버지뻘 되는 어른에게 하는 말투가 아니었다. 그야말로 '나는 여자입니다' 하는 느낌을 팍팍 주는 목소리였다.

'이 여자가 무슨 생각을 하는 거야?'

준희의 목소리에 기가 막힌 한성의 인상이 오만가지로 찌푸려졌다. 하지만 그의 육체는 마음과 다르게 그저 준희의 목소리를 듣는 것뿐인데도 몸이 후끈 달아올랐다. 인사를 하는 그녀의 목소리는 그녀를 안았을 때 냈던 낮은 신음소리와 비슷했고, 그 목소리는 한성의 혈관을 타고 달렸다. 지금 당장 준희를 끌고 다시 올라가 그녀의 몸에 자신을 묻고 싶었다. 준희의 따뜻하고 매끄러운 몸 안에서 좀 전의 불쾌한 기억을 잊어버리고 싶었다. 준희의 온몸에 자신의 여자라는 흔적을 남기고 싶었다. 한성은 정신을 반하는 자신의 육체를 원망하며 이를 악물었다.

"두 분 다 이 변호사님은 그만 혼내세요. 다 제 잘못인걸요."

의외로 순순히 자신의 잘못을 인정하는 준희의 말에 한성과 한얼 교수 그리고 윤희는 눈을 가늘게 뜨며 그녀를 노려보았다. 아직 어찌 된 영문인지 자세히 모르는 이 총장과 성훈은 눈을 동그랗게 뜰 뿐이었다.

"이 변호사님은 정말 아무 잘못 없으세요. 제가 유혹했어요, 이 변호사님을요."

준희는 별로 대수로운 일이 아니라는 듯 어깨를 으쓱하며 말했다. 그녀의 그런 행동에 한 얼 교수 부부는 눈을 감아버렸고 한성은 또 무슨 속임수가 있는 게 아닌가 어깨를 긴장시켰다. 남은 두 남자는 믿을 수 없다는 표정이었다.

"뭐라고 아가씨?"

이 총장이 멍청이 되물을 뿐이었다.

"그러니까요, 제가요, 바보같이 아버지가 강요한 약혼을 피하기 위해 이 변호사님을 유혹했다고요. 사실 이렇게까지 할 마음은 아니었는데요, 워낙에 아버지가 막무가내식 결혼을 강요하셔서요. 그래서 그렇게 됐어요."

한성은 딱딱한 표정을 지었지만, 준희를 응시하며 그녀의 설명에 귀 기울였다.

"뭐, 남자를 유혹해야겠다는 마음을 갖기 전에 이 변호사님을 만나기는 했지만……."

준희는 별안간 시선을 한성에게 획 돌리고 달콤하게 웃었다. 난데없는 준희의 스마일 어택에 한성의 심장이 뜨끔했다.

"이 변호사님은요, 제가 다니는 회사, 엘리베이터에서 만났는데

120

요……. 아시잖아요. 뭐, 저희는 다 큰 성인이었고, 첫눈에 호감을 갖게 되어서 자연스럽게 연락처를 주고받았지요. 사실 제가 일방적으로 제 전화번호를 주긴 했지만, 그 다음 날 바로 이 변호사님이 회사로 절 찾아올 줄은 몰랐거든요. 뭐, 그 다음엔 근사한 바에 데려가서 이것저것 종류별로 술을 마셔보라고 권해주더라고요. 저야 뭐 별 수 있나요? 그냥 마시라는 대로 마시는 수밖에."

'응?'

준희의 미소에 넋을 잃고 있긴 했지만, 뭔가 이물감이 한성의 신경을 콕콕 찔렀다.

"그리고 다음엔 제가 이 변호사님의 회사로 찾아갔거든요. 그게 바로 어제예요. 근데, 어제 집안 모임 있으셨죠?"

준희는 이 총장과 성훈에게 동의를 구하듯 물었고, 두 사람은 얼떨결에 고개를 끄덕였다.

"음, 그래서 전 그냥 가족 모임에 가라고 했지만 이 변호사님이 굳이, 굳이, 아주 굳~이 저랑 같이 있겠다고 하잖아요."

'뭐? 굳이? 내가 언제 그랬다는 거야?'

"그리고 남한산성에 데려가더니 막 무슨 술을 주더라고요. 그거 먹고 나서 잠깐 기억이 끊겼어요, 제가. 돌아와 보니까 서울이더라고요. 이 변호사님이랑 헤어지기 싫어서 호텔 바로 가서 와인을 마셨죠. 근데 제가 술을 잘 못 마시거든요. 와인이라도 꽤 취하던데요? 제가 남자를 사귀어보는 건 처음이라서 긴장됐는지 주량보다 조금 오버해서 마셨어요. 그건 명백한 제 잘못이죠. 그때 아버지가 억지로 절 결혼시키려 한다는 게 생각났어요. 술에 취해서 조금 어질어질했지만 뭐, 남자를 처음 사귀어서 심장이 막 두근거린 것도 있지만……, 그래서 제가 유혹했어요, 이 변호사님을요."

점점 가관이었다. 준희는 그게 끝이라는 듯 말했지만 지금 한성의 입장은 완전히 엉망이었다. 술 취한 순진한 여자를 유혹한 꼴밖에 되지 않았다.

'그럼 그렇지, 저 마녀가 순순히 제 잘못을 인정할 리가 없지!'

"지금 이 여자가 무슨 말하는 거야?"

한성은 거칠게 준희의 팔을 붙잡고 말했다.

"그냥 사실대로 말하는 것뿐인데요?"

준희 또한 한성에게 잡힌 팔을 사납게 흔들며 말했다. 하지만 한성의 손아귀 힘이 너무 컸던지라 그의 손에서 풀려나기란 불가능했다.

"그게 무슨 사실이야? 앞뒤 다 잘라내고 어감이 아니잖아. 말만 사실이지, 죄다 나한테 떠미는 거 아냐? 사람이 원래 그래? 원래 그렇게 자신밖에 몰라? 한준희 씨 스물 셋이나 먹었다며. 근데 그거밖에 안 돼?"

한성은 어조에 비아냥과 경멸을 가득 담아 말했다. 하지만 맞서는 준희도 만만한 성격은 아니었다.

"사람이 왜 그렇게 좀스러워요? 이 변호사님 원래 그런 사람이었어요? 제가 유혹한 거라고 말했으면 그냥 그런 거지, 왜 빙빙 돌려서 해석해요? 그럼 여기서 더 얼마나 솔직히 말하라고요. 지난밤에 있었던 일을 세세히 다 말해야 되나요? 미안하지만 사실 나, 기억도 잘 안 난다고요!"

그건 거짓말이었다. 어젯밤 객실에 들어간 그 순간부터 오늘 아침까지 준희는 하나도 빼놓지 않고 모조리 다 기억하고 있었다. 한성의 입술이 얼마나 뜨거웠는지, 그녀에게 부딪혀오는 한성의 몸이 또얼마나 단단했는지 그리고 그녀의 온몸을 쉴새없이 만져대던 한성의 커다란 손이 주는 감촉까지 모조리 말이다. 하지만 굳이 그 손길에 그녀가 녹아내렸다는 사실을 얘기하고 싶진 않았다.

지난밤 일이 하나도 생각이 안 난다고? 정말 여자는 골고루 한성의 속을 뒤집어놓았다.

"그리고 이 팔 놔요. 아파요. 멍 들겠다고요. 참나, 어젯밤에 내 몸에 남긴 상처로는 부족했나보죠?"

"이, 이……."

한성은 분이 올라 차마 말을 잇지 못했다. 자신은 목에 핏대를 세우며 싸우는 와중에도 오르락거리는 준희의 가슴을 보며 지난밤의 감촉만 되새기는데 막상 여자는 기억도 안 난다니…… 정말 미치고 팔딱 뛸 일이었다. 준희의 팔을 쥔 한성의 손아귀에 더욱 힘이 들어갔다.

'마녀, 한준희. 정말 밉다!'

"마녀!"

"색골!!"

"뭐어?"

"왜? 어젯밤 자신이 한 일이 기억 안 나나보죠?"

마주 보는 두 사람의 눈빛이 위험하게 빛났다. 터지기 일보 직전의 시한폭탄과도 같았다. 두 사람 사이에서 튀는 불꽃이 눈에 보이는 듯했다.

"이놈의 자식들!! 지금 누구 앞이라고 이리 큰 소리를 내!!"

한성과 준희의 말다툼을 지켜보던 이한영 총장이 기어코 큰 소리를 내고 말았다. 호랑이 호령과도 같은 이 총장의 말에 손가락질까지 해대며 싸우던 한성과 준희가 멈칫했다. 안광이 번뜩이는 이 총장의 눈길에 두 사람은 자기도 모르게 움츠러들며 서로에게 다가갔다. 그러다가 자신들의 행동을 눈치채고는 화들짝 놀라며 다시 몇 발자국 떨어져 섰다. 두 사람은 매서운 이 총장의 눈빛에 한동안 아무 말도 못했다. 그러다가 한성보다는 조금 더 용기가 있는 준희가 이 총장을 향해 웅얼거리기 시작했다.

"그……그치만, 이 변호사님이 자꾸 저한테 뭐라고 하잖아요."

잔뜩 투정 섞인 준희의 말에 자기들끼리 속닥이던 어른들이 그녀를 쳐다보았다. 싸우느라 얼굴이 달아오른 준희는 지금의 상황이 마음에 들지 않는 듯 계속 투덜거렸다.

"제가 뭐 그렇게 큰 잘못을 했다고……. 이 변호사님이 막 심하게 대하잖아요. 누가 변호사 아니랄까봐 사람 상처 주는 말만 한대요, 칫."

한성은 계속 종알대는 준희를 어이없는 눈빛으로 쳐다보았다.

지금 이 여자는 그의 할아버지가 얼마나 무서운지 모르는 게 분명했다. 냉철로 따지면 천하에 둘도 없을 한성이지만, 할아버지 앞에서는 꼼짝도 못했다. 일평생을 대쪽보다 더 반듯하게 지낸 분이었다. 개방적인 사고관을 갖고 있어서, 여자와 남자의 역할을 구분하는 분은 아니지만 남자라면 으레 여자를 보호하고 아껴주어야 한다고 철썩 같이 믿고 있는 분이었다. 여자가 천하에 악녀라 할지라도 말이다. 그러니 남의 여염집 처녀를 건드리는 것은 상상도 못할 일이었다. 자신을 이용한 준희가 미워 어떻게든 버팅기고 있지만 할아버지가 두 사람의 동침 사실을 알게 된 이상 결혼은 불가피했다.

"그니까 애초에 아부지가 결혼하라고 한 것도 잘못이고요, 칫, 이렇게 호텔에서 부모님한테 걸릴 줄 누가 알았냐고요. 어휴, 정말 난 운도 지지리도 없지. 에이 참!! 왜 하필 이 호텔이냐고! 휴."

준희의 중얼거림은 한성을 원망하는 것에서 점점 신세한탄으로 변해갔다. 이마에 인상을 팍 쓰고 한쪽 눈을 찡그리며 앵두같이 붉고 작은 입술을 삐쭉이면서 종알대는 준희의 모습은 얄밉도록 귀여웠다. 한성은 그런 준희가 귀여워 흐뭇하게 바라보다가 흠칫했다.

'종알거리는 게 뭐가 예쁘다고. 이한성, 정신 똑바로 차려. 저 여자는 양의 탈을 쓴 늑대라고 너를 이용한 것 좀 보라고 근데……, 이용은 했지만 그녀는 처녀였지. 순결한 천사였어. 그건 부인할 수 없는 사실이라고 그리고 그녀는 기가 막히게 부드러웠어.'

한성의 머릿속에서 두 가지 생각이 쉴새없이 공방전을 벌였다.

'으~ 짜증나!'

아무리 준희를 째려보려고 해도 뜻대로 되지 않자 신경질이 났다.

여전히 살짝 올라간 그녀의 입꼬리. 한성은 자신을 딜레마에 빠지게 한 준희를 흐뭇한 시선으로 본 것을 누가 눈치라도 챘을까 슬그머니 주위를 살폈다. 그리고…… 헉! 한성은 턱이 빠지지 않을까 걱정스러울 정도로 입을 떡 벌렸다. 할아버지와 큰아버지가 삐쭉거리는 준희를 넋이 빠져라 보고 있었기 때문이었다.

그랬다! 그의 집안 남자들은 여자애라면 사족을 못 썼다. 워낙에 여자손이 귀한 집안이었다. 그런 집안에서 몇 대를 통틀어 혼자 여자로 태어난 사촌여동생이 얼마나 활개를 치고 다녔던가? 아주 집안 어른들을 제 손바닥 위에 올려놓고 빙글빙글 돌리지 않았던가? 그리고 자신의 사촌여동생보다 더 영악한 게 분명한 한준희라면 두 사람, 아니 집안 식구 모두를 정신을 쏙 빼놓고도 남을 것이었다. 자신을 포함해서.

"할아버님!"

한성은 최대한으로 근엄한 목소리를 냈다.

"어, 어? 어…… 그래, 그래."

이 총장은 준희에게 억지로 시선을 떼어내려 했지만 자꾸 시선이 그쪽으로 돌아갔다.

'조그마한 것이 좋알대는 것이 귀엽기도 하네. 쩝, 한영이도 시집가서 집안도 적적한데, 저런 애가 오면 집안 분위기가 환해질 텐데……. 아이고, 귀여워라. 나이가 스물 셋이랬나? 고등학생이라고 해도 믿겠네. 한 얼 교수가 부럽네. 으휴~ 놈들……. 손녀 하나 못 나아주고 죄다 사내들뿐이니……. 게다가 나도 윤가 놈처럼 친손주가 갖고 싶은데. 윤가 놈은 귀하디 귀한 한영이를 홀랑 데리고 가더니 나보다 먼저 친손주도 봤는데……. 아, 배 아파라. 뭐, 어차피 저 준희라는 아이가 한성이 놈하고 결혼할 터이니, 곧 친손주도 볼 수 있겠지. 흐흐흐.'

이 총장의 머릿속이 들쑥날쑥이었지만 결론은 하나였다. 귀여운 준희를 어떻게든 한성과 결혼시키는 것이었다. 이 총장은 이미 준희에게 홀딱 반해 있었다.

그런 아버지를 보며 성훈은 히죽 웃었다. 아닌게 아니라 준희라는 처자가 어여쁘긴 어여뻤다. 가뜩이나 한영이를 시집 보내고 외로워하며 손주들에게 결혼하라고 성화이던 아버지였으니, 이 기회를 놓치진 않으실 터이다. 저리 귀여우니 어떻게 해서든 손주며느리로 삼으실 테지. 게다가 한 얼 교수는 아버지가 특히나 아끼는 후배였다. 그 후배의 고명딸을 건드렸으니 한성은 죽음과 결혼으로 사죄하는 수밖에 없었다. 둘 사이에 무슨 비하인드 스토리가 있든 말이다.

"됐다. 여기서 집안 망신시키지 말고 둘 다 따라와!"

이 총장은 한성과 준희를 향해 무섭게 말했다. 반항은 일체 허락하지 않는다는 말투였다.

"가세, 한 교수. 우리 집으로 가서 일을 마무리지어야지."

"네, 선배님."

한 얼 교수는 냉큼 이 총장 곁으로 달려간다.

준희는 아버지인 자신도 감당 못했다. 조금 억누른다고 금방 다른데로 튄 것을 좀 보라. 후딱 다른 놈 손에 준희를 넘겨주고 이제 그만 마음 편하게 있고 싶었다. 게다가 두 사람이 처음엔 사이가 좋아 보였으니 별 탈은 없을 거였다.

이 총장을 선두로 어르신들이 우르르 로비를 가로질러 나갔다. 윤희가 힐끔 뒤돌아보자 맥이 빠진 두 남녀가 터덜터덜 따라오는 게 눈에 보였다. 피식 웃음이 나왔다. 이번에는 준희가 제대로 임자를 만난 것 같았다.

자, 여기까지가 억지 결혼의 전모라 할 수 있겠다. 이 사건으로 말미암아 서로를 철천지원수로 삼게 된 두 사람이 반항이라는 것을 일체 받아들이지 않는 부모들로 인해 울며 겨자 먹기로 결혼을 하게 되었으니, 정말 큰 일이 아닐 수 없었다. 한성은 준희를 노려보고, 준희는 한성을 노려보고 한 치의 양보도 없이 대립하는 두 사람인데 과연 행복하고 이상적인 결혼생활이 될는지……. 두 사람은 마지막에 마지막까지 반항을 했지만 결혼식 날짜는 착실히 다가오고 있었다.

결혼 그리고 계약서

"우리, 잠깐 얘기 좀 할까?"

결혼식 준비로 양쪽 부모님께 이리저리 끌려 다니던 준희 앞에 한성이 나타난 것은 불과 결혼식을 하루 앞둔 날이었다.

"무슨 일이에요?"

준희는 한성을 향해 쌀쌀맞게 되받아 쳤다. 그동안 무슨 꿍꿍이인지 한 발짝 물러서서 진행되는 결혼식을 관망만 하던 한성이었다. 자신은 어떻게든 이 결혼에서 벗어나려고 안간힘을 쓰고 있는데, 상대라는 남자는 도움은 주지 않을 망정 상황이 어떻게 되든 방치만 하고 있었다. 덕분에 한성에게 남아 있던 호감 비슷한 것도 사라지고 없는 마당이었다.

'참나, 내가 저런 사람을 좋아한다고 생각했다니. 말도 안 돼.'

준희는 뾰로통한 표정을 샐쭉거렸다.

"너무 그렇게 째려보지 말라고. 답답한 건 나도 마찬가지니까."

"흥. 답답한 사람이 그렇게 여유만만이세요? 모든 건 죄다 나한테 넘겨놓고? 회사도 못 나가고 매일매일 어머님들께 잡혀서 이 백화점 저 백화점으로 끌려 다니고, 폐점 시간까지 드레스를 입었다 벗었다 입었다 벗었다, 내가 지금 얼마나 답답한지 이 변호사님이 알기나 해요? 한 번만 더 백화점에 갔다간 심장이 터져버릴 것 같다고요. 으~ 끔찍해, 끔찍해, 끔찍해!"

끔찍하단 말을 연발하며 몸을 부르르 떠는 준희를 보자 한성의 기분이 순간 팍 상했다. 준희가 말하는 것은 분명 결혼을 준비하는 것을 말했지만, 한성은 그게 꼭 자신이 끔찍하다고 말하는 것처럼 들렸다. 불쾌감이 전신을 훑고 지나갔다. 자신도 이런 결혼, 즉, 준희와 하는 결혼은 절대 반갑지 않다고 쏘아주고 싶었지만 이내 마음을 가다듬었다. 어차피 되돌릴 수 없는 문제에 힘을 쏟는 건 한성의 스타일이 아니었다. 그리고 지금은 그 얘기가 아니라 다른 얘기를 하기 위해서 온 것이었다.

"너무 흥분하지 말라고. 어차피 내일이면 백화점 다닐 일도 없으니."

착 가라앉은 한성의 목소리에 준희는 그를 빤히 쳐다보았다. 그 눈빛에 앉은 자리가 괜히 불편하게 느껴질 정도였다.

"왜?"

한성은 퉁명스럽게 반문했다.

"아니, 그냥요. 생각보다 이 변호사님이 반대를 안하시는 것 같아서요."

준희는 기어코 그동안 궁금해하던 일을 물었다. 부모들로 인해 그들의 결혼이 정해지고, 결혼 날짜까지 일사천리로 정해지자 한성은 거짓말처럼 결혼 반대를 딱 끊었다. 부모가 이거 하라면 이거하고 저거 하라면 금방 저거 하는 한성이 도리어 협조적으로 보이기까지 했다. 물론 자신은 지금 이 순간까지 반항에 반항을 거듭하고 있는 중이었다.

"그건 어쩔 수 없어. 할아버지 고집은 아무도 못 말리시거든. 준희가, 우리 할아버지가 얼마나 무서운 분인지 몰라서 그래. 게다가 본의 아니게 후배 분의 자제를 건드린 죄인이 된 이상 반항이란 꿈도 못 꿀 일이야."

한성의 말에 준희는 슬그머니 올라오는 웃음을 참을 수 없었다. 그런 준희를 보자 한성은 어이가 없었다.

"지금 웃음이 나와?"

"아니…… 그게요. 헤헷, 근데 그날 집에서 이 변호사님 정말 웃기긴 했어요. 온몸이 새빨개지는 꼴이라니……. 크크크크. 남자가 그렇게 빨개지기도 해요?"

"뭐? 그러는 자기는 안 웃겼는 줄 알아? 내 무릎에 매달려서 엉엉 우는 꼴이라니……. 아주 표독스럽게 교수님께 대들던 때랑은 완전 딴판이던데?"

눈물이 그렁그렁한 채 쩔쩔매던 준희의 모습이 떠오르자 한성도 웃음을 참을 수 없었다. 여하튼 그 난감했던 순간은 한성의 인생사에서 손꼽힐 만한 사건이었다.

"크크크크크"

"하하하하하."

두 사람 사이에서 오랜만에 웃음이 터져 나왔다. 억지로 부모들의 손에 이끌려 결혼을 결정하게 된 후로 처음 갖는 편안한 시간이었다. 두 사람은 한참을 그렇게 웃어댔다. 커피숍 안의 사람들이 신기한 눈으로 쳐다보았지만 둘 다 개의치 않았다.

"그런데 무슨 일이세요?"

여전히 웃음이 역력한 눈빛이었다. 그런 준희의 눈동자를 보고 한성은 잠시 머뭇거렸지만 마음을 다잡았다. 두 사람의 결혼은 비정상적이고 오류투성이였다. 한성은 그런 오류를 바로잡을 무언가가 필요하다고 생각했다.

"아직도 결혼하기 싫어?"

"별 수 없잖아요. 지금도 여전히 안한다고 버티고 있지만요. 결정적으로 이 변호사님이 지원사격을 안해주는데요, 뭘."

"별 수 없는 일이라……."

무거운 한성의 표정에 준희는 결혼 준비를 하는 내내 마음을 괴롭혔던 문제에 대해 한성에게 말하기로 결심했다. 본래 '나만 좋으면 장땡'이 준희의 인생 신조였는데 어떻게 된 양심이 자신을 콕콕 찔러대며 한성에게 사과할 것을 종용하고 있었다. 한성을 유혹한 것이나 하룻밤을 같이 보낸 것에 대해서는 하나도 미안하지 않았지만, 부모에게 걸려서 이렇게 결혼식장에 끌려가게 된 것만은 정말 미안했다. 아무리 한성이 자신을 미워한다고 해도 말이다.

그를 유혹한 이유가 밝혀지던 순간, 얼음장처럼 차가웠던 그의 눈빛과 송곳처럼 날카로웠던 말은 진심인 듯 보였다. 그는 자신이 이용당했다고 말했었다. 그때 준희는 절대 이용한 게 아니라고 외치고 싶었다. 그녀는 한성과 사랑을 나눈 것이었지, 이용한 게 아니었다. 하지만 실낱같이 들리는 양심의 소리.

'너는 진태와 하는 결혼을 피하기 위해 한성과 잔 거잖아.'

개미 목소리보다 더 작았던 양심의 소리에 준희는 아무 말도 할 수 없었다. 그리고 그 작았던 양심의 목소리가 지금은 호랑이의 포효만큼이나 커져 심장을 쿵쾅거리게 했다.

정말이지 한준희 스물 셋의 인생에 이렇게 남의 눈치를 살피기도 처음이었다. 준희는 한성을 미워할 수가 없었다. 아직도 준희의 심장은 한성을 보면 뛰고 있었다. 확실히 평상시보다 빠르게.

설명해야 해. 내가 왜 그랬는지. 나와 진태가 어떤 사이인지. 억지로 약혼을 하게 된 일 그리고 무엇보다 한성의 품에 안기는 그 순간부터 머릿속에 약혼을 위한 유혹 같은 건 존재하지도 않았다고.

준희는 상기된 얼굴로 입을 뗐다.

"저……."

"이것!"

그때 한성이 내민 것이 한 장의 계약서였다.

결 혼 계 약 서

이 계약서를 시작하기 앞서, 상기 양자간 계약함에 있어 상호의 발전과 이익을 도모하기 위하여 하기 각 항을 준수할 것을 약정함.

하나, 이 계약서상의 갑은 이한성(1976년 2월생, 男)을 말하고 을은 한준희(1983년 7월생, 女)을 말한다.

하나, 갑과 을은 이 결혼이 본인들이 원하지 않는 상황에서 이루어짐을 전제로 한다.

하나, 다음의 사항에 대해서는 사전에 충분한 협의를 거쳤음을 인정한다.

이 결혼에 있어서,

1. 갑과 을의 관계는 동거인에 한 한다.

2. 갑과 을의 사생활은 완전히 보장된다. 서로의 사생활에 대해 신경을 쓰지 않고 또 요구하지 않는다.

3. 의식주는 각자 해결하는 것을 기반으로 하되, 공통적으로 해결해야 하는 기타 사항은 갑과 을 양쪽의 협의를 거쳐 결정하도록 한다.

4. 이 계약서의 존재 여부는 갑과 을 당사자들만 알고 있는다. 양쪽 부모님들 앞에서는 부부의 모습을 보이기로 한다.

5. 동거생활을 하는 도중 필요한 사항은 언제든 추가해 계약서를 재작성한다.

6. 본 계약서는 변동이 없을 경우 상호거래가 계속되는 한 유효하며 후일을 위하여 2통 작성하여 각각 기명날인하고 1통씩 보관한다.

7. 계약서의 법적 관계는 서울민사지방법원으로 할 것을 합의한다.

(······)

새하얀 종이 위에 촘촘히 박혀 있는 까만 글자를 준희는 살짝 찌푸린 얼굴로 내려다보았다.

"이게 뭐예요?"

"우리 두 사람 모두를 위한 보루라고나 할까?"

"보루요?"

"그래. 어차피 우리 둘 다 결혼이라면 질색하잖아."

"그렇죠."

"하지만 지금 우리가 결혼을 피한다는 건 불가능한 일이고."

"음."

"그래서 이 계약서가 필요한 거야."

"······."

준희는 수업을 받는 학생처럼 진지하게 한성의 말을 경청했다. 자신만 보는 그 눈망울에 한성은 눈가에 가볍게 키스하고 싶다는 생각을 했지만, 이내 머릿속에서 그 생각을 지웠다. 그런 친밀한 스킨십은 이 계약서에 반하는 일이었다.

"에······ 우리 두 사람 다 솔로일 때의 생활을 포기하고 싶지 않으니까 서로의 사생활을 보장해주는 계약서가 필요하다는 거야."

"사생활 보장을 위한 계약서요?"

"그래. 그러니까 간단히 예를 들면, 집에 몇 시에 들어오든 터치하지 않는다던가 아침식사는 각자 해결한다든가 하는 거 말야. 정식

부부도 아닌데 준희가 내 아침 차려주는 것도 우습잖아. 그렇다고 내가 차려줄 수도 없는 노릇이고."

"으흠."

"그런 사소한 것들에 대해 정리가 필요하다고 생각해, 나는. 알다시피 우리 두 사람 다 한성격하니까 처음부터 확실히 정해두지 않으면 안 될걸?"

"그래요? 그냥 각자 잘 살면 되는 거 아닌가요?"

"그래서 계약서를 작성해야 한다는 거야. 각자 잘 살기 위해."

"응. 결혼은 하되, 철저히 독립적인 생활을 하는 거야. 나나 그쪽이나 부모님이 결혼하라고 성화가 대단한데 그것을 피할 수 있다는 것이 이 결혼이 갖는 장점 아니겠어? 피할 수 없다면 즐기라는 말처럼, 이 결혼의 밝은 면을 볼 필요가 있어."

'이 결혼이 갖는 장점? 피할 수 없으면 즐겨라?'

점점 가관이었다. 열변을 토하는 한성의 모습이 꼴 보기 싫어져갔다. 아무리 억지로 하는 결혼이지만, 내일이면 자신의 신부가 될 사람한테 법률용어 가득한 계약서 하나라……. 한성에게 하려던 사과의 말은 이미 쏙 들어간 지 오래였다. 그뿐만 아니라 준희를 괴롭히던 양심의 목소리도 쏙 들어갔다. 미안해하던 마음은 점점 사라지고 그를 미워하는 마음이 더 커지고 있었다.

준희의 마음속에 어떤 생각이 오가는지 짐작도 못하고 계속해서 열변을 토하는 이 변호사.

"생각해봐. 나쁜 조건은 아니니까. 이 계약서 한 장 쓰고 각자의 생활로 다시 돌아가는 거나 마찬가지야. 그냥 한 집에 살 뿐. 다시 말해서, 결혼은 했지만 단순한 동거인에 불과하다는 거야. 부모님의 간섭에서 벗어난 독립적인 생활, 바라던 거 아니었어?"

"흠."

준희는 계속 골똘히 생각을 할 뿐 별다른 말은 하지 않았다.

"좋아요. 이 변호사님 말이 맞는 것 같네요. 근데…… 뭐가 하나 빠진 것 같네요."

이윽고 생각이 끝난 듯 준희가 명쾌하게 대답했다.

"응? 내가 보기엔 괜찮은 것 같은데……. 하긴, 급하게 작성했으니. 빠진 부분이 뭐야?"

"잠자리. 섹스."

사실 그 계약서에서 빠진 것은 '사랑'이었다. 두 사람이 사랑에 빠졌을 경우에는 어떻게 되는가? 그렇게 됐을 경우 비정상적인 이 결혼을 진짜 결혼으로 만들게 될 것인지. 아니면, 한성이 자신이 아닌 다른 사람과 사랑에 빠진다면…… 하지만 그녀가 다른 사람과 사랑에 빠질 일은 없다. 더구나 남편과는 더욱더. 옆에서 숨소리를 듣는 것만으로 자신을 흥분시키는 남편과는 절대 사랑에 빠져서는 안 된다. 두 사람 사이에는 호감도, 애정도, 스킨십도, 키스도, 사랑의 행위도 있어선 안 된다.

한성을 사랑하기엔 준희의 자존심이 너무 상했다. 한준희의 존재 가치를 계약서 한 장에 매어두는 남자를 사랑하는 일 따윈 하지 않는다.

준희는 똑바로, 눈동자 하나 흔들리지 않고 지나가는 똥개한테 말하듯 똑부러지게 한성을 향해 말했다. 그녀의 눈동자엔 '난 어떤 일이 있어도 당신을 사랑하지 않을 거예요'라고 새겨져 있었다.

순간 한성의 얼굴이 확 붉어졌다. 섹스라……. 사실 한성도 생각했던 부분이었다. 준희와 한 집에 살며 그녀를 안고 싶은 생각이 드는 건 1+1=2라는 것만큼 명확한 일이었다. 그 부분을 넣었다 뺐다

하기를 수십 번 했지만, 결국 한성은 자신의 욕망에 굴복해 그 조항을 빼고야 말았던 것이었다. 처음부터 계약서에 명시되어 있으면 실낱같은 기회도 없어지는 거니까.

"큼큼, 그 부분에 대해서는 미처 생각 못했네."

준희를 만나고선 거짓말쟁이가 되어간다. 스스로를 속이는 데 천재가 되어간다. 한성은 한숨을 내쉬었다.

"그 부분은 꼭 넣어야 해요."

'굳이 꼭 넣어야 하나?'

"건강한 두 남녀가 한 집에 살면서 충분히 벌어질 수 있는 일이잖아요."

'그래. 사실 내가 노리는 바가 그거라고!'

"솔직히, 그날 밤 나 굉장히 좋았으니까."

'나도, 나도 그랬어. 그날 밤처럼 다시 한 번 너를 느끼고 싶어!'

"하지만 우리 이제 서로에게 호감 있는 그런 상태 아니잖아요."

'그렇지만 나는…….'

"혹여 실수로 덜커덩 임신하면 어떻게 해요?"

'준희, 널 닮은 아이라면…… 실수라도, 난…….'

"난 그런 거 싫어요. 사랑하지도 않는데 아이로 억지로 묶이는 거."

'그건 그렇지만……, 어른들은 굉장히 좋아하실 거야. 우리 사이에 아이가 태어나면……. 미쳤어, 이한성.'

한성은 준희의 말에 조목조목 토를 다는 자신을 보며 절망의 한숨을 쉬었다. 여기서 조금만 더 하다간 두 사람이 같이 섹스를 해야 하는 이유에 대해 반론을 펼칠 것 같았다.

"그래. 그럼 그 부분에 대해서는 더 추가를 해서 다시 계약서를 작성하지."

한성은 힘없이 말하고 자리에서 일어났다. 처음 이 계약서를 생각했을 때만 해도 훌륭한 생각이라고 자화자찬했지만, 어쩐지 지금은 어깨에 힘이 쑥 빠졌다.

"이따가 만나서 사인을……."

"오늘 만날 시간 없을걸요? 저 이제부터 슬리밍 센터랑 피부관리실 가서 피부관리 받아야 하거든요. 그거 끝나면 오후 6시쯤 될 건데요. 그때 저희 부모님이랑 약속이 있거든요. 시집 같지도 않지만 암튼, 시집가니까 마지막으로 회포를 풀어야죠, 헤헤. 이 변호사님은 그런 거 안해요?"

"어? 나는……."

"참! 이 변호사님 지금 바로 청담동 피부관리실로 가셔야 돼요. 저 슬리밍 센터 들렀다 갈 거니까 그 사이에 이 변호사님 예약해놨거든요. 뭐, 운이 좋으면 마주칠 수도 있겠네요."

"윽. 피부관리?? 그거 나도 받아야 하는 거야?"

"몰라요. 나도 하기 싫어 죽겠는데, 엄마가 내일 화장 잘 받아야 한다고 그래서요."

"복잡하군."

"그러게 말이에요. 어쨌거나 내일 전투를 치러야 하니까."

"어차피 형식적이라는 거 다들 아시는데 그냥 대충하고 넘어가면 안 되나?"

"우리들 말은 귓등으로도 안 들으시는데요, 뭐. 계약서나 제대로 준비해 오세요. 내일 첫날밤 역사적인 순간에 사인을 하죠."

"좋아. 그럼 내일 아침 전쟁터에서 보자고."

"옛썰!!"

한성과 준희는 의미심장하게 시선을 교환하며 굳게 악수를 했다. 실로 며칠 만에 이뤄지는 접촉이었다. 그 짜릿함에 놀란 두 사람은 화들짝 떨어졌다. 두 사람 사이의 불꽃을 인정하기 싫었다. 아니 인정하면 안 되는 것이다. 그런 불꽃을 원천 봉쇄하는 계약서 앞에서.

"그럼……."

"네. 내일 봬요."

떨어지지 않는 발걸음을 억지로 떼며 두 사람은 뒤돌아 각자의 길을 향해 걸었다.

새벽이 되자 저절로 눈이 떠졌다. 지난밤에 잠이 오지 않아 뒤척거리다 겨우 새벽녘이 다 되어 잠들었는데 6시도 되지 않아 금방 잠에서 깼다. 어차피 누워 있어봤자 다시 잠이 오지 않을 것 같아서 한성은 이불을 박차고 일어났다.

창가로 다가가 창문을 활짝 열어젖혔다. 새벽 공기가 시원했다. 한성은 크게 심호흡을 했지만 좀 전부터 빠르게 뛰기 시작한 심장은 진정될 기미도 보이지 않았다. 억지 결혼이든, 반쪽짜리 결혼이든 오늘은 자신의 결혼식 날이었다.

결혼. 이제 한준희라는 여자가 평생 내 옆에 서게 된다. 심장이 펌프질을 더욱 빨리 했다. 새하얀 웨딩드레스를 입은 준희는 아마 기가 막히게 아름다울 것이다. 문득 준희가 웨딩드레스를 고르는데 함께 가지 않은 것이 후회가 됐다. 여러 가지 드레스를 입어보는 준희를 보았으면 좋았을 텐데. 그랬다면 준희에게 가장 잘 어울리는 드레스를 손수 골라줄 수 있었을 텐데.

"어휴, 온통 한준희 생각이군."

한성은 왠지 낯선 자신의 모습에 씁쓸하게 말했다. 분명 한준희라는 여자는 자신을 이용한 여자다. 물론 제 꾀에 제가 넘어가, 그렇게 벗어나려 했던 결혼이란 늪에 풍덩 빠져버리긴 했지만 말이다. 그 사실은 굉장히 고소한 일이지만, 문제는 자기도 그 늪에 같이 빠지게 됐다는 점이다. 그리고 그보다 더욱 큰 문제는 그 늪이 점점 괜찮아진다는 일이었다. 더불어 마녀 같은 한준희도.

"참나, 내 인생 서른에 나보다 일곱이나 적은 여자한테 휘둘릴 줄 누가 알았겠어?"

한성은 체념의 한숨을 폭 쉬고는 욕실로 향했다. 아래층이 부산해지기 시작했기 때문이다. 조금만 있으면 어머니의 재촉하는 목소리가 들릴 것이다.

"어휴, 내 팔자야."

하지만 욕실로 걸어가는 한성의 발걸음은 왠지 가벼워 보였다.

관악산 한 자락에 자리잡은 한국 고유의 호텔, 한명관의 크지 않은 예식실. 원래 한명관에서 결혼을 치르는 것은 드문 일이었다. 워낙에 고전적인 것을 고수하느라 다른 호텔들에서 흔히 하는 세미나나 결혼식 같은 것은 일체 하지 않았지만, 한성의 할아버지가 한명관의 오너와 워낙에 친분이 두터웠던지라 오늘은 한명관 측에서 자진해서 식 준비를 해주게 된 것이다.

예식실에 모인 사람들도 그리 많지 않았지만 대한민국 정·재계를 아는 사람이라면 깜짝 놀랄 사람들이 몇몇 눈에 띄었다. 신랑 측 집안인 한영재단이야 워낙에 대대로 교육자들을 배출해낸 명문 중의 명문 집안이었고, 2년 전 재계를 떠들썩하게 연애를 하며 결혼에 골인해 한영재단과 사돈 집안이 된 대명그룹도 대한민국에서 손꼽히는 재벌에 속했다. 요 근래 가속화된 글로벌 정책으로 주가가 천정부지로 뜨고 있는 대명그룹은 벌써부터 조만간 재계 넘버원이 될 거라고 사람들이 수군거렸다. 거기에 한영재단의 이한영 총장과 친분이 있는 국회의원 몇몇과 한명관의 명예회장 그리고 얼마 전 취임한 젊은 오너까지 화려했다.

그에 비해 신부 측은 다른 의미로 화려하달까? 신부의 부친인 한얼 교수는 전 세계 역사가에서 내로라하는 중동아시아의 유적 전문 역사가였고, 모친인 어머니 정윤희는 아직도 숱한 사람들의 기억속에 지워지지 않는 영원한 여배우였다. 당대에 워낙 뛰어난 배우였던지라 신부 측 손님들로, 방송사 간부들과 지금도 텔레비전과 영화에서 국민배우라 불리며 활발한 활동을 벌이는 중견배우들이 보였다.

하나 둘, 손님들이 자리에 앉고 부모들과 얘기하는 모습을 흡족하게 바라보던 한성은 걸음을 신부 대기실로 옮겼다. 자신을 위해 순결한 하얀 드레스를 입고 있을 준희의 모습이 너무나 궁금했다. 준희에게 생각이 미치자 한성은 한달음에 대기실로 달려갔다. 결혼하기 전에 준희와 뭐라고 한마디쯤 나누고 싶었다.

하얀 창호지가 곱게 발라져 있는 격자무늬 문 앞에서 한성은 멈춰 심호흡을 했다. 그리고 들어가려는 찰나.

"나, 정말 결혼하기 싫어, 진태야."

'진태?'

한성은 왠지 모르게 익숙한 이름이 들리자 대기실로 들어가는 것을 잠시 멈추고 고개를 갸웃거렸다. 분명 뇌리 속에 남아 있는 이름이었다. 꽤나 꺼림칙한 느낌이긴 하지만 말이다.

'진태……진태라……'

"그래도 어쩌겠어? 지금 도망이라도 갈 거야?"

낭랑한 남자의 목소리가 대기실 문을 뚫고 들려왔다.

"이미 밖에 손님들 쫘악 깔렸어. 여기서 도망치면 너 정말 살아남기 힘들걸?"

첫 번째 목소리와는 다른 중저음의 목소리도 들려왔다.

"그……그렇지만 나, 사랑 없는 결혼은 하고 싶지 않은걸."

그리고 마지막으로 준희의 힘없는 목소리가 들려왔다.

본의 아니게 한성은 신부의 대화를 엿듣는 꼴이 되고 말았다. 꼴사나운 모습이라는 걸 잘 알지만 조금 더 자세히 듣기 위해 귀를 대기실 문에 바짝 갖다댄 상태였다. 지나가는 사람들이 힐끗힐끗 쳐다보며 갔지만 그런 것에 신경 쓸 겨를이 없었다.

"우리 부모님, 15년이라는 나이 차이에도 사랑으로 결혼에 골인하셨어. 그리고 평생동안 서로 사랑하시는 모습만 봐왔다고. 나도 그에 못지않은 사랑을 하고 싶어. 최소한 내가 사랑하고, 나를 사랑하는 사람과의 결혼. 욕심인 거 아니잖아."

'그래 맞아.'

한성 자신도 결혼을 하게 되면 정말로 사랑하는 사람과 할 거라고 생각했다. 적당히 서로 조건을 맞추는 결혼이 아닌. 더욱이 부모님의 강요 때문에 결혼식장으로 끌려갈 줄은 꿈에도 몰랐다.

한성은 더 이상 엿듣기를 그만두고 대기실 문에 기대섰다. 저절로 한숨이 불거져 나왔다. 담배 생각이 간절했다. 그때 장인어른의 목소리가 획 하니 머릿속에 지나갔다.

'그래서 진태하고 약혼에서 벗어나려고 아무 남자나 붙잡아 호텔로 향한 게 아니냐!! 성공했으니까 된 거 아니냐!!'

'그래! 진태, 준희의 전 약혼자.'

그리고 그 뒤에 들리는 말은 더 가관이었다.

"그래!! 진태야, 네가 나 좀 데리고 가줘."

"뭐?"

진태는 자신의 손을 잡고 간곡히 말하는 준희를 무슨 벌레라도 쳐다보는 듯한 눈길로 보았다. 그럼에도 불구하고 준희의 손을 꼭 잡아준 것은 억지 결혼식에 끌려가는 준희가 안쓰러워서였다. 비록 자신은 결혼이란 족쇄에서 벗어나 뛸 듯이 기뻤지만, 그래도 동고동락했던 동지 준희는 그러지 못한 것 아닌가. 아니 다르게 보면 준희가 총대를 맨 거나 마찬가지였다.

"그냥 도망쳤다가 한 열흘 후에 나타나면 되지 않을까?"

"쯧쯧쯧. 또 한준희 버릇 나왔구만, '그냥' 버릇. 이래도 그냥, 저래도 그냥. 야, 그게 가능하리라 생각해?"

옆에서 준만이 톡 쏘아붙였다. 저 앞뒤 안 가리고 그냥 해대는 성격 덕에 매일 고생하는 것은 자신과 진태였다.

"이번 일도 네 그냥 버릇 때문에 이렇게 된 거 아니냐. 그냥 자버리면 되겠지. 다른 남자랑 그냥 자버렸는데 부모님이 뭐라 하시겠어? 안 봐도 뻔하다."

준만은 친절히 준희의 목소리 흉내까지 내며 말했다.

"진태가 꿈도 꾸지 말랬다며. 진태 말 들었으면 이렇게 결혼하진 않았잖아."

"그럼, 그냥 가만히 있으라고? 그냥 있었으면 진태랑 결혼하게 생겼는데?"

팩 토라진 준희의 목소리가 하이 소프라노로 올라갔다.

"어쨌거나 이번에야말로 꿈도 꾸지 말아."

"흥! 내가 너한테 말했어? 진태한테 말했지?! 진태야……, 응?"

준희는 문밖에서 한성이 듣고 있으리라곤 꿈에도 생각하지 못하고 계속 쫑알댔다. 거기다 괘씸하게도 눈물을 그렁그렁 매단 채로 진태의 손을 더욱 세게 잡았다. 자신의 이런 표정이면 진태가 절대 거절하지 못할 거라는 것을 누구보다 잘 알고, 그래서 써먹는 표정이었다.

"야⋯⋯야⋯⋯. 아~"

진태는 준희의 눈물 공격에 마음이 약해지는 것을 느끼며 망연히 말할 뿐이었다.

그때 쾅 하는 소리와 함께 신부 대기실 문이 부서져라 열렸다. 열린 문 사이로, 험상궂은 표정을 한 한성이 성큼성큼 들어왔다. 진태라는 이름의 주인공이 생각났거니와 그와 더불어 자신의 신부가 도망갈 궁리를 하고 있다는 것을 안 이상 눈에 보이는 것이 없었다.

아니 눈에 보이는 것은 없다고 생각했는데, 들어가자마자 그의 눈에 들어온 것은 천사보다 더 아름다운 신부와 신부의 양옆에 서서 그녀를 지켜주는 건장한 두 기사였다. 한 기사는 처음 준희를 만나러 갔을 때 그녀의 옆에 서 있던 청년이었고, 다른 한 기사는 놀랍도록 잘생긴 남자였다.

'그럼 저 잘생긴 청년이 준희의 전 약혼자렷다!'

한성은 순간 속이 뒤집어질 것 같았다. 한 번 보지도 못한, 막연한 약혼자라 잘 실감도 나지 않았는데 이렇게 눈앞에 두고 보니 질투심에 욕지기가 치밀어 오르는 것 같았다. 그 자신은 질투라고 결코 인정하지 않았지만, 이렇게 미칠 듯이 화가 치밀어 오르는 감정은 질투밖에 없었다.

한성은 무례하다고 해석할 수밖에 없는 눈빛으로 두 남자를 쏘아보았다. 지난번 그런 눈빛을 받아낸 준만은 겨우 참아낼 수 있었지만, 준희의 남자를 처음 보는 마당에 그런 눈빛을 받자 안 그래도 소심한 진태는 볼이 확 달아올랐다. 왠지 자신의 삶이 얼마 남지 않앉다는 느낌이 들 정도였다.

"여긴, 왜 들어와요?"

준희는 검은 턱시도에 눈보다 더 하얀 드레스셔츠를 받쳐입은 신랑에게서 시선을 떼려고 노력하며 말했다. 180센티의 훤칠한 키에 운동으로 다져진 날렵한 몸매에 검은 턱시도는 기가 막히게 잘 어울렸다.

괜스레 매섭게 한성을 째려보았지만, 지금 준희의 심장은 심하게 벌렁거리고 있었다. 혹시 자신이 한 얘기를 한성이 듣지 않았을까? 으아, 하늘에 신이라는 분이 계시다면 저 사람이 제 얘기를 듣지 않게 해주세요. 억지로 결혼식에도 끌려가는데 그 정도는 해주실 수 있잖아요. 준희는 간절하게 바랐지만 택도 없는 바람이었다.

"뭐? 도망?"

이미 얼어붙은 시베리아 벌판을 다시 얼릴 듯한 목소리였다. 그 목소리에 준희를 포함한 세 사람 모두 바짝 얼었다. 생전가야 그렇게 무서운 목소리는 처음 들어봤다. 입 안이 바짝바짝 말라 들어갔지만 어느 누구 하나 먼저 말하지 못했다. 천하의 한준희도 바짝 얼어붙어서 아무 말도 못하고 있었다. 아니 한성에게 시선조차 맞추지 못하고 있었다.

그런 세 사람을 한 사람씩 훑어보던 한성의 시선이 진태에게 날아가 꽂혔다. 한성은 입도 벙긋하지 않았다. 그저 진태를 오만하게 쳐다본 것뿐이었다. 이십 평생 그런 눈빛을 받아본 적 없는 진태로서는 속수무책이었다. 군대도 아니건만 지레 겁먹고 진차렷 자세를 하며 우렁찬 목소리로 말했다. 마치 군대 연병장에 처음 선 이등병처럼. 이미 자신의 손을 잡고 있던 준희의 손은 매섭게 쳐낸 지 오래였다.

"아닙니다. 저는 준희를 데리고 도망갈 생각 같은 거 안했습니다."

'으이구, 저 멍충이!'

바보같이 스스로 다 불어버리는 진태의 머리통을 부케로 내려치고 싶은 달콤한 욕구를 가까스로 참아내며 준희는 아무렇지도 않은 표정을 지으려 노력했다.

사실 한성도 알고 있는 일이었다. 마녀 한준희가 어떻게 저 사내를 들볶는지도 다 듣지 않았던가. 언제나 문제는 한준희였다. 유혹을 하는 것도, 늪에 빠지게 하는 것도 모두 다.

"잠깐 자리 좀 비워주지."

낮게 깔리는 바리톤의 목소리에 준만과 진태는 뒤도 안 돌아보고 줄행랑을 쳤다. 이 사내가 준희와 결혼하는 이상 평생 그를 보아야 하는데 이왕이면 잘 보이고 싶었던 것이다. 준희에게는 안타까운 일이지만 어쩌랴? 힘의 논리가 그러한 것을. 준희의 작은 두 손아귀에서 벗어나지 못하고 옴짝달싹 못했던 두 사내는 준희보다 강해 보이는 한성에게로 옮겨간 것이었다.

준희는 달아나는 두 친구의 뒤통수를 보며 이를 바드득 갈았지만 어쩔 수 없는 일이었다. 혼자서 한성을 상대할 생각을 하니 오금이 저려왔지만 한성에게 약한 모습을 보이고 싶진 않았다.

"뭐, 뭐예요……."

준희는 자신을 향해 뚜벅뚜벅 걸어오는 한성을 향해 거만하게 말하려 했지만 말꼬리가 흐려지는 것을 막을 수 없었다. 준희의 눈동자에 한성의 모습이 점점 크게 새겨지기 시작했다. 그리고 그 까만 눈동자에 온전히 한성만 새겨진 바로 그때 한성의 입술이 난폭하게 그녀의 입술을 파고들었다.

"읍!"

차라리 폭력이라는 말이 더 어울리는 키스. 수십 개의 핀으로 고정된 머리 사이를 사정없이 파고드는 손가락. 방해가 되는 면사포는 찢어내기 일보 직전이었다. 정성을 들여 바른 입술이 이미 엉망이었다. 빨간 립스틱은 한성의 입술에도 선명하게 찍혔다.

"이, 이러지……."

한성의 행동을 막기 위해 어떻게든 말하려 했지만 벌어진 입술은 한성을 도와주는 꼴밖에 되지 않았다. 따뜻한 한성의 혀가 준희 혀를 붙잡고 늘어졌다. 한성의 혀는 준희의 입 안 곳곳을 거침없이 쑤시고 다녔다. 청결한 향이 나는 가지런한 이를 뚫고 다시 혀를 붙잡아 빨아대며 그녀의 혀를 자신의 입 안으로 인도했다. 끈적끈적한 두 사람의 타액이 교환되고, 이제 폭력 같은 키스는 없었다. 이미 이성은 사라진 지 오래였다. 원초적인 욕망 사이에 남자 하나와 여자 하나가 있을 뿐이었다.

여자는 서투르지만 그에게 부드럽게 키스를 되돌려주었다. 그의 머리카락을 꽉 잡고 다급하게 입술을 찾았다. 부드럽고 따뜻한 입술 그리고 단단한 어깨. 여자의 입술이 부드럽게 다가오자 남자는 녹아내릴 것만 같았다. 두 사람 다 조금 더 가까이 붙지 못해 안달이었다. 남자의 커다란 손이 바쁘게 여자의 온몸을 훑었다. 손바닥 아래 풍만한 가슴이 느껴지자 남자의 손이 그 안으로 파고들었다. 깊게 파인 드레스는 그의 일을 수월하게 해주었다.

여자는 밀어붙이는 남자의 힘을 이겨내지 못하고 바닥으로 쓰러졌다. 그리고 곧 남자도 뒤따라 그녀의 말랑한 몸 위로 쓰러지듯 다가왔다. 여자는 남자의 몸 아래 깔려 손가락 하나 움직일 수 없었지만 그래도 좋았다. 엉망으로 구겨지는 옷은 신경 쓰이지 않았다. 틀어 올린 머리가 엉망이 돼서 머리카락 반 이상이 바닥에 깔렸지만 상관

하지 않았다. 면사포는 마지막 핀에 매달려 찌그러지고 섬세한 레이스는 찢어졌지만 관심도 가지 않았다. 오직 눈앞의 남자와, 그 남자가 주는 느낌만이 중요했다.

남자는 드레스 앞자락을 내려 탐스러운 가슴을 두 눈으로 확인하고야 말았다. 복숭아처럼 부드러운 촉감과 흥분으로 꼿꼿이 선 유두가 남자를 유혹했다. 남자는 지체하지 않고 그 유두를 입에 물었다. 분명 남자는 지금 여기가 어디인지, 자기가 무엇을 하고 있는지 하나도 기억나지 않는 게 분명했다.

여자가 눈앞의 남자만 중요했듯이, 남자도 여자 외엔 아무것도 떠오르지 않았다. 남자의 하체는 흥분으로 터져버릴 것 같았다. 붉은 카펫 바닥 위에 새하얀 드레스를 입고 가슴을 드러낸 채 누워 있는 여자. 흥분으로 눈은 까맣게 닫혔고 입술은 빨갛게 부풀어 있었다.

"으으……."

남자는 신음소리를 내며 다시 여자의 입술로 달려들었다. 턱시도 위로 여자의 가슴이 느껴졌다. 맨 가슴에 여자를 느끼고 싶어 거칠게 크러뱃을 잡아당겼지만 어떻게 된 것이 풀어지지가 않았다. 남자는 크러뱃 푸는 것을 포기하고 다른 곳에 정신을 집중하기 시작했다. 태초가 시작되는 곳. 신비로운 여자의 몸에서 가장 부드럽고 가장 따뜻하고 가장 강한 그곳. 그곳을 찾아서 남자의 손이 부산하게 움직이기 시작했다.

남자가 하얀 드레스 치맛자락을 걷어올리는 것이 느껴지자 그제서야 여자의 정신이 번쩍 들었다. 따뜻한 허벅지 안쪽을 파고드는 남자의 손이 주는 느낌에 여자는 진저리를 쳤다. 이러다가 결혼식장, 사람들이 바글대는 예식장 코앞에서 사랑을 나눌 것만 같았다.

여자는 거절의 몸부림을 쳤다. 힘으로는 이겨낼 수 없었지만 자신의 뜻을 남자에게 알려야 했다. 남자의 입에서 좌절감의 신음이 흘러나왔다. 조금만 더 올라가면 여자의 중심이었다. 따뜻하고 매끄럽고 부드러운 그곳. 하지만 여자의 몸부림이 계속되자 멈춰야 할 때임을 알았다.

여자가 가까스로 남자를 떼어냈다. 남자의 가슴팍에 손을 올려 그를 밀어내었다. 남자도 가까스로 현실감을 차렸는지 욕정으로 흐려졌던 눈에 다시 빛이 돌기 시작했다. 남자는 바닥에 손을 짚고 여자를 내려보았다. 여자의 가슴은 가쁜 숨으로 급격히 오르락거렸지만 그녀의 눈빛은 놀랍도록 차가웠다. 잠시 두 남녀는 그렇게 정지된 채로 서로를 바라보았다. 그 침묵을 이겨내지 못하고 먼저 입을 뗀 것은 준희였다.

"키스는 계약서 사항에 위반이잖아요."

"아직 계약서에 사인하지 않은 걸로 아는데?"

얄밉도록 침착한 목소리였다. 한준희의 23살 평생 이렇게 살의를 느끼는 것은 처음이었다. 입술에 묻은 빨간 립스틱과 엉망으로 구겨진 크러뱃이 아니라면, 방금 전까지 불같이 뜨거운 키스를 나눈 사람이라고는 생각하기 어려웠다.

입술뿐만 아니라 눈처럼 하얀 드레스셔츠 칼라에도 자신의 빨간 립스틱이 묻어 있는 것을 보자 준희는 슬쩍 웃음이 나왔다. 하지만 한성은 엉망이 된 준희를 쳐다보느라 준희의 웃음에 신경 쓸 겨를이 없었다. 힘들게 평정한 목소리를 내긴 했지만 지금 한성은 제정신이 아니었다. 엉망으로 구겨진 드레스를 입고 자신의 몸 아래 누워 있는 준희는 한성이 이제껏 알아온 그 누구보다 아름다웠다. 다시 한 번 저 흐트러진 머리숱에 손을 묻고 발갛게 부풀어오른 입술을 훔치고 싶었다. 그녀의 몸속에 마저 들어가고 싶었다. 따뜻한 곳을 갈구

하는 자신의 남성을 풀어주고 싶었다. 자신은 한준희의 안으로 들어가야만 했다. 그래. 딱 한 번만 더…… 키스만이라도…….

그때, 불순한 한성의 욕구를 막아선 건 자그맣게 들리는 문 두드리는 소리였다. 간헐적으로 들려오는 애원 섞인 목소리와 함께.

"저……저기요, 시……, 식이 시작됐는데요……. 시…… 신랑 입장하래요."

개미보다 더 작은 진태의 목소리였다.

"신랑 입장."

사회자의 굵고 큰 목소리에 신랑이 성큼성큼 들어왔다. 그런데 한 치의 동요도 없는 신랑의 표정과 달리, 그를 바라보는 하객들은 눈이 휘둥그레지고 입이 딱 벌어졌다. 평생 저런 새 신랑은 한 번도 보지 못했던 것이다.

딴딴따라~ 딴딴따라~

결혼행진곡이 울려 퍼지고 신부 입장도 시작되었다. 사람들의 고개가 저절로 신부에게 가 꽂혔다. 얼굴이 빨갛게 달아오른 신부 아버지와 또 아무 일도 없었다는 듯이 환한 미소를 얼굴에 가득 담고 있는 신부. 하지만 역시 저런 신부는 한 번도 보지 못했다. 사람들 사이에선 또 한 번 웅성거리는 소리가 들려왔다. 도대체 잠깐 사이에 둘 사이에 무슨 일이 벌어진 것인가?

훤칠한 키에 남자답게 잘생긴 신랑은 나무랄 데 없이 보였지만, 잘 정돈된 머리는 막 샤워를 끝낸 것처럼 헝클어져 있었고, 까만 턱시도 왼편에 꽂혀 있는 꽃은 찌그러져 그 형체를 알아보기 힘들었으며 크러뱃은 형편없이 흐물흐물해졌다. 드레스셔츠 칼라에는 정체를 알 수 없는 빨간 얼룩투성이였다.

신부 또한 신랑과 비슷한 꼴이었다. 아니 더욱 심했다. 하나로 모아 틀어 올린 머리는 느슨하게 흐트러져 반 이상이 삐져나왔고, 한쪽으로 기울어진 면사포는 아슬아슬하게 머리에 붙어 있었다. 게다가 입술은 선정적으로 붉게 부풀어올라 있었다. 당연지사 부케의 꽃도 절반은 으스러져 있었다. 그뿐인가? 앙증맞게 부풀어올라 있는 디자인의 소매는 엉망으로 구겨져 본래의 사랑스러움은 찾아볼 수 없었고, 가슴팍을 화려하게 장식했던 섬세한 레이스는 엉망으로 찢겨져 있었다.

한마디로 두 사람 다 어디서 한바탕 뒹굴고 온 사람들처럼 보였다. 몇몇 눈치 빠른 사람들이 신랑의 드레스셔츠에 묻은 얼룩의 색이 신부의 입술에 있는 색과 같다는 것을 알아채고 슬그머니 입에 미소를 달았다.

'어지간히도 참기 힘들었나보군. 크크크.'

그런 사람들의 속마음을 아는지 모르는지 허공에서 신랑과 신부의 시선이 마주쳤다. 스파크가 튀지 않은 것이 이상할 정도였다. 그런데 그 눈빛은 사랑에 충만한 것이 아니라 서로 못 잡아먹어서 안달인 눈빛이었다.

한성은 억지로 평온한 표정을 지으며, 준희가 자신에게 다가오는 것을 바라보았다. 금방이라도 그녀가 달아날 것 같은 불안감이 평온한 얼굴로 가린 한성의 속마음을 갉아먹고 있었다.

사촌형제들이 킥킥대는 웃음소리가 들려왔다. 확실히 이상한 결혼식이었다. 엉망진창으로 식장에 입장한 신랑과 신부 그리고 그 탓은 욕망을 이기지 못한 한성에게 전적으로 있었다. 순간 반쯤 찢어진 드레스를 입고 등장하는 준희의 손을 붙잡고 식장을 뛰쳐나가고 싶었다. 다시 대한민국에서 최고로 비싸고 좋은 드레스에 머리끝부터 발끝까지 완벽하게 꾸며 결혼식장으로 데려오고 싶었다. 준희는 그 누구에게도 이렇게 웃음의 대상이 되어선 안 된다. 언젠가……, 언젠가 때가 되면 이 모든 것을 다 그녀에게 보상해주리라.

한성은 이를 악물며 한 얼 교수에게서 준희의 손을 건네 받기 위해 단상에서 내려섰다. 신부의 행진이 끝나고 두 사람이 마주 섰다.

"미안, 이런 모습으로 결혼식을 올리게 돼서."

한성은 준희에게만 들리도록 작은 소리로 그녀의 귓가에 속삭였다. 준희는 잠시 서서 한성을 바라보았다. 한 얼 교수가 자신의 손을 그에게 넘겨주는 것이 느껴졌다.

"어차피 우리 결혼, 비정상적이잖아요!"

아버지의 손을 떠나 처음 한성의 손을 잡으며 준희가 내뱉은 말이었다.

첫날밤

"조심해서 다녀오렴."

"거기 가서는 다투지 말고."

"안 싸워요~"

"준희는 성질부리지 말고."

"크크크. 형, 조카 만들어와, 크크크."

"자식, 까분다."

"호호호."

"네. 걱정 마세요. 잘 다녀오겠습니다."

"그래, 다녀와라."

"참, 잊지 말고 선~물!"

이제 막 결혼식을 마친 새신랑 새색시의 신혼여행을 배웅하기 위해 양가가 모두 인천공항에 모였다. 워낙에 많은 인원이라 한마디씩만 했는데도 중구난방이었다. 한성은 어른들의 말에 일일이 대답하느라 바빴고, 준희는 짓궂은 사촌들의 말에 그저 빙그레 웃을 뿐이었다.

일주일 만에 치러진 결혼이니 모든 것이 부족했지만, 신혼여행만큼은 제대로 준비를 했다. 일정이 바쁘니 대충 패키지 여행을 이용할 수도 있었지만, 이한영 총장의 지휘 아래 특별히 임무를 부여받은 특별대 ─ 그래 봤자 한성의 두 사촌형제들이었다 ─ 들이 직접 여행사에 찾아가 여행지부터 호텔 예약과 관광까지 모든 것을 철저하게 준비했다. 일주일 동안의 시간이라 부족했지만, 그래도 그 둘은 해냈다.

여행지는 가까운 일본. 오사카부터 교토까지 느긋이 보내는 온천여행. 어른들께는 한창 휴가철이라 유명한 리조트는 예약하지 못했고 대신 운치가 넘치는 일본 온천여행을 기획했다고 둘러댔지만 사실은 사촌형제의 화끈한 밤을 위해 치밀한 계획 아래 선택된 곳이었다.

고즈넉한 일본식 여관, 정원 한 곁에 있는 노천 온천. 달빛 아래 온천에 몸을 담그고, 방으로 돌아와선 그 별빛을 감상하며 술 한 잔. 벌어진 유카타 깃 사이로 뽀얀 피부가 드러나고…… 크으, 상상만으로도 후끈 달아오르지 않는가?

신혼여행에 이렇게 신경을 쓴 이유는 억지로 한 결혼이니 둘이 외국에서 붙어 지내면서 사이 좀 좋아지라는 게 어른들의 계산이었다.

우여곡절 끝에 소란한 인사를 끝내고 한성과 준희는 보딩 패스를 끊으러 갔다. 철두철미하게 신경을 썼지만 비행기 티켓만은 어쩔 수 없었던지라 좌석이 이코노미 클래스였다.

"어쩌지? 이코노미라는데?"

한성은 뻘쭘하게 말했다. 이코노미 석은 스무 살 배낭여행 때 한 번 타보고 그 뒤로는 한 번도 타지 않았다. 좌석들 사이가 좁아 불편했기 때문에 항상 퍼스트클래스를 이용해왔다. 그리고 무엇보다, 신혼여행인데 하는 생각이 들었기 때문이었다. 결혼식도 엉망이었고, 조금이지만 준희의 얼굴에 피곤한 기색이 보였다. 그런데 짧은 거리이긴 하지만 두어 시간을 좁은 좌석에 끼어 가게 할 생각을 하니 미안함이 앞섰다.

"그래 봤자 두세 시간인데요. 가깝잖아요."

"그렇다면 다행이고."

"그보다, 저기, 이 변호사님. 여기 잠깐만 계세요. 저 잠깐 저기 언니한테 물어볼 게 있어서요."

준희의 가느다란 손가락이 가리킨 곳은 방금 보딩 패스를 끊은 데스크였다. 준희는 한성을 향해 가볍게 웃고는 그가 뭐라 하기도 전에 나비처럼 팔랑이며 금세 데스크로 달려갔다. 그리고 고개도 꾸벅 숙이고 웃기도 하고 종이에 뭐라고 적어주기도 하면서 한참을 있다가 다시 팔랑거리며 한성의 곁으로 다가왔다.

"뭐했어?"

"헤헷. 비밀요."

"뭔데 그래?"

"비밀이라니까요. 자자, 얼른 들어가자고요, 안 그러면 또 어르신들이 와서 이러쿵저러쿵 하시겠어요."

한성은 준희의 재촉에 더 묻지 못하고 머뭇머뭇 걸음을 옮겼다. 입국 심사대를 거쳐 게이트로 들어가며 자신의 생각과 달리 방실대며 웃고 있는 준희를 힐끔 내려다보았다.

아무래도 준희가 좀 이상하다. 어차피 비정상적인 결혼이라며 냉정하게 잘라 말하던 준희는 없었다. 편안해 보이는 눈빛에 곧잘 웃어대고, 사촌형과 동생의 장난에도 그저 배시시 웃고, 지금은 뭐가 그리 좋은지 연신 방싯대며 그에게 얘기를 해댄다. 준희의 밝은 모습을 보니 나쁘진 않았다. 처음 만났을 때 — 불과 보름여 전인데도 까마득한 옛날로 느껴진다 — 같은 느낌도 들었다. 처음 bar ICent 에서 느꼈던 화기애애한 분위기가 좋았다.

하지만 솔직히 말하자면, 왠지 불안한 마음이 들었다. 사실 한성은 준희가 식을 마치자마자 휭 하고 집으로 돌아갈 줄 알았다. 그 집이 준희가 살던 원룸인지, 아니면 부모님이 꾸미신 자신들의 새 집인지 알 수는 없었지만 결혼식장에서는 내내 표정이 굳어 있었다. 결혼식을 코앞에 두고도 도망갈 생각을 했던 한준희이니 과한 생각은 아니었다. 한성의 입에서 절로 한숨이 나왔다.

정말 다사다난한 결혼식이었다. 신랑신부의 심각한 옷차림에 주례는 서둘러 주례사를 끝냈고, 기념촬영도 신랑신부의 단독 컷, 가족들과 다 같이 찍는 한 컷, 이렇게 두 개밖에 담아내지 못했다. 사진사도 더 이상 찍기에 난색을 표했을 뿐만 아니라 모든 하객들이 공통적으로 결혼사진을 찍기에는 무리라고 판단했기 때문이었다.

움직일 때마다 점점 더 망가지는 예복을 벗고, 폐백을 위해 한복으로 갈아입었을 때에야 한성은 비로소 크게 숨을 쉴 수 있었다. 사실 자신의 옷차림은 별로 문제가 아니었는데 준희의 드레스가 엄청 심각했다. 흘러내리는 앞자락 레이스를 준희가 어떻게든 원상태로 돌려보려고 잡아당길 때마다 누가 자신의 양심을 콕콕 찌르는 것 같았기 때문이었다.

준희가 마지막으로 폐백실에 갈 때까지 별로 좋은 표정은 아니었기 때문에 한성은 내심 신혼여행지까지 잘 갈 수 있을지 걱정을 했었다. 하지만 그런 걱정은 기우였던 모양이다. 준희는 지금 잘도 재잘거렸다. 그것도 보너스로 환한 웃음까지 지으며.

"흠. 인천공항 참 좋네요."

"처음 와봐? 부모님 따라 몽골이랑 만주 돌아다녔다며."

"그거야 어렸을 때니까. 그때는 김포공항에서 다녔죠."

"부모님 귀국할 때마다 마중 안 나왔어?"

"이 안까지는 안 들어와봤죠. 게다가 전 주로 차 안에만 있었어요. 짐이야 뭐, 진태가 들었으니까."

"……"

"그리고 이번 경우처럼 부모님들이 불쑥 오시는 경우도 많았고요. 이렇게 안까지 와보기는 처음인데, 와~ 우리나라 공항도 엄청 좋네요."

"……"

준희는 한성이 입을 꾹 다문 것도 눈치 채지 못하고 눈이 휘둥그레져서 연신 공항 안을 구경하기에 바빴다. 준희는 철저하게 아날로그형 인간이었다. 핸드폰도 고작해야 전화를 걸고 받는 게 전부였고, 가지고 다니는 MP3도 진태가 음악을 넣어줘야 새로운 음악을 들을 수 있었다. 텔레비전도 잘 안 보고, 컴퓨터도 메일 확인과 가끔 하는 고스톱이 전부. 게다가 휴일에는 거의 집에만 있는 편이라 오랜만에 밖에 나오니 신기한 것투성이이고, 구경할 것투성이였다.

"와아. 우리 비행기는 어디 있어요?"

"……"

"와아. 좋긴 좋다. 김포공항에 비하면 궁궐 같다."

조금 촌스럽고, 호들갑스러운 준희. 주위 사람이 쳐다보건 말건 신경도 안 쓴다.

"근데 면세점은 어디 있어요?"

"……."

한참을 쫑알거리다 문득 한성이 말을 하지 않는다는 걸 깨달은 준희는 가볍게 한성을 불렀다.

"이 변호사님?"

"……."

올려다본 한성은 왠지 심통이 난 얼굴이었다. 찌푸린 이마하며, 뭔가가 맘에 안 든다는 눈빛까지.

"이 변호사님?"

전혀 영문을 알 수 없었던 준희는 한성의 팔을 가볍게 잡았다. 그리고 그와 동시에 한성의 입에서 터져 나오는 한숨과 질문.

"진태가 누구야?"

답을 알면서도 묻는 질문이었다.

"보고도 몰라요?"

무얼 묻는지 알면서도 다르게 하는 대답. 그리고 준희는 연이어 방긋 웃고 말았다.

"아까 우리 대기실에서 나올 때 벙찐 표정 봤죠? 푸하하하. 진태 표정 중에서 그 표정이 제일 귀여워요. 나중에 이 변호사님도 자세히 봐봐요. 평상시엔 얼굴에 얼마나 힘을 주고 다니는데요. 크크크 뭐, 그것도 다 제가 시킨 일이긴 하지만요."

"흥! 그때 걔 볼 시간이 어디 있었어? 그리고 왜 내 질문은 낼름 끊어먹는데? 진태가 누구냐고."

"흐응~"

준희는 여전히 뾰로통한 표정으로 되묻는 한성을 살짝 째려보았다.

'이미 결혼도 한 상황인데 진태가 뭐가 그리 궁금한 걸까? 진태와의 결혼을 피하기 위해 자신과 잘 정도면 내가 진태에게 이성으로서 애정은 조금도 없다는 것쯤은 알고 있을 텐데 말야. 이게 혹시…… 질투인가?'

준희는 머릿속을 환하게 하는 두 글자를 잠시 떠올렸다가 이내 자조적인 생각에 빠졌다.

'말도 안 돼. 질투는 최소한 애정이 밑바탕 돼야 생기는 감정이야. 결혼식 하루 전에 생뚱맞은 계약서를 내미는 남자는 아니라고. 그렇지만 뭐, 궁금하다면 얘기해주지. 별로 숨길 일도 아니고 어차피 진태랑은 계속 보고 살 건데 그때마다 일일이 설명하기도 귀찮고.'

"잘 들으세요. 이번 딱 한 번만 설명할 테니까요. 그리고 더 이상의 설명은 없고, 터치도 용납하지 않겠어요. 어쨌거나 이건 내 사생활이니까."

"음."

"권진태, 스물 여섯. 현재 한영대 법학과 4학년 재학 중. 사법고시 패스 어렸을 때부터 친구. 부모님들끼리 친함. 내 꼬붕 1호. 내 전속 피팅 모델. 어쨌거나 10여 년 약혼자. 진태 아버님은 태중 약혼이라고 우기기도 하심. 하지만 우리 두 사람은 절대, 네버, 연애감정 없음. 평생을 같이할 친구. 에…… 또 뭐 있나?"

"태중 약혼? 10여 년? 근데도 평생을 같이 해?"

한성은 속사포 같은 준희의 설명을 듣다가 경악하고 말았다. 10여 년이란다. 이 눈앞의 여자가 자신의 기억이 맞다면 스물 셋인데, 10년이나 약혼 기간을 가졌다면 겨우 초등학교 6학년 때쯤 약혼을 했다는 말이었다. 그런데도, 이렇게 매력적인 여자를 눈앞에 두고 빠져들지 않을 남자가 어디 있겠는가?

"호호호 부모님들이 농담하시는 거죠. 사실 10년이란 시간은 조금 과장됐어요. 저 중학교 때부터 한국에서 살았는데요, 저 혼자 두고 가기 불안하시다고 농담 삼아 약혼시키자고 한 게 지금까지 이어진 거예요. 사실상 실제로 약혼이라고 반지 끼고 다닌 건 대학교 입학 때부터니까 한 4년 됐나? 헤헷."

"나는 상식적으로 이해가 안 돼. 중학생 딸아이를 혼자 두는 게 아무리 불안해도 그렇지, 어떻게 약혼을 시켜? 게다가 친척들도 있는데 생판 남의 집에 맡겨? 불안하다면서?"

"으응, 우리 할머니댁이랑 외깃집은 시골에 있단 말이에요. 그리고 워낙에 아버지들끼리 친해서요. 나이 차이는 많았지만."

"아니, 아무리 그래도 약혼까지 시키나? 딸이 앞으로 누굴 좋아하게 될지도 모르는데?"

"그건……, 사실…… 다른 이유가 있긴 하는데……."

따다다다 얘기하던 준희가 잠깐 뜸을 들이며 한성을 쳐다봤다. 말을 해야 하나 말아야 하나 고민하는 것 같았다. 하지만 한성은 준희가 자신에게 비밀을 갖는 게 가장 싫었다. 뭐라고 설명하긴 어렵지만 자신은 준희의 모든 것을 다 알아야 했다.

"뭐야, 말하기 시작한 거 다 말하라고."

"흐유. 그러죠, 뭐. 사실 제가 남자한테 인기가 좀 많아요."

콧대를 살짝 들며 준희가 오만하게 선언했다. 그 이상도 그 이하도, 설명도 없이 딱 잘라.

"엥?"

한성의 반문에 고개를 끄덕이는 준희의 표정은 제법 비장하기까지 했다.

"응. 남자들이 절 좀 좋아하더라고요, 아니, 좀 많이."

"뭐? 고작 그 이유 때문에 약혼을 해?"

들으면 들을수록 점점 미궁으로 빠져드는 것 같았다. 권진태라는 전 약혼자의 정체를 알려달라는 게 그렇게 무리한 부탁이었나 하는 생각이 들었다. 어째서 뜬금없이 여기서 자기가 인기 있다는 말이 나오는 걸까?

한성은 하늘을 향해 치켜올려진 준희의 콧대를 지그시 쳐다보았다. 작은 콧망울에 날렵한 코. 정말 예쁘게 생긴 코다. 게다가 끝이 살짝 올라간 눈망울은 표정이 풍부해서 더욱 아름답고, 완벽한 계란형의 얼굴은 백옥처럼 하얗다. 거기에 붉은 입술은 도톰해서 키스하고 싶은 욕구를 불러일으킨다. 예쁘다. 새신부는 막 물이 오른 장미꽃처럼 예쁘다. 그래, 신부는 인기가 많을 것 같다. 지나가는 남자들의 시선을 한몸에 받을 것 같다.

새삼스레 준희가 다르게 보였다. 자그마한 몸집에 양쪽으로 땋은 갈래머리의 고등학생 같은 순수함이 아니라 눈가부터 입술까지 우아한 섹시함이 있었다. 뭔가 머리통을 내려친 것 같은 충격이었다.

'귀엽고 섹시한 천사라……'

아닌게 아니라, 공항 안의 남자들이 준희를 힐끔힐끔 쳐다보는 것도 같다. 검정 양복을 쫙 빼입은 보안 요원부터 머리가 희끗한 할아버지들까지. 할아버지까지??

준희가 한성의 시선이 가 있는 곳을 살피더니 설명을 덧붙이기 시작했다.

"나이가 좀 있는 분들은 아무래도 엄마 때문에 많이들 물어보세요. 외할머니랑 작은아빠들이 그러는데요, 저, 엄마 젊었을 때랑 똑같이 생겼대요. 완전히. 그래서 어르신들이 좀 알아보시고 그래요. 뭐, 약혼을 하게 된 결정적인 사건은 따로 있지만요. 저 중학교 때

대학생 하나가 우리 집 앞까지 쫓아온 일이 있었거든요. 중학생이라
고 했는데도 사귀어주면 안 되냐고 막무가내로 떼쓰고 그랬거든요.
근데 그게 한동안 계속됐어요. 이틀에 한 번 꼴로 집에 찾아오고 학
교까지 와서 꽃다발 주고 가고……. 그때, 아버지가 좀 심각하다고
생각하셨나봐요. 그 즈음, 저도 말 거는 남자들 때문에 좀 귀찮았었
거든요. 학교에서도 여자애들 질투 때문에 짜증도 났었고요. 그래서
아버지가 약혼 운운 하시길래 그냥 가만히 있었어요. 뭐, 남자들이
대쉬할 때마다 방패삼아 얘기하기 좋았거든요. 헤헤헤.”

줄줄 흘러나오는 준희의 설명에 한성은 입을 떡 벌리고 말았다.
남자들이 귀찮아? 고작 열네 살 때? 정말 듣도 보도 못한 얘기다.
한준희라는 여자는 알면 알수록 모르는 것투성이었다. 정말 특이한
여자다. 생각해보면, 이 여자에 대해 아는 것이 하나도 없었다. 그런
상태로 결혼을 하고만 것이다.

“그리고 대학교 입학하면서 원룸에서 살고 싶어서 아버지를 설득
했죠. 진짜로 약혼할 테니까 혼자 살게 해달라고요. 그 전에는 진태
네에서 같이 살았거든요.”

“뭐?? 같이 살았다고?”

남자들이 숱하게 따라다녔다는 것도, 그래서 귀찮아서 약혼을 했
다는 것도 이젠 귀에 들어오지 않았다. 오직 하나, 진태라는 놈팽이
랑 같이 살았다는 점이 중요했다.

“네. 하숙이라고 해야 하나? 암튼 그렇게 살았어요.”

“마……마……, 말도…….”

한성은 너무 기가 막혀 말을 이을 수 없었다. 준희는 말문이 닫힌
한성을 보고 빙그레 웃었다. 그리고 그제서야 준희의 입에서 정말
한성이 원했던 대답이 흘러나왔다.

"진태랑은 워낙 어렸을 때부터 봐서 이성이라는 느낌이 안 들어요. 그건 나도 그렇고, 진태도 그렇고요. 진태한테 나랑 정말 결혼하라고 했으면 걘 아마 미국까지 도망갔을걸요? 진태가 절 얼마나 끔찍해하는데요. 크크크, 어렸을 때부터 엄청 부려먹었거든요. 아마 모르긴 몰라도 진태의 이상형은 저와 정반대의 여자일 거예요."

"아니, 그래도 10여 년이나 약혼한 사이라며……."

어물거리며 말하는 한성은 조금 밝아진 얼굴이었다.

"게다가 정식 약혼은 제가 진태한테 아버지가 너랑 약혼해야지 독립생활을 허락해준다고, 안해주면 나가서 콱 아무 남자나 만나버릴거라고 협박해서 하게 된 거예요. 진태는 저한테 친오빠나 마찬가지거든요. 그리고 앞에 말했다시피 내 꼬붕이니까 내 말 거역하면 죽음이거든요."

"참나. 들으면 들을수록 못 믿을 말뿐이군."

"하지만 이거 하나는 이 변호사님께 약속할게요."

갑자기 웃음기는 완전히 뺀 정직한 목소리에 한성은 자기도 모르게 긴장했다.

"나 앞으로 거짓말은 하지 않을게요. 나 원래 거짓말 잘해요. 남들 속 뒤집어놓는 것도 잘하고 그치만 이번에 거짓말하면 안 된다는 거 뼈저리게 느꼈어요. 아니, 내 거짓말 때문에 내가 곤란하고 보니까 거짓말 그거 할 게 못 되더라고요."

준희는 크게 한숨을 들이쉬었다. 기회는 지금뿐인 것 같았다.

"그래서 지금 이 자리를 빌어서 사과할게요."

큰 결심을 한 듯 단호한 그녀의 눈빛에 한성은 멀뚱멀뚱 쳐다볼 뿐이었다. 준희의 화법은 참 특이하다. 이 얘기에서 저 얘기로 잘도 훌쩍훌쩍 뛰어넘는다. 준희의 말을 잘 알아들으려면 온전히 그녀의 말에만 집중해야 한다. 그래서 한성은 자신이 할 수 있는 한 최대한 집중을 해서 그녀의 말을 들었다.

"미안해요. 나 약혼한 상태라는 거 말하지 않아서. 그리고 나 때문에 억지로 결혼하게 돼서."

예기치 않았던 준희의 사과에 한성은 잠시 당황했다. 이거야말로 전혀 생각지도 못했던 일이었다.

"아, 아냐…… 뭐, 사과할 것까지는……."

"이렇게 사과하지 않으면 계속 마음에 걸릴 것 같아서요. 제 사과 받아주실 거죠?"

준희는 사과와 함께 정말 미안함을 듬뿍 담은 미소를 지었다. 그리고 여느 때와 마찬가지로 준희의 미소 한 방에 넘어가고 마는 이 한성. 아, 약한 자여, 그대의 이름은 남자이니라.

한성은 스스로도 참 이해가 안 갔다. 저런 미소라면 주변에서 얼마든지 봐왔다. 가까운 예로 사촌여동생이 있지 않은가? 얼굴의 반을 차지하는 커다란 눈에 동그랗고 귀여운 얼굴, 작은 코, 예쁜 입술의 사촌여동생. 게다가 여동생의 눈웃음은 정말 대한민국 최고였다. 그 웃음에 안 넘어가는 사람이 없으니까. 아닌 줄 알면서도 여동생의 눈웃음 한 방이면 모든 게 가능했다. 그리고 그 눈웃음에 넘어가지 않는 유일무이한 사람이 바로 자신이 아니던가? 그런데도 이 자그마한 여자의 웃음엔 속수무책으로 무너지고 마니, 정말 이상한 일이 아닐 수 없었다.

한성이 자신의 패배(?)를 통탄하며 고개를 끄덕일 때 준희는 활짝 웃었다. 이제 찜찜한 마음 같은 건 훌훌 털어버렸다.

'헷. 이 변호사님이 단순해서 다행이야. 이렇게 얼렁뚱땅 넘어가는 사과를 받아주다니. 크크크 아직 멀었어. 나 같았으면 평생 우려먹었을 텐데……. ㅎㅎㅎ. 미안해요, 이 변호사님. 하지만 나 찜찜한 건 못 참아서. 그렇다고 그것 때문에 기죽어 지내고 싶지도 않아서.'

결혼식 때 마음이 편치 않았던 것은 한성만이 아니었다. 결혼식 내내 준만의 말이 뇌리 속에 남아 준희를 괴롭혔다.

'또 한준희 버릇 나왔구만, 그냥 버릇. 이번 일도 네 그냥 버릇 때문에 이렇게 된 거 아니냐.'

준만의 말을 듣고 나서야 자신의 생각이 얼마나 짧았는지 알았다. 뭐든지 저지르고 보는 성격이지만, 이번에야말로 자신이 큰 잘못을 한 것이다. 그리고 그녀의 경솔한 생각 때문에 원치 않은 결혼을 하게 된 남자, 이한성. 처음 만났을 때부터 연애만 하자고 했던 사람을 결혼식장으로 끌고 말았다. 미안하게도 뭐, 멍청이 같은 계약서 나부랭이나 들고 오는 사람이긴 하지만 모든 근본적인 문제는 자신이 만들어낸 것이니 사실 준희로선 입이 10개라도 할 말이 없는 상황이었다.

이 모든 상황에 대해 사과는 해야겠는데 그렇다고 무조건 굽히고 들어가자니 괜히 자존심이 상해서 못하겠고, 이러지도 저러지도 못하고 있던 찰나에 얼렁뚱땅 말을 꺼내게 된 것이었다. 준희의 특이한 성격은 이런 곳에서도 발휘(?)됐다.

잘못을 저질렀을 때 워낙에 무딘 성격인 데다가 부모들도 오냐오냐, 진태의 부모들도 오냐오냐, 진태와 준만은 말할 것도 없으니 사과 같은 건 잘 하지 않았다. 하지만 그것은 어디까지나 가족같이 가까운 사람들에 한해서였지, 다른 사람들에게는 맺고 끊는 것이 확실한 성격이라 잘못을 했으면 대체로 그 자리에서 확실히 사과를 하는 편이었다. 하지만 그 전에 다른 사람에게 사과할 상황을 만들지 않는다가 준희의 신조였다. 더 나아가 잘못을 할 정도로 친한 인간관계도 맺지 않는 편이었다.

그러니 이런 상황이 준희의 입장에선 굉장히 어색하고 뻘쭘한 상황이었다. 게다가 남녀 사이에 자존심은 그 무엇보다 피 튀기지 않은가? 어쨌거나 준희는 얼렁뚱땅 사과를 한 뒤 세상을 다 가진 것 같았다. 일주일이나 가슴속에 맺혔던 체증이 내려갔으니 이제 거칠 것이 없었다.

"근데, 이 변호사님 돈 많아요?"

"돈?"

"네. 선물 사야 하잖아요."

"뭐, 벌써부터 걱정해. 가서 천천히 둘러보면서 사면 될 것을."

"꼭 가지 않아도 되잖아요?"

작은 목소리로 아리송한 대답을 하며 준희는 면세점을 향해 걷기 시작했다.

"빨리 따라와요."

준희는 멀뚱히 서 있는 한성을 향해 손짓 한 번 하고는 잘도 걸어갔다.

한 시간 남짓 준희의 뒤를 졸졸 따라다니면서 한성은 결심했다. 앞으로는 절대 여자와 함께 쇼핑은 하지 않겠다고. 넓지 않은 면세점 구석구석, 갔던 데 다시 가고 봤던 물건을 또 보는, 굉장히 비효율적인 여자들의 쇼핑 방식을 철저히 거부하겠다고.

"할아버님께는 아무래도 이 모자가 좋겠어요. 난 할아버지들 항상 진중한 중절모만 쓰고 다니는 거 별로더라. 요즘 할아버지들도 패셔너블해져야 된다고 생각해요."

말과 동시에 준희가 집어든 건 로고 패턴의 구찌 중절모.

166

"흐응. 어머님들은 스카프가 좋겠죠? 큰어머님은 퍼플 계열로, 어머님은 그린하고 옐로가 섞인 걸로. 아무래도 어머님이 패션 계통에 계시니까 고르기 까다롭네요."

"흐흐흐. 우리 엄만 아빠를 한 방에 유혹할 수 있는 특별한 향수! 우리 아빠도 중절모로 사야겠다. 아무래도 할아버지랑 커플모자는 안 되겠죠?"

"아버님들은 똑같이 넥타이? 아님 양주? 에이. 면세점은 들어와 있는 상점이 한계가 있으니까 고르기 너무 힘들다."

"근데, 이 변호사님. 도련님들은 어떤 걸로 사다드려야 해요?"

한 시간 동안 이어진 준희의 수다 연발에서 한성의 마음에 드는 것은 딱 한 가지뿐이었다. 사람들에 대한 호칭. 할아버님, 아버님, 어머님 그리고 도련님들. 요 네 가지 단어 외에는 도저히 따라갈 수가 없었다.

준희는 선물을 미리부터 살 필요가 없다는 한성의 말을 들은 척도 하지 않고 계속해서 쇼핑하기에 여념이 없었다. 하나 사서 쇼핑백을 한성에게 넘겨주고, 다시 바쁘게 돌아다니다가 하나 사서 쇼핑백을 넘겨주고 매장마다 계산할 때가 되면 멀뚱히 한성만 쳐다보았다. 그러면 한성은 지갑에서 카드를 꺼내 계산하기를 반복.

점점 넘쳐나는 짐 때문에 번번이 지갑을 꺼내기가 힘들어지자 한성은 아예 카드를 꺼내 준희에게 넘겼다. 한성은 포기한 지 오래였다. 자기 의견을 말하는 것도 포기했다. 그가 뭐라고 한마디를 하면 쇼핑에 드는 시간이 두 배로 는다는 걸 깨닫고 난 후였다. 그렇게 한 시간이 지나자 슬슬 걱정이 됐다. 이러다가 비행기를 놓칠까봐 걱정이었다.

"준희야, 쇼핑은 이제 그만 해야 될 것 같은데? 시간 다 됐어."

"그래요? 어디 보자. 다 샀나?"

초조한 한성은 아랑곳하지 않고 선물의 개수를 하나하나 확인하는 준희. 쇼핑백을 다 세고, 그 안을 일일이 확인해본 후에야 비로소 준희는 만족스런 미소를 지었다.

"자, 그럼 갈까요?"

준희는 한성의 대답도 기다리지 않고 성큼성큼 걷기 시작했다. 한 발자국 정도 떨어져 있던 한성은 두 손 가득 든 짐을 놓치지 않으려 노력하며 그녀의 뒤를 따랐다. 한성은 작게 안도의 한숨을 쉬었다. 한시라도 빨리 오사카에 도착해 뜨거운 온천물에 몸을 담그고 싶었다. 그러나 준희의 거침없는 발걸음은 23번 게이트와는 정반대 방향을 향하고 있었다. 한성은 몇 걸음 걷지도 않고서 금방 준희를 따라잡았다.

"어디 가는 거야?"

"집이요."

"뭐? 집?"

"네. 설마 이대로 신혼여행 갈 거라고 생각한 건 아니죠?"

"당연히 그렇게 생각했지!"

"왜요?"

한성의 대답에 준희는 정말 깜짝 놀란 표정을 지었다. 천재적인 연기자가 아니고서는 진짜 놀란 표정이다.

'아니 도대체 이 여자는 무슨 생각을 하고 있는 걸까?'

"왜라니……."

"우리 둘이 거기 가서 뭐 하고 지내요? 분명 방도 하나만 예약했을 텐데, 뻘쭘하기만 하지. 그리고 나 오사카랑 교토 가봤어요."

준희는 어깨를 가볍게 으쓱했다.

168

"참나, 기가 막혀. 근데 짐은 왜 비행기에 실었어?"

"그야, 부모님들이 아직 보고 계셔서 할 수 없었어요."

그리고 또 가벼운 어깻짓. 이 여자는 어깨만 으쓱하면 모든 게 다 해결되는 줄 아는가보다.

"그럼, 우리 짐은 어떻게 해?"

"헤헷. 그래서 아까 데스크에 갔었잖아요. 미안한데 짐을 잘못 가지고 왔다고 집으로 부쳐달라고 했어요. 서초동 아파트요."

서초동 아파트는 두 사람의 신혼살림이 있는 곳이었다. 한성의 부모는 자신들과 가까이 있는 평창동에 집을 구하고 싶어했지만 법원과 너무 멀어 원래 살고 있던 오피스텔과 가까운 곳에서 골랐다. 그리고 그곳이 한성의류와도 가까웠다.

"훗. 나 잘했죠?"

"……."

한성은 뭐 이런 여자가 다 있느냐는 표정을 지었지만 준희는 또 망할 놈의 어깻짓만 할 뿐이었다.

"우리, 빨리 서초동 집에 가요."

"쳇. 신혼여행도 안 가면서 거긴 왜?"

"제 원룸으로 가면 보나마나 들키니까 그렇죠."

"어휴, 어휴."

한성이 아무 말 못하고 한숨만 연이어 쉬자 준희는 가볍게 그의 팔에 손을 올렸다.

"이 변호사님."

그 작은 접촉에도 두 근 반 세 근 반 뛰는 한성의 심장.

"화났어요? 아니 난 어차피 두 사람 다 이 결혼 탐탁지 않았으니까. 그리고 신혼여행은 나중에 이 변호사님이 진심으로 사랑하는 사람이랑 결혼하게 되면 그때 가시라고요. 저 때문에 억지로 결혼도 하셨는데 신혼여행까지 가게 할 순 없어서요."

작은 목소리로 조목조목 말하는 준희의 모습이 애처롭기까지 했다. 이에 한성의 화는 또 터무니없이 약해지고 있었다.

"그래. 집으로 가자."

완벽한 한성의 KO패였다.

"그랬는데 그때 준만이가 어떻게 했는 줄 아세요? 크크크. 글쎄 진태 머리카락을 잡아 확 잘라버린 거예요. 아무리 게이로 오해를 받아도 그렇지. 사람들은 깜짝 놀라고 진태는 충격으로 쓰러질 지경이고 저는 웃겨서 쓰러지고 아무튼 완전 코미디였어요."

집으로 돌아가는 차 안에서 학창 시절 재미있는 얘기를 들려주며 까르르 웃는 준희를 보자 한성은 자꾸 흘러나오는 웃음을 막을 수 없었다. 그와 동시에 준희의 이런 모습에 열광할 가족들도 떠올렸다. 아무리 생각해도 자신의 이 급한 결혼은 준희에게 반한 할아버지 탓인 듯 싶었다. 하지만 아무렴 어떠랴. 어차피 두 사람은 결혼했을 것이다. 할아버지가 관여를 하셨건 하지 않으셨건, 준희의 부모에게 들켰건 안 들켰건.

한성은 준희에게 이끌리는 자신의 감정을 굳이 막지 않기로 했다. 준희에게 화를 내면 낼수록, 그 화가 비수가 되어 도로 자신에게 날아왔다. 그의 말에 상처받는 준희의 모습, 의기소침한 준희의 표정, 웃지 않는 준희. 모두가 날카롭게 그의 가슴을 파고들지 않았던가?

지금에 와선 결혼을 억지로 했다는 사실이 문제가 되지 않았다. 좋아하는 사람과 같이 있는 생활도 나쁘지 않을 것이다. 비록 준희가 자신을 좋아하지 않아도 이런 편안한 관계도 괜찮지 않은가? 아마 두 사람은 친구처럼 잘 지낼 수 있을 것이다. 뭐……, 준희가 여자로서 매력이 너무 크긴 하지만 어차피 계약서에 사인을 하게 될 테니. 그리고 준희가 자신에게 마음을 열면 그때 천천히 관계를 진행시켜도 늦지 않다. 이렇게 틀어지지만 않았다면 두 사람은 여전히 잘 사귀고 있었을 것이다.

한성의 얼굴에 모처럼 편안한 미소가 흘렀다. 이제야 왠지 일이 제대로 흘러가는 것 같았다.

토요일 오후임에도 불구하고 차는 금방 아파트에 도착했다. 23층 높이의 아파트 정 중앙이 그들이 앞으로 살 집이다. 엘리베이터에 오르자 금방 그들을 12층에 내려주었다. 잠시 문앞에 서서 두 사람은 서로를 바라봤다. 좋든 싫든 당분간 두 사람의 동거 장소가 될 곳이다.

"자, 들어가실까요? 사모님?"

한성은 장난스런 미소를 지으며 준희 앞에 있는 문을 활짝 열었다. 문을 열자 아직 완전히 환기가 되지 않아 새 집, 새 가구의 냄새가 났다.

"고마워요!"

준희는 앞으로 삶이 평탄하지 않을 것 같다는 느낌이 들었다. 긴장감으로 손끝이 떨려왔다. 그녀는 크게 심호흡을 하고 집 안으로 들어갔다.

"와아, 예쁘다."

집은 이제 막 인테리어 잡지에서 튀어나온 것처럼 예쁘게 꾸며져 있었다. 베이지색과 핑크색으로 이루어진 집은 신혼부부의 공간이라는 분위기를 팍팍 풍겼지만 너무나 사랑스러웠다.

예쁜 것을 좋아하는 준희는 좀전의 긴장감은 금세 잊어버리고 집

안 곳곳을 구경하느라 바빴다.

"오오! 어머님께서 고생 좀 하셨겠어요. 일주일 만에 이렇게 준비하시다니……. 음, 여기가 욕실인가? 헷, 예쁘다. 그리고 여기는 침실…… 흠. 침대 무지하게 크네. 그리고 이 방은 서재인가 보네? 저 작은 방은 옷방인가? 헤에~ 내 짐이 언제 여기로 다 왔대?"

한성은 눈 오는 날 강아지처럼 발발거리며 이 방 저 방 구경을 하는 준희의 모습을 흐뭇하게 바라보았다. 준희에게 향하는 마음을 굳이 막지 않겠다는 결심을 해서인지 둘만의 보금자리를 보고 즐거워하는 준희가 마냥 예뻐 보였다.

한성은 주방으로 가 냉장고를 열어보았다. 아마도 와인이 하나쯤은 들어 있을 것이다. 그리고 그의 예상대로 사촌형의 짧은 메모가 붙은 와인 병이 들어 있었다.

'Good-Luck!'

'좋아, 앞으로 내 인생에 행운만 한가득 와달라고.'

한성은 와인글라스를 꺼내 적빛 와인을 한가득 따랐다.

"아가씨? 이거 한 잔 어때?"

"헤헷. 이 변호사님, 집 너무 예쁘죠?"

"응. 맘에 들어?"

"네. 고생한 보람이 있네요. 헤헤헤."

"맘에 든다니 다행이네. 어쨌건 우린 이제 한 공동체니까."

한성은 와인글라스를 앞으로 내밀었다. 준희는 한성의 잔에 자신의 잔을 맞부딪쳐 영롱한 소리가 나게 했다. 찰캉거리는 소리가 집 안에 울렸다.

"네. 앞으로 잘 부탁해요, 동거인."

"나야말로."

"자…… 그럼…….”

"네, 계약서에 사인할까요?"

한성과 준희는 나란히 소파에 앉았다. 여전히 두 사람의 손엔 와인글라스가 들려 있었다. 그리고 앞에 있는 탁자엔 두 사람의 사인을 얌전히 기다리고 있는 새하얀 종이 두 장과 펜. 그것들과 한성을 번갈아 보는 준희의 눈동자가 바쁘게 돌아갔다.

한성은 집 안이 더운지 넥타이를 풀고 와이셔츠 단추를 두어 개 풀고 소매를 걷어올리고 있었다. 준희는 침을 꿀꺽 삼키며 그 모습을 지켜봤다. 왠지 열심히 일하고 휴식을 취하는 듯한 한성의 모습이 섹시해 보였다.

'아, 아, 내가 미쳤나봐. 저 남자 품에 안기고 싶다니…….'

준희는 한성이 눈치채지 못하게 그를 계속 훔쳐보면서 생각했다. 호텔에서의 밤이 머릿속을 가득 채웠다. 그때도 저렇게 와이셔츠 단추를 풀고, 단추를 풀던 손이 내 가슴을……. 생각하는 것만으로 몸이 뜨거워졌다.

'안 될까? 이 변호사님한테 안기면? 어쨌거나 오늘 밤은 우리 첫날밤이잖아.'

준희의 머릿속은 본능과 이성이 줄다리기를 하고 있었다.

'어차피 사랑하지 않는 사람이라면 내가 안길 필요는 없어. 이게 무슨 첫날밤이니. 이건 결혼이 아니라 동거라고. 저기 계약서에도 써 있잖아. 하지만 난 이 변호사님을 싫어하지 않아. 아니 도리어 좋아하는 편인걸. 생각해봐, 그날 밤 얼마나 황홀했는지.'

그날 밤이 떠오르면 떠오를수록 준희의 몸은 뜨거워져갔고 점점 이성의 힘이 약해졌다.

'그래. 내가 왜 이 황홀한 느낌을 포기해야 해? 사랑하느냐 하지 않느냐는 중요하지 않아. 지금 내 감정을 뭐라 정의하는 것도 중요하지 않고. 지금 제일 중요한 건, 내가 이 변호사님한테 안기고 싶다는 거야! 좋아. 결정했어!'

한성을 유혹하기로 마음먹은 준희는 당장 실행에 옮겼다. 저 망할 놈의 계약서에 사인해 실낱같이 남아 있는 본능이 완전히 이성에게 지배당하지 않기 전에.

준희는 의도적으로 가슴을 한성의 팔에 갖다 붙였다. 그 접촉에 깜짝 놀란 한성이 몸을 뒤로 젖히며 그녀를 쳐다봤다. 동공이 확장될 정도로 놀란 그의 눈동자를 무시하고 이번에는 그 젖혀진 몸 위에 자신의 상체를 실으며 그에게 다가갔다.

"이 변호사님……."

준희의 입에서 달큰한 와인 향이 풍겨왔다.

이런 젠장, 꼭 그날 같잖아! 보름 동안 한성의 뇌리에서 한시도 떨어지지 않았던 그 황홀한 날.

"그 눈빛은 뭐야, 한준희 양."

"우리 말이에요."

준희는 의도적으로 말꼬리를 길게 끌었다. 남자가 그 다음을 상상할 수 있도록.

"……뭐……뭐야. 버……, 벌써 취한 거야?"

한성은 준희가 의도한 대로, 아니 그 이상의 늪에 빠져서 허우적거렸다. J&G 로펌에서 냉철하기로 둘째가라면 서러워할 이한성 변호사가 지금 한준희란 늪에 빠져서 정신을 못 차리고 있는 것이었다.

"헤헤헷."

"뭐……뭐야……."

174

풍만한 가슴이 느껴지도록 몸을 붙여온 준희가 예고도 없이 방긋 웃자 한성은 숨이 막히는 기분이었다.

"우리 키스할까요?"

"읍!"

준희는 한성의 대답을 기다리지도 않고 한성의 입술을 덮쳐왔다. 한성이 신부 대기실에서 준희를 덮쳤을 때와 똑같이. 사실 내심 준희는 한성의 그런 행동이 조금 로맨틱하다고 생각하고 있었다. 그리고 한성도 하는데 자기도 못하라는 법은 없다고 생각했던 참이었다. 아까 한성이 했던 기억을 되살리며 그대로 쫓아 했다.

한성의 부드러운 입술을 물어뜯을 듯 강하게 탐하고 부드러운 머리카락을 헤집어놓았다. 손가락 사이를 자극하는 머리카락의 감촉이 몸을 뜨겁게 만들었다. 준희는 천천히 한성의 와이셔츠 단추를 풀었다. 하나하나 단추가 풀어질 때마다 한성의 숨이 가빠졌다. 한성은 꼼짝도 못하고 가만히 있었다. 지금 와락 준희를 껴안아야 할지 아니면 그녀의 입술을 빨아들여야 할지 결정 못하고 갈팡질팡하고 있었다. 그때 준희의 입술이 천천히 목을 따라 내려왔다. 잠시 힘차게 뛰고 있는 맥을 찾아 혀로 가만히 쓸어보다가 점점 아래로 내려갔다.

"저, 저기 이건 계약서에 없는 사항이잖아."

한성은 눈도 깜빡하지 못하고 벌벌 떠는 목소리로 말했다. 지금 배에서 느껴지는 준희의 자그마한 혀에 정신을 잃기 일보 직전이었다.

"어차피 사인도 안했는데요, 뭐."

준희는 입술을 여전히 한성의 배에 대고 웅얼거렸다. 그 느낌이, 배에서 허리를 타고 그의 남성까지 흐르는 느낌이 한성의 정신을 혼미하게 만들었다. 고작 키스와 약간의 애무만 했을 뿐인데 한성의 중심은 절정을 향해 치달았다. 이러다간 평생 창피한 꼴을 당할지도 몰랐다. 하지만 참을 수가 없었다. 점점 뜨거운 입김이 아랫배를 간질이고……. 안 돼!!

한성은 초인적인 힘을 발휘해 준희를 번쩍 떼어냈다. 그리곤 그녀를 소파에 눕히고 자신은 벌떡 일어났다.

"뭐 하는 거야?"

얼굴부터 목덜미, 다 풀어헤쳐져서 훤히 보이는 가슴팍까지 빨개진 한성은 이성을 찾으려고 노력했다. 흥분으로 곤두선 이성은 좀처럼 제자리을 찾지 못했지만 이런 유혹 뒤에 무언가 있다는 것은 지난번 일을 통해 톡톡히 깨닫지 않았던가. 한성의 혼란스러움을 아는지 모르는지 준희는 초지일관, 그를 유혹하기에 여념이 없었다. 흥분으로 떨리는 한성의 손가락에 자신의 손가락을 엮어 잡았다. 그리고는 가볍게 그를 끌어당겼다.

"좀더 다가와요."

"준희야……."

"이 변호사님. 저 자꾸 부끄럽게 만드실 거예요?"

"아니. 그건 아닌데……."

"와서 나를 안아줘요. 지난밤처럼 날 황홀하게 만들어줘요."

처음 한성을 유혹했을 때처럼 낯뜨거운 말로, 하지만 세상의 어떤 표현보다 달콤한 말로 준희는 그렇게 한성을 서서히 침식해갔다. 한성은 치명적인 준희의 눈빛을 무기력하게 받았다. 준희가 저런 은근한 눈빛을 보내오면 자신은 절대 그녀를 내칠 수 없었다. 악마보다 더 달콤하게 준희가 그에게 속삭였다. 한 번만. 서로를 옭아매는 계약서에 사인을 하기 전에 꼭 한 번만.

한성은 천천히 준희의 입술에 자신의 입술을 갖다대었다. 준희의 보드라운 입술은 몇 번을 느껴도 부족했다. 천천히, 이제 겨우 두 번째 경험인 준희를 위해 한성은 자신의 욕망은 잠시 뒤로하고 첫 번째보다 더 완벽한 느낌을 선사하기 위해 죽을 만큼 노력하는 중이었다. 준희와 처음 사랑을 나눴던 때가 떠오르자 허리부터 목덜미까지 솟구쳐오는 짜릿함이 참을 수 없을 만큼 흥분한 상태로 그를 몰고 갔다.

섬세한 귓바퀴를 혀로 맛을 보고, 자신의 불편한 옷 때문에 대기실에서 좌절했던 가슴을 다시 느끼기 위해 그녀의 옷을 만지작거렸다. 준희를 살짝 세우고는 뒤에 있는 원피스의 지퍼를 천천히 내렸다. 그러자 새하얀 브래지어에 가린 풍만한 가슴이 드러났다. 한성은 멈추지 않고 원피스를 발끝까지 내려 완전히 벗겨내었다. 지금 준희가 걸치고 있는 거라곤 속옷과 가터 밸트, 스타킹뿐이었다. 레이스 가터 밸트가 눈에 띄자 한성의 남성이 눈에 띄게 부풀어오르기 시작했다.

"이, 이건 어디서 난 거야?"

"으음…… 어……, 엄마가……."

준희는 한성이 주는 느낌에 빠져 어쩔 줄 몰랐다. 한성의 손이 지나가는 곳마다 뜨겁게 달아올랐다.

"마음에 들어."

한성의 손이 가만히 허벅지를 만지다 살짝 여성의 중심을 스치고 위로 올라왔다. 그 짧은 마찰에 준희는 죽을 것만 같았다. 가슴이 기대감으로 단단해졌다. 한성은 핑크빛으로 달아오른 준희의 가슴으로 다가갔다. 가슴에 뭉클 와닿는 느낌이 너무 좋았다.

한성의 혀가 잔뜩 곤두선 유두를 가볍게 쓸었다.

"하아……."

준희의 입에서 신음이 흘러나왔다. 신음소리에 한성은 배로 흥분되었다. 두 사람은 점점 타오르기 시작했다. 마른 장작에 불붙이듯. 여러 가지 사건으로 떨어져 있던 두 사람의 마음이 만나고, 두 사람의 육체가 만나면서 제어할 수 없는 열정이 활활 타올랐다. 지금 이 순간 서로를 갖지 못한다면 두 사람은 아마 죽어버릴지도 몰랐다.

따르릉, 따르릉.

헐떡임으로 가득 찬 공간에 전화기 소리가 요란하게 울렸다. 소리는 점점 더 커져서 서로에게 열중한 연인을 방해하기에 이르렀다. 한성은 준희의 가슴을 희롱하느라 전화가 울리는 것도 모르는 듯했지만 준희는 끊기지 않고 울리는 전화 벨소리를 무시하기 어려웠다.

자신의 가슴에서 얼굴을 들지 못하는 한성을 두고 준희는 어설프게 한성의 양복저고리를 더듬었다. 한 번 끊어졌던 전화가 다시 울리기 시작했다. 핸드폰이 어렵사리 손가락에 걸렸다. 그리고 준희가 폴더를 열고 뭐라고 말하기도 전에 경쾌한 여자 목소리가 들려왔다.

"헤이, 이한성이! 그동안 잘 지냈어?"

두 사람의 행동이 딱 멈췄다. 준희는 여자의 목소리에, 한성도 예상치 못했던 그 목소리에. 그런데 이 절체절명의 순간에 한성은 커다란 실수를 저지르고 말았다. 준희의 손에서 핸드폰을 낚아채 전화를 받는 대 실수를 하고만 것이다.

"어, 어……."

"……."

여자의 목소리는 들리지 않았지만 준희는 싸늘하게 식었다. 자신의 왼쪽 가슴을 덮고 있는 한성의 손을 탁 쳐냈다. 준희의 행동에 한성은 움찔했지만 상대방이 계속 얘기를 하는지 쉽게 전화를 끊지 못하고 있었다. 이것이 한성의 두 번째 실수라면 실수랄까?

한성의 그런 모습에 기분이 팍 상한 준희는 낑낑대며 한성의 몸 아래서 빠져나왔다. 소파 아래 떨어져 있는 원피스를 대충 꿰어 입었다. 한성이 통화를 계속하며 준희의 손을 잡았다. 안타까움이 간절한 눈빛이었지만 준희의 눈에 들어오지 않았다.

준희는 자신의 손목을 잡고 있는 한성의 손을 매정하게 털어냈다. 그리고는 테이블 위에 있는 펜을 들어 두 장의 계약서에 번개같이 사인을 했다. 그리고는 당혹스런 표정을 짓고 있는 한성을 내려다보며 얼음장처럼 차가운 목소리로 말했다.

"이제 계약이 발효된 거죠?"

아무 말도 못하고 한성은 침실로 걸어 들어가는 준희의 뒷모습을 속수무책으로 바라볼 뿐이었다.

스위트 홈

한성은 냉장고에서 우유를 꺼내 컵에 따랐다. 준희는 식탁에 앉아 된장찌개에 아침밥을 먹고 있는 중이었다. 이제 같이 산 지 한 달밖에 되지 않은 신혼부부의 아침상치고는 꽤나 건조한 풍경이었다.

아침엔 우유랑 토스트 한 조각이면 끝나는 한성과 꼭 국과 밥을 먹어야만 하는 준희여서 매일 이렇게 각자 노는 풍경이 펼쳐지는 것이었다.

"오늘 저녁에 몇 시에 끝나?"

"항상 똑같죠, 뭐. 왜요?"

"오늘 저녁에 평창동 할아버지 댁에 가야 돼. 저녁 하러 오라셔."

"으응. 그거요? 어제 저녁에 할아버지한테서 문자 받았어요."

준희는 부지런히 밥숟가락을 들어 입에 넣고 있는 중이라 경악에 찬 한성의 표정을 보지 못했다.

"뭐?"

"뭐가요?"

준희는 밥 먹는 데 방해되게끔 멍청히 되묻는 한성이 귀찮았다.

"할아버지가 문자를 보내?"

"??"

밥을 오물거리며 째려보는 준희의 눈빛은 그게 뭐 어쨌다고 이리 호들갑을 떠느냐고 말하고 있었다.

"할아버지가 문자 보내는 것도 아셔?"

"그게……, 우물우물, 잠시만요."

한가득 입에 넣은 밥을 재빨리 씹어 넘기는 준희를 보며 한성은 혹여 체하기라도 할까봐 물잔을 건넸다.

벌컥벌컥

"하아, 밥 먹는 데 방해 좀 하지 마요."

"아니, 할아버지가 문자라니 너무 의외여서……."

"흠. 이 변호사님은 할아버지한테 한 번도 문자 받으신 적 없나봐요? 나랑 한영 언니는 자주 받는데."

"문자로 무슨 얘기를 하셔?"

"그냥, 평창동에 맛있는 거 있다고 먹으러 오라고요. 힛. 우리 할아버지 좀 귀여우시죠? 나도 문자 처음 받고서 엄청 놀랐는데 너무 귀엽잖아요. 그래서 우리 자주 문자연락해요. 헤헷, 사실 수요일에 할아버지가 점심 때 회사로 오셔서 나 초밥 사주셨는데……. 헤헤헤."

한성은 배시시 웃는 준희를 보며 입맛을 다셨다. 자신의 가족과 잘 지내주는 건 고마운데 이건 이것대로 좀 씁쓸하달까? 자신은 준희와 한 달을 살면서도 변변한 식사 한 번 같이 못했다. 그런데 할

아버지와는 문자로 연락하고 같이 밥도 먹어? 아니, 할아버지는 당신 좋으려고 그렇게 결혼을 시키신 건가?

한성은 열심히 밥을 퍼서 입으로 가져가는 준희를 물끄러미 쳐다보았다. 준희의 화는 아직도 풀리지 않은 것 같았다. 한성의 가슴이 먹먹해졌다.

엉망으로 망쳐진 그 순간 방으로 쏙 들어간 준희는 다음 날, 그 다음 날이 될 때까지 나오지 않았다. 3일째 되는 날 점심때쯤 부스스한 모습으로 나온 준희는 주방으로 들어갔다. 평생 열리지 않을 것처럼 굳게 닫힌 문이 스르르 열리던 순간 그의 심장이 얼마나 요란하게 뛰었던가?

비참한 기분으로 소파에 앉아 있던 한성은 벌떡 일어나 줄래줄래 준희의 뒤를 따라갔다. 냉장고에 머리를 박고 한참을 뒤적거리는 준희의 뒷모습을 보며 한성은 마음을 가다듬었다. 그리고 종이에 써 내려가며 몇 번이나 연습한 사과의 말을 꺼내려고 하는 순간 준희가 벌떡 일어나 그를 향해 돌아섰다. 준희의 눈과 마주치자 입이 딱 붙는 것 같았다. 빨리 사과를 해야 하는데 사과의 말은 입 안에서 맴돌 뿐 입이 떨어지지 않았다.

"냉장고에 빵하고 우유뿐이네요? 나는 쌀밥 먹어야 하는데……."

그리고 준희는 다시 방으로 횡 하니 들어가버렸다.

한성은 가만히 서서 아무것도 하지 못했다. 준희에게 사과의 말도, 다시 방 안으로 들어가는 준희를 잡는 일도. 닫힌 준희의 방문을 물끄러미 쳐다보며 한성은 생각했다.

'또 이번엔 며칠 만에 열리게 될까? 이틀? 3일?'

한성은 우울하게 방문을 쳐다보았다. 자신의 방으로 들어간다거나 다시 소파에 앉을 생각 따윈 하지 않았다. 넓은 아파트가 시시각각 좁아지며 자신의 목을 조르는 것 같았다. 공식적인 신혼여행 기간은 일주일이었다. 그리고 이제 불과 이틀밖에 지나지 않았다. 남은 닷새를 어제와 같은 침묵 속에서 보낼 생각을 하니 기분이 더욱 우울해졌다. 그러나 한성의 생각과는 달리 한 10분여 지났을까? 준희의 방문이 다시 벌컥 열렸다.

다시 나온 준희는 뽀얀 얼굴에 촉촉이 젖은 머리였다. 그리고 가벼운 외출복 차림. 그녀는 주방 앞에 서 있는 한성을 그대로 지나쳐 현관을 향해 갔다. 한성은 자신의 앞을 지나치는 준희의 손을 잡았다.

"어디 가?"

"밥 먹으러요. 저 배고프면 못 참거든요."

살짝 웃으며 말하는 준희는 굉장히 상쾌해 보였다. 희망의 징조일까? 한성은 가슴이 울렁이는 것을 느꼈다.

"그럼 같이……."

"아뇨. 저, 밥 같이 먹을 사람 정도는 있어요. 우리 서로 사생활에 대해서는 신경 쓰지 않기로 했으니까. 게다가 식사 문제라든가 이런 것도 계약서 사항에 있잖아요. 괜히 저, 밥 먹는 거 이 변호사님이 신경 쓰게 하고 싶지 않아요."

준희는 생글거리며 말하고 있었지만 이건 분명 자신을 쳐내는 일이리라. 한성은 충격으로 준희의 팔목을 놓고 뒤로 물러섰다.

"그럼, 다녀올게요. 아, 열쇠 없으니까 아마 일찍 들어올 거예요. 제 개인 열쇠 부탁드릴게요."

운동화를 신으며 준희는 쾌활하게 말했다. 그리고 더는 뒤도 안 돌아보고 현관문을 빠져나가 버렸다.

그것이 벌써 한 달 전의 일이었다. 그날 준희는 10시가 되기 전에 들어왔고 — 그동안 한성은 맛대가리 없는 식빵 조각을 물어뜯으며 시계만 바라보고 있었다 — 남은 신혼여행 기간 동안 하루도 빼놓지 않고 외출을 했다. 어디에 갔는지, 무엇을 했는지는 그에게 하나도 가르쳐주지 않았다.

한성은 점점 자신에게서 멀어지는 준희를 보며 자신감을 잃어갔다. 준희에게 향하는 감정을 인정했지만 상대방이 이렇게 자신에게 거리를 둘 줄은 몰랐다. 이런 경우는 처음이라 속수무책이었다.

"이 변호사님, 듣고 계세요? 이 변호사님!"

"으응?"

준희가 눈앞에서 숟가락을 흔들어대고 있었다.

"멍하니 무슨 생각하세요?"

"아니, 아니야. 뭐라고 했어?"

"오늘 저희 사무실로 오실 거냐고요? 아니면 저, 아버님 어머님이랑 가고요."

"아니! 내가 갈게. 부모님 앞에선 다정한 부부 사이잖아."

"번거롭지 않아요?"

"그 정도쯤이야."

"그럼 이따가 봬요."

자기 할 말을 마치자 준희는 다시 밥 먹는 것에 집중하기 시작했다. 하얀 쌀밥이 유난히 맛있게 보였다. 방금 뱃속에 들어간 우유가 요동을 치는 것 같았다. 한성은 맛깔나게 차려진 식탁 위에 자신의 밥그릇과 숟가락을 놓고 억지로 끼어들 만큼 뻔뻔스럽지 못했다. 그는 구정물같이 느껴지는 우유를 마저 입 안에 털어넣고 일어섰다.

"조심히 다녀오세요."

준희가 고개도 들지 않고 말한다.

"응. 이따가 전화할게."

한성은 씁쓸한 기분으로 집을 나섰다.

"이봐, 이한성 씨! 아침부터 왜 그렇게 부루퉁한 표정이야?"

밝고 경쾌한 목소리임에도 불구하고 한성은 한숨이 불거져 나왔다. 억지로 몸을 돌려 상대방을 마주 보았다. 완벽하게 웨이브 진 단발머리에 170이 넘는 큰 키, 살짝 피부를 태워 건강미 넘치는 여자가 세련된 감색 스트라이프 정장을 입고 그의 앞에 서 있었다. 바로 그와 준희의 애정전선에 먹구름이 끼게 한 사건의 원흉!

"아침부터 널 보니 더 기운이 빠진다."

"뭐야, 그게 아침에 본 사람한테 할 말이야. 기운 빠지게끔."

"너는 왜 하필 우리 회사냐?"

"엄머머, 이 사람 보게나. '임미주, 갈 때 없으면 우리 로펌에 와라' 보스턴 갈 때 네가 한 말이야!"

두 사람은 나란히 엘리베이터에 올랐다. 여자가 짧은 콧소리를 내었다.

"흥."

"어휴, 됐다."

여자는 찡긋거리고 말았다. 한성의 건조한 성격이야 누구보다 잘 알지 않은가? 대학 신입생 환영회에서 그를 처음 보고 10년이 넘는 시간이 흘렀다. 그가 군대 갔을 때만 제외하고는 친구란 이름으로 가장 가까운 곳에 있었다. 아니, 유학 갔던 1년도 빼놓으면 안 되지.

여자 변호사에게 한계가 있는 한국 법조계에 염증을 느끼고 미국 보스턴으로 유학 길에 올랐지만 이렇게 빨리 한국에 들어오게 될 줄은 꿈에도 몰랐다. 타향살이의 외로움이야 미리 대비하고 있었지만 정말 생각지도 않았던 한 남자가 눈물이 날 정도로 그리워 서둘러 돌아오게 될 줄이야.

미주는 옆에 서 있는 한성을 곁눈질했다. 173이라는 키가 여자에겐 상당히 큰 키였다. 게다가 그리 높지 않다 해도 구두를 신으면 175를 훌쩍 넘기는 키. 웬만한 사람들은 눈 높이가 맞는데 한성은 올려봐야 했다. 173이라는 큰 키에 위축되지 않아도 되는 남자, 큰 키에 탄탄한 체격 그리고 거기에 어울리는 반듯하고 잘생긴 얼굴에 날카로운 은빛 안경테가 기가 막히게 잘 어울리는 남자.

이 남자 때문에 3년을 계획하고 갔던 유학이 3분의 1로 줄어들고 말았지만 후회는 없었다. 다행히 이한성은 1년이 지났어도 아무것도 변하지 않았다. 말하기 싫을 때 코웃음을 치는 버릇까지 여전했다.

"야, 이한성. 오늘 바쁘냐."

"왜?"

한성은 심드렁하게 대꾸했다.

"박 선배가 밥 사준다네. 같이 가자."

"선배가 내 밥도 사준다고 나오랬어?"

"아니, 그건 아닌데, 그 선배 좀 능글맞잖아."

"너한테만 능글맞은 거겠지."

"야아, 그래서 갈 거야 말 거야?"

"내가 거기 왜 가냐? 나 오늘 바빠."

땡!

엘리베이터가 멈춰 서고 우르르 사람들이 내렸다. 한성도 엘리베이터에서 내려 자신의 사무실을 향해 걸어갔다. 미주는 그의 큰 보폭을 별 어려움 없이 따라잡았다.

"네가 바쁜 게 뭐가 있어?"

"오늘 평창동 가야 돼."

"아아, 평창동 가본 지 오래됐네. 나도 가면 안 돼?"

미주는 냉큼 나섰다. 전에 한성을 따라 몇 번 가본 적이 있었다. 물론 혼자 따라간 적은 없고 언제나 우르르 같은 학번 친구들과 몰려서 갔었다. 한성이 자신을 여자로 취급하지 않아서 따라갈 수 있었던 것이지만, 이번에 혼자 따라갈 수 있다면 가족들에게 다른 인상을 심어줄 수도 있을 터였다.

"네가 거길 왜 가?"

"아니, 인사드린 지도 오래됐고……."

"가족들 모임이야."

한성은 딱 잘라 말했다. 네가 낄 자리가 아니라고.

'그러니까 내가 간다고 하는 거다, 이 둔팅아!'

"나야, 잠깐 가서 인사만 드리고 싶어서……."

미주는 희망의 끈을 놓지 않고 말했다.

한성은 살짝 상기된 미주의 얼굴을 쳐다보았다. 유난히 눈동자가 초롱초롱해 보인다.

'뭔가 꿍꿍이가 있는 것도 같은데……. 근데…… 으아, 준희가 알면 난리나겠군. 그 전화의 주인공이 바로 내 눈앞에 있는 줄 알면. 그것도 일종의 질투 아닐까? 그런 상황에서 다른 여자의 전화를 받으면 누구나 화가 나지. 특히나 첫날밤인데 말야…….'

한 달 만에 한성의 머리 위로 서광이 비추는 듯했다. 그런 거라면 한 달이 아니라 열 달도 참을 수 있다.

"너 데리고 가면 아주 난리칠 사람이 하나 있지."

무심히 말하는 한성의 입가에 살짝 미소가 맺혔다. 누군가를 생각하는 눈빛과 전에 보지 못한 부드러운 미소에 미주의 심장이 불길한 예감으로 요란하게 두근거렸다.

"누⋯⋯누가⋯⋯?"

"우리 마누라. 내가 말 안했던가? 나 결혼했어."

"어휴, 시간이 벌써 이렇게 됐나?"

이한영 총장이 바둑판에서 시선을 들며 말했다. 시계는 어느새 10시를 훌쩍 넘기고 있었다.

"할아버님, 그런 식으로 빠져나가려고 하셔도 소용없어요. 안 봐드려요."

준희의 꾀꼬리 같은 목소리엔 장난스러움이 잔뜩 묻어 있었다.

"허허, 이것 참. 우리 손주며느리한테 이런 재주가 다 있었어?"

이한영 총장은 대견하다는 눈빛으로 준희를 바라보았다.

두 사람은 벌써 두 시간째 바둑을 두고 있는 참이었다. 손주녀석들 네 명에게 직접 바둑을 가르쳤지만 그중에 제일 잘 두는 사람이 한성이었다. 첫째는 진득하게 잘 두는 편이지만 항상 같은 수만 고집해서 재미가 없었고, 막내는 워낙에 활동적인 성격이라 가만히 앉아 있는 것을 못했다. 한영은 계집아이라 그런지 바둑보단 다른 것에 관심이 많았고 그래서 항상 이한영 총장의 맞수는 한성의 몫이었다.

직업이 호전적이라 그런지 승부욕이 강한 한성은 바둑에서도 여지없이 그 성격을 드러내곤 했는데 그보다 더한 강적이 있었으니 눈에 넣어도 안 아플 손주며느리였다.

"헤헤. 할아버지 같은 우리 아부지 때문이죠, 뭐. 어렸을 적부터 가르쳐주셨어요. 바둑에 중국의 역사가 있다고 하시면서요. 그게 우리 아부지 전공 아니겠어요?"

살짝 고개를 갸웃거리며 말하는 준희는 애교를 폴폴 날리고 있었다. 그녀의 속마음은 아마 결혼 전 사건으로 실추된 자신의 이미지를 되살리는 데 주력하는 것이리라. 결국 이렇게 결혼하게 되고 말 것, 이미지 관리나 좀 할 것을 그때는 왜 그렇게 당돌했는지 땅을 치며 후회하는 준희였다. 하지만 그녀의 사전에 좌절이란 단어는 없었다. '그까짓 거, 지금부터 잘하면 되지!' 하는 심정으로 방싯거리며 웃고 귀엽게 얘기하고 바둑도 열심히 두면서 점수를 팍팍 따는 중이었다.

"앞으론 할아버님, 제가요, 자주자주 놀러올 테니까요, 바둑은 저랑만 두셔야 해요!"

준희는 어느새 이한영 총장의 옆자리로 옮겨가 갖은 아양을 떨고 있었다. 그 모습에 한성은 경악했지만 가족들은 녹아나는 모습이었다. 아예 단체로 콩깍지가 씐 것 같았다.

'그래, 저 모습이 그리 밉게 보이지 않는 걸 보면 나도 콩깍지가 씐 거지.'

한성은 가족들 틈에 끼어 기죽지 않고 잘 지내는 준희의 모습을 흐뭇하게 바라보았다.

"아버님, 시간이 많이 늦었는데요."

큰어머니 미현이 가족들의 모임을 정리하고자 나섰다. 오랜만에 가족이 다 모여서 그런지 이한영 총장이 영 잠자리에 들려고 하지 않았다. 미현은 그런 시아버지의 건강이 걱정되었다.

"으응. 그렇지. 아가, 내일 늦게 갈 거지?"

하지만 못내 아쉬운 모양인지 이 총장은 입맛을 다시며 손주며느리의 손을 놓으려고 하지 않았다.

"네. 주말인데 저녁까지 먹고 갈 건데요. 그래도 되죠, 큰어머님?"

"물론이지. 아버님, 들으셨죠? 너무 늦었어요. 얼른 주무셔야죠."

"그래, 그래."

몇 번이나 준희의 다짐을 받고서야 이 총장이 일어섰다. 집안의 제일 큰어른이 잠자리에 들자, 확실히 늦은 시간이기도 했지만 다들 침실로 찾아가는 분위기가 되었다.

"한성이는 방 알지? 거기 정리해뒀으니까 올라가봐. 새신부가 힘들겠네. 호호."

'같은 방? 같은 침대?'

미현의 얘기를 듣자마자 준희는 눈을 감고 싶었다. 팽팽한 성적 긴장감을 더는 이겨낼 자신이 없었기 때문이었다. 지난 한 달간 괴로웠던 것은 한성만이 아니었다. 준희도 신체 건강한 젊은 여자였고, 자연스러운 욕구라는 것이 있었다. 게다가 객관적으로 봐도 훌륭한 몸매의 소유자의 맨 가슴을 보며 평정심을 유지하기란 쉽지 않았다.

자신이 쓰는 방엔 욕실이 딸려 있었지만 한성의 작은 방은 그렇지 않았다. 매번 샤워를 마치고 추리닝 바지 하나만 달랑 입고 나오는 한성을 볼 때마다 떨리는 가슴을 주체할 수가 없었다. 겉으로는 눈길도 주지 않는 척했지만 욕실에서 나와 그의 방으로 가는 1분 남짓한 시간 동안 준희는 열두 번도 더 넘게 한성을 넘어뜨리고 그의 위로 올라가는 상상을 했다.

'지금도 겨우 참고 있는데, 같은 방에서 자라고? 나보고 이한성 변호사님을 잡아먹으라는 거야? 아니면 생고문을 하는 거야? 차라리 나보고 죽으라고 해!'

준희는 다급한 마음에 뒤돌아서는 미현을 불렀다.

"저기요, 방은 따로…… 읍!"

한성이 와락 입을 막는 바람에 준희의 말은 끝을 맺지 못했다. 한성은 눈을 부라리며 겁을 주고 있었다. 가족들은 둘 사이를 모르게 한다, 그게 계약서에 명시되어 있는 사항이었다. 계약 위반이라고 말하는 한성의 눈빛에 겁먹을 준희는 아니지만 그래도 인간 한 사람 살려주는 셈치고 얌전히 고개를 끄덕였다. 사실 자신의 성급한 행동을 한성이 막아준 게 다행일지도 몰랐다. 불러 세우는 것까진 생각했어도, 왜 다른 방을 써야 하는지 변명거리는 생각하지 않았기 때문이었다.

'에라, 모르겠다. 뭐, 언제까지 이렇게 쌀쌀맞게 지낼 수는 없는 일이고 이쯤에서 화를 풀어줘볼까나?'

지난 한달 동안 자신이 무심히 쳐다볼 때마다 움찔움찔하는 한성이 슬슬 불쌍해지는 참이었다. 그 순간에 전화가 온 게 한성만의 잘못은 아니지 않은가. 아직도 그 순간에 전화를 받은 사실은 괘씸하지만 준희는 흔쾌히 용서해주기로 마음먹었다. 기분 나쁜 일은 금방 잊어버리는 준희에게 한 달 동안 삐쳐 있는 것은 어울리지 않는 일이었다. 하지만 생각과 다르게 마음이 자꾸 그 사실을 들춰내어 본의 아니게 줄곧 삐쳐 있는 상태였다. 머리는 이해가 되는데 마음이 그렇지 못하다는 걸 몸소 체험할 줄이야.

'자, 한준희. 본연의 너로 돌아가자고, 쿨하고 멋진 한준희로. 질투는 너한테 어울리지 않는다는 거 알지?'

어쨌거나 엄청나게 긴 밤이 될 거라고 생각하며 준희는 한성을 따라 2층으로 얌전히 올라갔다.

준희와 단둘이 한 방에 있다는 사실이 주는 압박감을 이기지 못한 한성이 견디다 못해 없는 핑계를 대며 사촌형의 방으로 피신하는 것도 잠시, 새신랑이니, 첫날밤이니, 무리하지 말라느니, 짓궂게 구는 그들을 이기지 못하고 다시 방으로 돌아왔을 때 준희는 이미 침대

안에 들어가 있었다. 그녀는 얇은 샤워 가운을 입고 조용히 침대에 앉아서 한성을 응시했다.

화장기 하나 없는 얼굴에 방금 씻었는지 촉촉이 젖은 준희의 검은 머리를 보자 한성은 불쑥 아랫도리에서 욕구가 일었다. 맨 얼굴로 다소곳이 묘한 미소를 짓고 있는 준희는 처음 사랑을 나누던 그날 아침 같았다. 준희는 그저 침대에 앉아 있는 것뿐인데 한성은 점점 참을 수 없을 정도로 치밀어 오르는 열기에 가슴마저 답답할 지경이었다.

한성은 억지로 준희에게서 시선을 떼어내고 욕실로 향했다. 욕실 거울에 비친 자신의 얼굴이 사납게 일그러져 있었다.

'쳇, 언제는 아니었나?'

아침에 서로의 침실에서 나와 마주칠 때마다, 식탁에 마주 앉아 밥을 먹을 때마다, 거실에서 텔레비전을 볼 때마다, 아니 준희의 얼굴을 볼 때마다 그녀를 갖고 싶은 욕망에 한성은 거의 돌아버릴 지경이었다.

그 놀라운 밤을 보내고 호텔 로비에서 준희의 부모님과 할아버님을 마주친 이후로 여자를 안아보지 못했다. 솔직히 다른 여자는 필요 없었다. 세상에서 한성을 가장 흥분하게 하는 여자가 곁에 있는데도 안지 못하고 있었다. 한준희, 그 순진한 요부 때문에 점점 피가 마르는 듯했다.

딱 한 번 준희를 안을 수 있었던 황금 같던 기회, 그 달콤했던 첫날밤이 실패로 끝난 후 한성은 처리하지 못한 욕구에 미칠 것만 같았다. 당장이라도 욕실을 뛰쳐나가 준희를 으스러지게 안고 싶었다. 준희가 신호만 준다면, 같이 밤을 보내고 싶다는 아주 미세한 신호라도 상관없으니 눈치만 준다면 그녀의 작은 몸이 멍으로 엉망이 되든 말든 격렬하게 품으리라.

한성은 좌절감에 가득 찬 욕실 벽을 주먹으로 내리쳤다. 확률이 없는 것에는 매달리지 않는 성격이지만 한준희한테만은 마음대로 되지 않았다. 확률로 따지자면 한준희라는 여자는 10퍼센트도 되지 않는 여자였다. 아니 1퍼센트가 될까 말까? 그런데도 그는 그 1퍼센트에 죽자살자 매달리고 있었다.

한성은 얼음장처럼 차가운 물에 겨우 열기를 식히고 밖으로 나왔다. 부디 준희가 잠들어 있기를 바라면서. 다시 준희의 말간 눈길을 받는다면 참을 자신이 없었다. 하지만 한성이 바라는 대로 하면 한준희가 아니었다. 준희는 여전히 그 자세 그 눈빛 그대로 미동도 하지 않고 있었다.

한성은 되도록 준희에게 시선을 주지 않으려 노력하며 침대로 가거칠게 베개 하나를 들었다. 그리고는 소파에 털썩 앉았다. 소파는 푹신하긴 했지만 한성이 편히 눕기에는 턱없이 작았다. 바로 누우면 무릎부터 밖으로 나갈 지경이었다. 한성은 어쩔 수 없이 무릎을 굽혀 쪼그리고 모로 누웠다.

자신의 처지가 한심했다. 이게 다 망할 놈의 그 계약서 때문이었다. 어쩌자고 그런 계약서 같은 걸 생각했는지, 죄다 멍청하기 짝이 없는 짓이었다. 절대 한 침대에 눕지 않는다는 조항만 아니었다면 준희의 몸속에 들어가지는 못할지언정 따뜻한 체온 정도는 느낄 수 있었을 것이다. 이런 바보멍청이! 한성은 속으로 자신에게 온갖 욕을 다 퍼부을 따름이었다.

준희는 눈도 깜박이지 않고 한성이 있는 소파로 다가가 엉거주춤 몸을 눕히는 것을 바라보다 조용히 입을 뗐다.

"거기서 주무시려고요?"

예상치 않은 준희의 목소리에 하마터면 소파에서 굴러 떨어질 뻔한 한성은 가까스로 중심을 잡고 퉁명스럽게 말했다.

"숙녀에게 침대를 양보하는 건 기본적인 매너지."

"흐음. 불편하지 않아요? 이 변호사님이 눕기엔 소파가 너무 작은 것 같은데."

"하룻밤 정도는 참을 수 있어."

"차라리 내가 거기서 잘까요?"

"됐어. 그만 떠들고 잠이나 자지?"

한성은 딱 잘라 말하고는 베개에 얼굴을 묻었다.

'쫑알대는 준희의 입술을 키스로 막아버리고 싶다. 우선은 사람을 꿰뚫어 보는 것 같은 저 눈동자를 감게 하고 눈꺼풀부터 콧날로, 보드라운 입술을 살짝 핥다가 준희의 입에서 신음소리가 흘러나오면 그때 입술을 갈라 그녀의 작은 혀를 맛보고, 준희의 혀가 내 혀와 엉키면 살포시 그녀의 가슴에 손을……'

한성은 혼자만의 상상에 빠져 헤어나올 줄 모르다 준희의 작은 목소리에 몸을 획 들어 그녀를 쳐다보았다.

"뭐라고?"

자신의 귀를 의심하며 한성이 반문했다.

"침대에서 같이 자지 않겠느냐고요."

멍한 한성의 눈앞에 환상이 펼쳐졌다. 준희가 새침한 미소를 띠우고 하렘의 여성처럼 그에게 나비의 날갯짓 같은 손짓을 한다. 이리 와요~ 이리 와서 나를 안아줘요.

그때 들려온 준희의 목소리에 한성은 눈을 깜빡여 서둘러 환상을 지웠다.

"너무 불편해 보여서 제 마음에 걸려요. 침대도 넓은데 같이 자요."

"같이 자?"

"네. 나는 이쪽, 이 변호사님은 저쪽."

한성은 침대의 이쪽저쪽을 가리키는 준희의 앙증맞은 손가락을 최면에 걸린 듯 바라보았다.

"아아……."

그는 아무 말도 할 수가 없어 그저 가벼운 감탄사만 흘릴 뿐이었다. 몇 발자국만 내디디면 탑에 갇힌 공주님을 구할 수 있는데 뾰족한 가시덩굴 속에 갇혀 꼼짝도 할 수 없는 기분이었다.

꽉 막혀 나오지 않는 목소리를 쥐어짜서 한성은 겨우 말했다.

"그건, 별로 좋은 생각은 아닌 것 같은데."

"나한테는 좋은 생각이에요."

풀썩이며 준희가 침대에서 내려오는 소리가 들렸다. 한성은 괜스레 두려워져 눈을 꼭 감았다. 이불을 바짝 움켜쥔 채 주먹을 가슴팍에 꽉 붙이고 숨소리 하나 내지 않고 준희가 다가오는 소리에 집중했다. 눈을 떼지 않아도 준희가 그의 앞에 와 있다는 것을 느낄 수 있었다. 자신의 주먹 위로 따뜻한 준희의 손가락이 느껴지자 한성은 눈을 번쩍 떴다. 바로 코앞에서 준희의 까만 눈동자가 너울거리며 웃고 있었다.

"침대에서 주무세요."

준희는 한성의 손을 붙잡고 살짝 흔들었다.

"안……돼……."

한성의 호흡이 거칠어졌다.

"돼요."

단호하게 자신을 이끄는 준희의 손길에 한성은 속수무책으로 침대로 끌려갈 뿐이었다. 폭신한 침대로 가는 것뿐인데 한성은 꼭 고문대로 끌려가는 기분이었다. 저 하얗고 폭신폭신한 침대에 한준희와 함께 누우면서 그녀에게 손끝 하나 댈 수 없는 고문이라……. 상상만으로도 피가 마르는 것 같았다.

한성은 준희의 체온으로 따뜻하게 데워진 침대 안으로 들어가며 애써 그 체온을 무시하려 했다. 아이러니다. 조금 전까지만 해도 그녀의 체온만이라도 느끼기를 얼마나 간절히 바랐던가? 그런데 이렇게 피하는 꼴이라니. 하지만 막상 그녀의 체온을 느낄 기회가 주어지자 주책 맞은 몸은 더한 것을 원했기에 피할 수밖에 없었다.

한성은 될 수 있는 한 준희에게서 멀찍이 떨어져 잠을 청했다. 보나마나 오늘 밤은 뜬눈으로 지새울 테지만 혹시 운이 좋으면 잠에 곯아떨어져 팔을 뻗으면 닿을 거리에 있는 준희 생각에서 벗어날 수 있을지도 몰랐다.

'응, 팔만 뻗으면 준희의 보드라운 살결이 손에 닿을 거야. 가녀린 어깨, 봉긋한 가슴, 매끄러운 허리 곡선…… 안 돼! 이한성, 안 돼!'

한성은 어떻게 해서든 심장을 두근거리게 만들고, 그의 건강한 남성도 두근거리게 하는 환영을 없애려 노력했다. 하지만 그 노력에 반해 상상은 더욱 진하고 노골적이었다. 그리고 그의 환상을 부채질하는 데는 한준희 양의 힘도 한 몫 했다. 한준희 양은 자신을 지옥으로 초대한 것으로도 부족했는지 작게 그를 불러대고 있었다.

"이 변호사님……."

준희가 작은 목소리로 한성을 불렀다. 이번엔 준희의 부름에도 한성은 끄떡하지 않았다. 비록 눈은 말똥말똥 뜨고 있었지만 일부러 숨소리를 깊게 내 잠자는 척했다. 그런 한성의 노력을 아는지 모르는지 대답이 없자 준희는 이번엔 그의 등짝을 손가락으로 찔렀다.

"이 변호사님."

"……."

"정말 주무세요?"

"……."

"저기요, 이 변호사님……, 나, 잠이 안 와요."

"……."

"진짜 자는 거죠?"

"……."

계속해서 대답이 없자 괜스레 골이 난 준희는 좀더 과감한 행동을 했다. 그의 뒤로 바짝 붙어 등에 얼굴을 기댔다. 그리고는 손을 살그머니 그의 허리에 둘렀다. 그러자 한성이 놀라 숨을 들이켜는 기척이 느껴졌다. 더불어 딱 굳어버린 그의 어깨도.

작게 킥킥대던 준희는 자신이 이렇게도 유혹을 잘할지 몰랐다. 남자라곤 사귀어본 적이 없는데도 이렇듯 잘하는 것을 보면 아무래도 타고난 것 같았다. 그래서 남자들이 그렇게 따랐나? 준희는 숨죽여 웃었다.

한성은 딱 굳어서 움직일 줄을 몰랐다. 그의 반응이, 그를 그렇게 만들 수 있는 자신의 힘이 신기해 준희는 이번엔 다리를 들어 슬쩍 그의 다리 위로 올려놓았다. 딱딱한 그의 허벅지가 느껴졌다. 그래도 한성이 끄덕하지 않자 손으로 슬슬 그의 배를 문질러대며 자신의 허벅지에 힘을 실어 그의 허벅지를 슬쩍 눌러댔다.

"나한테 원하는 게 뭐야?"

한성은 더 이상 참지 못하고 획 고개를 돌렸다. 두 사람의 눈이 마주쳤다. 준희는 히죽 웃어대며 천진난만하게 말했다.

"우리 얘기 좀 해요."

"얘기? 무슨 얘기?"

"그냥, 아무 얘기나. 생각해보니까 우리, 부부치고는 너무 대화가 부족한 것 같아요. 나 잠도 안 오고 이 변호사님도 솔직히 잠 안 오죠? 그러니까 잠 올 때까지 얘기나 해요. 이 변호사님 어렸을 때 얘기해주세요!"

"내 얘기?"

한성은 슬그머니 준희 쪽으로 몸을 돌렸다.

"네. 대학교 때나 고등학교 때, 아무 얘기나요."

"좋아. 해줄 테니 이것 좀 놔."

한성은 벌벌 떠는 손으로, 자신의 몸을 휘감은 준희의 몸을 떼어 냈다. 비록 떼어낸 곳으로 찬바람이 횡 불어 그녀의 체온을 놓기가 죽기보다 싫었지만 이대로 있다간 이성을 잃고 준희에게 달려들 것 같았다.

"에이, 싫은데……."

말은 그렇게 하면서 준희는 의외로 순순히 그에게서 물러났다. 그렇다고 해서 완전히 물러난 것은 아니고 닿을락 말락한 거리를 유지했다. 닿지는 않았지만 서로의 체온을 느끼기엔 충분했다.

한성은 바로 누워 팔을 머리 뒤로 뺐다.

"흠, 나 고등학교 2학년 때인데……."

어둠을 타고 한성의 목소리가 조심조심 이어졌다. 마치 두 연인이 속살거리는 것처럼.

낮게 울리는 한성의 얘기에 준희는 웃다가 조용히 경청하다 다시 웃기를 반복했다. 한성은 남을 변호하는 일에만 능력이 있는 게 아니었다. 얘기를 어찌나 재밌게 하는지 시간이 가는 줄도 몰랐다. 왠지 그 따뜻한 분위기에 두 사람 모두 취한 것 같았다. 특히나 준희가 완전히 화가 풀린 것 같았다. 적어도 한성이 느끼기엔. 살짝살짝 허벅지를 붙여오는 게 자신을 안아달라는 신호인 것만 같았다. 하지만 만약에 아니라면, 전혀 그런 의도가 아니라면……? 아아, 사나이 이한성. 자꾸만 소심해진다. 그때 섬광처럼 한성의 뇌리를 스치는 단어 하나, '유혹!!' 준희를 유혹한다. 자신에게 넘어오도록.

'그래! 유혹하지 못할 건 뭐야? 그래도 바람둥이로 이름을 날린 게 10여 년인데 이제 겨우 한 번 경험한, 숫처녀나 다름없는 꼬맹이 한테 절절 맨다는 게 말이 돼? 이한성 자존심이 있지. 유혹하겠어. 남편이 아내를 유혹하는 건 범죄도 아닌데 뭐. 어쩌면 준희도 내가 먼저 나서기를 기다리고 있는지도 몰라. 맞아, 아무래도 준희는 경험이 적으니까 두 번씩 먼저 나서기는 쑥스러운 거야. 그럼 내가 나서줘야지.'

밀려드는 욕망을 이기지 못하고 한성은 필사적으로 변명거리를 만들어내고야 말았다. 여기서 남자로서의 자존심을 살리고 말리라 다짐하며 한성은 주먹을 꽉 쥐었다. 준희는 여전히 초롱초롱한 눈빛으로 자신의 얘기를 듣고 있었다. 딱 20센티만 다가가면 준희의 입술을 낚아채는 건 일도 아니었고, 한성은 생각한 대로 밀어붙였다.

"나, 키스한다."

한성은 다짜고짜 선언하더니 살짝 벌어진 그녀의 입술에 자신의 입술을 비벼대기 시작했다. 갑작스런 한성의 키스에 준희는 저항할 기회조차 잃어버렸다. 한성의 따뜻한 혀가 준희의 가지런한 이를 훑기 시작했다. 청결한 치약 냄새가 났다. 그것조차 맛있게 느껴졌다. 하긴 한 달 만의 키스인데 뭔들 감격스럽지 않겠는가? 그리고는 멍하니 있는 그녀의 작은 혀를 게걸스럽게 탐했다. 건드렸다 빨아들였다 놓아줬다 다시 붙잡고. 자신의 모든 경험을 총동원해 정성스럽게 키스를 했다. 그런 키스에 경험 없는 준희는 완전히 녹아버렸다.

"음…… 흐음……."

준희의 입에서 신음이 흘러나왔다. 거부나 항복의 신음이 아닌, 원초적인 욕망의 신음이었다. 그 신음소리에 용기를 얻은 한성은 과감히 손을 놀렸다. 준희의 몸 위를 타고 올라 그녀의 얇은 가운을 벗겨냈다. 그 안에는 잠자리 날개처럼 속이 훤히 비치는 네글리제가 있었다.

'참나, 이 여자는 보여주지도 않을 거면서 이런 속옷들은 왜 입고 있는 거야.'

한성은 속으로 혀를 찼지만 그것도 잠시, 곧 얼굴색이 변했다. 그 안에는 손바닥만한 작은 팬티를 제외하고는 아무것도 없었기 때문이었다.

"헉."

자기도 모르게 신음소리가 나왔다. 한성의 손이 저절로 흥분으로 딱딱해져 솟아오른 준희의 유두를 살짝 어루만졌다. 그 간질거리는 느낌에 하체가 요동쳤다.

"하아. 이 변호사님……."

"잠시만."

한성은 터질 듯 부풀어 오른 욕망에 정신을 잃을 지경이었다. 준희의 얇은 네글리제 위로 가슴을 입에 물었다. 혀에 느껴지는 얇은 옷감이 더욱 에로틱하게 느껴졌다. 준희는 흥분을 참지 못하고 몸을 비틀었다. 네글리제가 침으로 젖어 준희의 살갗에 찰싹 달라붙었다. 유두를 살짝 깨물자 준희의 숨넘어가는 소리가 들렸다. 그러다가 준희의 손이 불쑥 한성의 하체로 다가와 그의 남성을 붙잡았다. 그리고 이어지는 작은 목소리.

"이 변호사님……, 이것……."

완전한 OK신호. 작은 준희의 손에 잡힌 그의 남성이 터질 것만 같았다. 한성은 단번에 준희의 팬티를 벗겨내 버렸다. 그리고 초조하게 그녀의 숲을 어루만졌다. 기억보다 더 따뜻하고 매끄러운 준희의 처녀림. 손가락으로 만지는 것만으론 부족했다. 지금 당장 그녀의 몸 안으로 들어가야 했다. 자신의 남성을 따뜻하게 옥죄는 그녀의 여성을 느끼고 싶었다. 준희는 이미 충분히 촉촉한 상태였다.

"지금 괜찮지?"

"흐음. 빨리요……."

준희는 창피함을 느낄 새도 없었다. 온몸이 흥분으로 발갛게 달아올랐다. 여기서 그만둔다면 한성이 아니라 그녀가 먼저 죽을 것 같았다. 거칠게 한성의 바지를 벗겨냈다. 한성도 더 참을 수 없었는지 벌떡 일어나 1초도 안 돼 바지를 벗어버리고 준희에게 달려들었다. 한성의 남성이 입구에 느껴지자마자 오르가슴에 도달할 것 같았다. 천천히, 아주 천천히 그가 들어왔다.

"아……아……아……."

준희의 신음소리가 커지자 한성이 그녀의 입에 키스를 했다. 그리고 단번에 그녀의 몸 안으로 들어갔다. 쾌락의 신음이 한성의 입 안으로 빨려 들어갔다. 딱딱한 남성을 감싸는 부드러운 느낌에 한성은 그대로 사정할 뻔했다. 초인적인 인내심을 발휘해 흥분이 가라앉기를 기다렸다. 이 순간을 좀더 만끽하고 싶었다. 하지만 준희는 참을 수 없는 모양이었다. 한성의 움직임을 재촉하며 허리를 들어올렸다. 준희의 움직임에 한성의 남성이 더 깊게 파고 들어갔다.

"하악."

한성도 신음을 참지 못했다. 준희의 움직임을 참아낼 재간이 없었다. 한성은 움직임을 빨리 했다. 움직임이 빨라질수록 쾌감의 강도도 커져만 갔다. 두 사람의 신음소리가 방 안을 가득 채웠다. 누가 먼저랄 것도 없었다.

"아아……."

"흐흑."

두 사람은 동시에 절정에 올랐다. 눈앞이 하얗게 타올랐다. 한성은 털썩 준희의 몸 위로 쓰러졌다. 손가락 하나 움직일 힘도 없었지만 한성은 준희를 안고 놓지 않았다. 자신의 무게 때문에 준희가 힘들어할까 옆으로 내려 누우면서도 그녀를 안은 팔은 풀지 않았다.

둘 다 아무 말도 하지 않았다. 아니 말할 필요가 없었다. 한 달 만에 찾아온 평화를 두 사람은 만끽하고 있었다. 이제야 비로소 집에 돌아온 것 같은 느낌이었다. 한성과 준희는 서로에게 속해 있어야 비로소 하나로 완성될 수 있었다. 이 밤을 계기로 뭔가 변할 것이라는 예감이 강하게 들었다. 그리고 그 변화가 두 사람 모두에게 좋을 것이라는 예감도.

피곤했는지 금세 쌕쌕거리는 준희의 숨소리가 들려왔다. 한성은 입가에 저절로 맺히는 미소를 막을 수 없었다. 진작에 이럴 것을. 한 달간 쌓인 긴장이 풀리는 것을 느끼며 한성의 눈도 저절로 감겨왔다. 잠에 빠져들면서도 한성은 준희를 강하게 안았다. 자신과 준희 사이에 조금의 틈도 용납하지 않겠다는 듯. 두 사람은 샴쌍둥이처럼 찰싹 붙어 잠 속으로 빠져들었다.

숨막히도록 달콤한 밤이었다.

라이벌

"잠깐, 잠깐만요!!"

새된 여자의 목소리에 다니엘은 반사적으로 엘리베이터의 열림 단추를 눌렀다. 한국어를 알아듣지는 못했지만 엘리베이터를 향해 큰 소리로 외치는 사람의 의도는 보나마나다.

오늘은 처음으로 이곳에 출근하는 날이었다. 회사끼리의 전략적 업무 제휴 때문에 두 달간 한국에서 근무를 하게 되었다. 이제 한국에 온 지 일주일 정도 되었지만 다니엘은 이 작은 나라가 참 마음에 들었다. 처음엔 아시아 끝에 위치한 작은 나라의 회사와 무슨 전략적 제휴를 할 게 있겠느냐고 생각하며 한국에 오는 것에 대해 무척 반발을 많이 했지만 비행기에서 내리는 순간 다니엘은 자신의 생각이 틀렸음을 깨달았다.

한국이라는 나라에 대해 알고 있는 것은 1950년대 일어난 한국전

쟁과 그 후, 낙후한 사회의 모습이었지만 막상 도착하고 보니 프랑스보다 훨씬 발전된 도시의 모습을 하고 있었다. 최첨단으로 지어진 인천공항은 샤를 드골 공항보다 몇 배는 더 컸고 시설 면에서도 월등한 모습을 보였다. 깨끗하고 환한 건물과 효율적인 내부 디자인. 오밀조밀 붙어 있고 지저분한 파리 시내만 보다가 서울을 둘러보니 입이 떡 벌어질 정도였다.

도시의 크기는 파리와 엇비슷했지만 마치 몇 십 년은 훌쩍 뛰어넘어 미래의 도시에 와 있는 듯했다. 은빛 빌딩들은 높게 솟아 있고, 거리 곳곳엔 손가락으로 화면을 눌러주기만 하면 명소를 설명해주는 무인시스템이 있었다. 쭉쭉 뻗은 도로와 이동하기 편리한 지하철과 교통수단, 게다가 버스 정류장마다 앞으로 자신이 탈 차가 몇 분 후에 도착하는지 알 수 있었다. 최첨단이라고 할 수 있는 퐁피두센터 부근만 제외하곤 천지 차이였다.

활기찬 서울 사람들은 각양각색의 핸드폰을 들고 거리를 누비며 영화도 보고 인터넷도 하고 음악도 듣고 사진도 찍으면서 다녔다. 물론 그런 핸드폰은 프랑스에서도 판매가 되고 있지만 이 정도로 보급되어 있지 않다는 것이 한국과 프랑스의 차이였다. 한국으로 오는 비행기에서 읽은 잡지에서 언뜻 한국은 IT강국이라는 기사를 읽기는 했지만 실제로 보니 연이어 감탄사가 흘러나올 뿐이었다.

어디 그뿐인가? 언제나 프랑스가 패션 강국이라는 자부심을 가지고 있었는데 그 생각을 수정해야 될지도 모른다고 느꼈다. 거리에 패션모델을 능가하는 감각을 가진 사람들이 넘쳐났다. 조금 유행 지향적인 성향이 보이긴 했지만 자신에게 맞는 메이크업과 스타일링, 거기다가 액세서리와 신발까지 완벽한 코디네이션이었다. 파리지엔과는 다른 매력을 풍기는 민족이었다. 서울지엔 정도면 될까?

젊은이들이 많이 모인다는 명동이라는 곳의 중심부에 위치한 스타벅스 창가에 앉아 다니엘은 씩 웃었다. 관심이 갔다. 한국이라는 나라와, 패셔니스트들이 가득 있는 이 작은 나라에서 자신이 할 수 있는 일에. 오랜만에 승부욕과 도전의식이 몸을 가득 채웠다.

그렇게 휴가 같은 — 제대로 쉬지 못하고 매일매일 번화가나 쇼핑몰을 돌아다녔지만. 특히나 동대문이라는 쇼핑몰은 최고였다. 한 건물 안에 그렇게나 다양한 패션숍을 보는 건 처음이라 굉장히 흥분했었다. 백화점처럼 생겨서 가격을 흥정할 수 있는 시스템은 지구상에 한국이 유일무이할 것이다! — 일주일을 보내고 처음으로 자신의 전쟁터에 발을 들여놓은 셈이었다.

'그 전장에서 처음 만나는 사람이군.'

다니엘은 엘리베이터를 잡은 사람이 수월하게 들어올 수 있도록 한쪽으로 비켜섰다. 그리고…… 닫히던 문이 사람이 들어올 정도로 넓어지자, 다니엘의 눈에 천사가 보였다.

그의 가슴팍에 겨우 미칠까 말까 한 키지만 티끌 하나 없는 뽀얀 진주 같은 피부와 그에 대조되는 밤하늘처럼 까만 머리카락 그리고 끊임없이 색이 변하는 눈동자는 천사라고밖에 표현할 말이 없었다. 살짝 마주친 눈동자가 전율을 일게 했다. 푸른 지중해의 심연을 떠올리게 하는 그 눈동자에 다니엘은 속수무책으로 빠져들고 말았다.

여자는 천사일 뿐만 아니라 뮤즈였다. 창조자에게 끊임없이 열정을 솟게 만드는 뮤즈! 다니엘의 몸이 흥분으로 가볍게 떨렸다. 이 순간만큼은 자신이 한국에 있다는 사실이 뼈저리게 고마웠다.

"감사합니다."

천사는 그에게 가볍게 인사하고 흘러내리는 가방을 고쳐 메느라 정신이 없었다. 눈길도 한 번 주지 않았다. 천사의 묘한 눈동자를 다시 한 번 보고 싶어 조바심이 난 다니엘은 헛기침을 하며 그녀의 관심을 끌었다.

[몇 층이신가요? 마드무아젤?]

[네? 아, 11층 부탁드릴게요]

머리 위에서 들려오는 외국어에 설핏 고개를 든 준희는 파란 눈동자와 시선이 부딪히자 자기도 모르게 영어로 대답했다. 네이티브 스피커처럼 잘하는 편은 아니지만, 언젠가 해외로 유학을 갈 것을 대비해 꾸준히 쌓아온 영어 실력이었다. 영어를 실전에서 써먹게 되자 준희는 내심 뿌듯했다.

[오? 영어를 잘하시나봐요?]

외국인은 고작해야 'what? eleven, please.' 이 세 단어에 영어를 잘한다고 말하고 있었다.

준희는 별다른 대답은 하지 않고 상대방을 보고 살짝 웃기만 했다. 다른 말을 했다간 정말 그녀가 영어를 잘한다고 생각하고 말을 걸어올까봐 조금 걱정이 됐기 때문이다.

'와우, 엄청 크네. 이 변호사님보다 더 큰 것 같네. 그리고 황금빛으로 굽실거리는 머리카락이라…… 쳇, 모델 같잖아. 봐봐. 저 초록색 눈동자 보라고 순정만화 주인공 감이네, 완전!'

힐끔 본 것뿐인데도 외국인의 외모가 술술 기억이 났다. 굵게 컬이 진 황금빛 머리카락부터 상대방을 꼼짝할 수 없게 만드는 초록 눈동자와 모델 뺨치는 근육질 몸매. 마치 잘 알고 있는 사람처럼 느껴졌다. 마치 어디선가 본 듯. 별안간 준희의 눈이 동그랗게 커졌다. 저……, 저…… 모델 같은 사람이…….

[다니엘 레이놀즈?]

믿을 수 없다는 듯 떨리는 목소리로 준희가 말했다.

[날 알아요?]

다니엘은 천사가 자신의 이름을 알고 있다는 것이 신기하기도 하고 반가워 활짝 웃었다.

[저…… 정말 레이놀즈 맞나요?]

[Oui.]

다니엘은 자신을 가리키며 부들부들 떨고 있는 천사의 손가락을 잡고 그 손등에 가볍게 키스를 했다. 그 작은 접촉에 천사는 손끝부터 빨개지더니 진주 빛 얼굴이 토마토처럼 빨갛게 달아올랐다.

[아, 아, 저는 한준희라고…… 아니……, 만, 만나서 반갑습니다. 한국에 오신 걸 환영, 아니, 어휴, 내가 뭐라고 하는 거야?]

준희는 자신의 우상이 눈앞에 있다는 사실에 매우 흥분했다.

다니엘 레이놀즈. 34살의 영국계 프랑스 인으로 지방시 옴므의 세컨드 디자이너였다. 그보다 더 놀라운 것은 그가 고작 27살의 젊은 나이에 세컨드 디자이너가 됐다는 사실이었다. 세컨드 디자이너의 자리에 오르고 그의 관심이 액세서리 쪽으로 쏠려 퍼스트 디자이너에게 밀리는 듯 보였지만 준희는 그가 액세서리 쪽으로 눈을 돌리지만 않았더라면 3년 내에 메인 디자이너가 됐을 거라고 생각했다. 그리고 준희의 그런 생각을 증명이라도 하듯 다시 메인으로 관심을 돌린 그는 파격적인 디자인으로 쑥쑥 치고 올라가는 중이었다.

그가 있는 지방시가 어떤 곳인가? 귀족적인 우아함과 청순함의 대명사 격인 브랜드. 만인의 연인인 오드리 헵번이 사랑한 지방시로 더 유명한 이 브랜드는 통칭 '헵번 룩'이라고 불리는 트렌드를 주도했다. 아직까지도 사람들의 기억에 또렷이 남아 있는 헵번의 우아함과 세련된 스타일은 지방시가 아니고는 표현할 수 없었다.

타인과 구별되는 매력, 최상의 우아함, 신중함 그리고 순수함과 고급스러움의 조화는 위베르 드 지방시가 1952년 조르주 5세 거리에 처음 숍을 오픈할 때부터 그러했고, 세기가 바뀐 지금까지도 이어지고 있다. 그리고 위베르가 은퇴한 후 지방시는 알렉산더 맥퀸이라는 천재를 맞아 새로운 진화를 거듭하고 있었다. 지방시 기존의 고전적이고 우아한 분위기뿐만 아니라 새롭고 창조적인 이미지까지 더해 세계적인 패션 하우스의 지존 자리를 놓치지 않고 있었다.

다니엘 레이놀즈는 이 알렉산더 맥퀸의 2세라고 불리며 끊이지 않는 창조력으로, 파리 사람들에게 지방시의 새로운 물결이라는 칭송을 받고 있었다. 그리고 준희의 열렬한 칭송까지도! 존경해 마지않는 사람이 눈앞에 있자 준희는 거의 패닉 상태였다.

[반갑습니다. 전 한준희예요.]

후우 후우. 몇 번의 심호흡 끝에 준희가 겨우 내뱉을 수 있는 말이었다.

[나도 만나서 반가워요. 주니?]

[준희라고 불러주세요.]

여전히 준희는 눈앞에 있는 사람이 다니엘 레이놀즈라는 것을 믿지 못하며 어설프게 웃었다. 생각해보라, 아니 생각도 못했다. 다니엘 레이놀즈의 입에서 자신의 이름이 나오리라고는. 다니엘 레이놀즈가 한국에 있다는 걸 준만이 알면 아마 펄펄 뛰리라. 준만도 준희 못지않은 그의 팬이었다.

흥분의 아드레날린이 혈관 곳곳으로 달려나갈 즈음 엘리베이터는 11층에 도착했다. 이번만큼 엘리베이터가 빨리 움직인 적은 처음인 것 같았다.

준희는 떼어지지 않는 발을 겨우 움직이며 다니엘을 향해 말했다.

[아, 11층이네요. 만나서 기뻤어요. 저 당신 팬이거든요. 지난번

파리 컬렉션은 대단했어요.]

[와오. 나를 그렇게 생각해준다니 기쁘네요.]

[그럼 안녕히…….]

준희와 다니엘이 인사를 마칠 즈음 엘리베이터 안으로 한 무리의 사람들이 들어왔다. 덕분에 다니엘과 눈도 제대로 맞출 시간도 없이 준희는 허겁지겁 엘리베이터에서 내려야 했다.

"죄송해요, 저 내려요. 죄송합니다."

준희는 꽉 찬 사람들 틈새를 겨우 비집고 문을 향한 짧은 거리를 열심히 걸었다.

그때 다니엘의 눈에 준희의 가방에서 작은 노트 한 권이 빠져나와 바닥에 떨어지는 것이 띄었다. 행여 다른 사람들이 밟을까 다니엘은 재빠르게 노트를 주워들고 준희를 부르기 위해 고개를 들었지만 그녀는 다른 곳에 정신이 팔려 있었다. 그리고 미처 그녀를 부르기도 전에 엘리베이터 문이 닫히고 말았다.

[휘우.]

다니엘은 평소 버릇대로 입바람으로 앞 머리카락을 날렸다. 흥미진진한 것을 발견하거나 새로운 호기심의 대상을 발견했을 때 으레 나오는 버릇이었다.

엘리베이터는 금세 움직여 다니엘을 준희보다 한 층 높은 곳에 내려주었다. 다니엘은 엘리베이터에서 내려 주위를 둘러보며 비상계단을 찾았다. 계단은 엘리베이터에서 멀지 않은 곳에 있었다. 그는 천천히 계단을 향해 걸어가며 손에 든 작은 노트를 내려다보았다. 이 노트 안에 무엇이 있을지 호기심이 일었다.

[안 돼, 안 돼, 다니엘. 레이디의 노트를 함부로 보는 건 실례라고.]

다니엘은 자신을 타이르듯 혼잣말을 중얼거렸다. 솔직히 혼잣말이라고 하기엔 다소 큰 소리였지만. 혼잣말은 다니엘의 또 다른 버릇 중에 하나였다. 획기적인 디자인이 떠올랐을 때는 물론이고, 일상생활에서도 또 다른 자아에게 말하듯 혼잣말을 즐겨 했다.

[이게 프라이빗 노트라 해도 어차피 한국어로 되어 있을 테니 읽지는 못한다고 살짝 훑어봐도 해가 될 건 없어, 다니엘.]

호기심을 이기지 못하고 노트의 첫 장을 펼치며 중얼거리는 그의 목소리가 조용한 계단가에 울려 퍼졌다.

두꺼운 첫 장이 넘어가고 다니엘은 그 자리에서 우뚝 서버렸다. 그의 다리가 순식간에 걷는 법을 잊어버린 것처럼. 그리고 그는 정신없이 노트의 다른 장을 펼쳐보았다. 두 번째 페이지, 세 번째 페이지, 네 번째, 다섯 번째 그리고 마지막 페이지까지 그 작은 노트엔 온통 디자인화뿐이었다.

그의 천사는 영감을 일으키는 뮤즈일 뿐만 아니라 대단한 창조자였다. 러프하게 그려진 디자인. 디자인마다 대단한 열정이 느껴졌다. 다소 투박하고 거칠긴 하지만 생명력이 뿜어져 나오는 디자인이었다. 그 자그마한 몸에서 이렇게 폭발적인 열정이 뿜어져 나온다는 것이 놀라웠다. 아마 그녀는 자신을 능가하는, 아니 코코샤넬처럼 패션계에 한 획을 긋는 대단한 디자이너가 될 것이다.

손가락이 근질거렸다. 뭔가 손끝에서 만들어지는 느낌이었다. 잠들어 있는 감각을 콕콕 찌르는 라이벌의 등장이었다. 다니엘은 준희의 모습을 머릿속으로 그려보았다. 하지만 아무리 노력해도 그의 머릿속에 떠오르는 것은 포니테일로 동여맨 머리를 나폴거리며 뛰어가는 준희의 뒷모습뿐이었다.

210

준희가 사무실에 발을 딛자마자 주변을 훑어보며 준만의 큰 덩치를 찾았다. 책상에 앉아 고개를 숙이고 있는 준만의 뒷모습을 본 준희는 발소리가 들리지 않게 살금살금 그를 향해 걸어갔다. 그리고 깜짝 놀라게 할 요량으로 숨을 가다듬는 순간 준만이 입을 열었다.

"한준희, 5분 지각이다."

"엄마야, 깜짝이야!"

"야, 오너 일가가 됐다고 이렇게 지각해도 되는 거냐?"

"지각은 무슨. 나 회사 건물에 도착했을 때는 9시였다."

"헹? 어련하시겠어?"

"야아. 그게 중요한 게 아니란 말야."

"그래. 지금 중요한 건 이 디자인화다. 오늘까지 마쳐야 한다는 거 알지?"

"야! 김준만, 나 좀 봐봐~!"

"바빠 죽겠는데 그냥 말해."

그녀가 윽박지르는데도 준만은 끄덕도 하지 않았다. 하지만 그런 준만의 무시쯤이야 지금은 가볍게 넘길 수 있다. 지금 준희는 기분이 왕창 좋은 상태였으므로. 행복한 기분에 준희는 목소리에 애교를 듬뿍 담아 준만을 불렀다.

"준만아, 나 누구 만났게?"

"한준희, 지각한 주제에 어디서 애교야?"

"ㅎㅎㅎㅎ"

준만의 핀잔에도 준희의 벌어진 입은 다물어질 줄 몰랐다. 아니 함지박 만하게 더 커졌다. 방싯방싯 웃어대는 준희의 표정에 준만이 의아한 표정을 지었다. 이 정도로 구박했으면 한준희의 핵펀치가 날아오고도 남는데 오늘따라 이상하게 생글거린다. 사람이 죽을 때가 되면 변한다던데. 얘가 왜 이래?

"뭐야? 무슨 일 있어? 너네 이 변호사님하고 화해했냐?"

"준만아~!"

준희는 책상에 앉아 있는 준만에게 달려들어 그의 목에 팔을 둘렀다.

"으윽. 무거워, 이 지지배야. 안 비켜? 켁켁. 숨막혀!!"

얼굴이 책상에 닿도록 눌러대는 준희. 준만이 숨막힌다며 발버둥을 쳐도 목에 두른 팔을 풀지 않았다.

요 며칠 자신의 앞에 행복만이 가득했다. 한성과의 달콤한 화해 그리고 우상인 레이놀즈와의 대화. 한꺼번에 들이닥친 행복은 이렇게 뭔가라도 꽉 쥐지 않으면 한순간에 날아갈 것 같았다. 졸지에 꽉 잡힌 준만은 숨이 넘어갈 지경이긴 하지만 말이다.

"나, 다니엘 레이놀즈 봤다!"

"엥?"

"우리 회사에 있더라고. 왜 우리 지방시랑 제휴한다는 말 있었잖아. 근데 정말인가봐. 레이놀즈가 왔어!"

"다……다니엘…… 레이놀즈? 옴므의 그 레이놀즈? 정말이야?"

준만은 깜짝 놀라 일어섰다. 그 놀라는 표정에 준희는 낄낄거리며 웃었다. 아마 자신도 아까 저런 표정이었으리라.

"진짜. 정말. 나 인사도 했다. 영어 공부해놓길 잘했어!"

"허……."

준만은 믿기지 않는다는 표정으로 의자에 털썩 앉아버렸다. 다니엘 레이놀즈라니…… 그가 지금 나랑 같은 건물 안에 있다니…… 준희가 자신의 뺨을 꼬집어봐도 아프지 않았다.

"우와. 나 믿기지가 않아. 내가 파리로 가지 않는 한 그 사람을 볼 거라고 생각도 못했는데."

흥분으로 준만의 목소리가 떨렸다.

"그치그치? 그 초록색 눈동자를 바로 앞에서 본 나는 어떻겠어! 야, 심장 떨려 죽는 줄 알았다."

"와아, 한준희. 부러워. 왜 너만 보는 거야?"

"크크크. 낼 아침에 너도 나랑 똑같은 시간에 출근해봐. 제휴하는 것 때문에 왔는데 설마 하루만 출근하겠어? 히히히히. 준만아. 나 왜 이렇게 입이 벌어지냐. 좋아 미치겠다."

"응응! 나도 같은 건물 안에 있다는 것만으로도 이렇게 좋은데. 아마 학교애들 알면 까무러칠걸? 크크크. 한성의류 힘들다고 알바 안한 애들 땅을 치고 후회할 거다."

"맞아맞아! 하하하하."

두 사람은 해야 할 일도 잊고 신나게 떠들기 시작했다. 지방시의 지난번 컬렉션부터 앞두고 있는 프레타 포르테까지 다른 사람들이 끼어들지 못할 정도로 신이 나서 주절댔다. 그 정도가 심해서 다니엘에 대한 두 사람의 수다는 점심시간까지 이어졌다.

점심시간이 되어 직원 식당에 내려간 ─ 그 와중에 두 사람은 혹시나 다니엘을 만날까 주위를 살피느라 여념이 없었다 ─ 준희와 준만이 식판을 들고 비어 있는 테이블에 앉았을 때 준희의 핸드폰이 울렸다.

"네. 한준희입니다."

전화기 반대편에서 들려오는 목소리는 한성이었다. 준희의 얼굴에 금세 화색이 돌았다. 행복감으로 두 뺨에 핑크빛이 감돌았다.

"네. 별다른 일 없어요. 응. 응. 알았어요. 식사 맛있게 하시고요, 그럼 이따 집에서 봬요. 네에."

북극 얼음이라도 녹일 것처럼 달콤한 목소리로 살살거리는 준희를 보자 준만의 입에도 작은 미소가 맺혔다.

엉망이 된 드레스로 식장에 입장해 깜짝 놀래키고, 신혼여행에 가 있어야 할 사람이 불쑥 나타나 더 놀라게 하더니 내리 일주일을 저녁마다 불러내 괴롭혔다. 그러고도 한 달간을 툴툴거리더니 이제는 좋다고 헤벌레한다. 그래도 준만과 진태가 영원히 미워할 수 없는 여자가 바로 한준희였다.

"잘 지내는가보다?"

살짝 놀리는 기색이 섞인 준만의 말에 준희는 귀엽게 되받아쳤다.

"흥! 신경 꺼."

"네가 잘 살아야지. 또 일주일 내내 불려 다니면서 버섯전골만 먹고 싶진 않다."

"크크크크크."

꼭 일주일 되는 날마저 버섯전골집으로 끌고 갔을 때 두 사람의 표정이 떠올랐다. 하얗게 질린 얼굴을 열심히 가로저었지만 결국 도살장에 끌려가는 개처럼 힘없이 따라 들어오던 준만과 진태. 생각하면 할수록 웃겼다.

"웃음이 나오냐? 난 걱정이다. 너 부부싸움 할 때마다 그렇게 끌려 다닐 생각을 하면."

"나 안 싸웠어."

"쳇. 믿을 말을 해라, 한준희. 그나마 네 장점이 정직인데 거짓말 같은 거 하지 말고."

"치이……."

"뭐, 암튼 잘 사는 것 같아서 다행이다. 진태나 나나 걱정 많이 했어, 인마!"

214

준만이 가벼운 말투로 두르긴 했지만 그 말속엔 준희를 걱정하는 진심이 엿보였다. 그런 준만의 마음을 잘 아는 준희도 이번에는 그저 배시시 웃을 뿐이었다.

오늘처럼 출근하는 발걸음이 가벼웠던 적은 없었던 것 같다. 어영부영하다 결국 일요일 저녁까지 평창동에서 보내게 되는 바람에 월요일, 바로 회사로 출근하게 되었다. 평창동에서 서초동까지 꽉 막힌 서울 교통도 오늘만큼은 한성의 기분을 망치지 못했다. 지하 주차장에 차를 주차하면서도 한성의 콧노래는 멈출 줄 몰랐다.

'훗. 진작에 유혹을 할 걸 그랬단 말이지. 깜찍한 것 같으니.'

지난밤 자신의 품에 안겨 달아오른 신음을 흘리던 준희가 떠올랐다. 보드라운 피부와 달착지근한 움직임이 떠오르자 남성이 가볍게 흥분했다. 하지만 한성은 그런 변화에 살짝 웃을 뿐이었다. 좌절감에 울분을 토하던 어제와는 안녕이었다. 당장 오늘 저녁 집에 가서 밤새 준희를 탐하면 해결될 문제였다. 집안 어르신들이 들을까 조심할 필요도 없다. 그저 열정적인 시간만이 그들을 기다릴 뿐이었다.

드디어 준희와 자신을 가로막고 서 있던 벽이 없어졌다. 거센 풍력에도 개의치 않고 몇 백 년 동안 우뚝 서 있던 만리장성처럼 견고했던 그 벽은 밤새 다른 만리장성을 쌓음으로써 흔적도 없이 사라졌다. 그런 만리장성이라면 밤마다 쌓아도 힘들지 않았다. 때문에 오늘 아침 한성은 굉장히 너그러웠다. 그래서 뒤에서 들려오는 미주의 부름에도 만면에 화색을 띄우고 돌아섰다.

"오, 임미주 변호사! 좋은 아침!!"

결혼했다는 한성의 폭탄 같은 말에 주말 내내 안절부절못했던 미주는 한성이 한껏 웃으며 자신을 반기자 조금 당혹스러웠다. 주말

전과는 천지 차이였기 때문이다. 주말 사이 무슨 일이 벌어진 것이 틀림없었다. 자신이 아닌 다른 이유로, 혹은 다른 여자가 한성의 기분을 달라지게 했다는 생각이 들자 초조함은 배가 됐다.

"어, 그래. 좋은 아침. 근데 한성아, 우리 잠깐 얘기 좀 하자."

"응? 무슨 얘기?"

"너 결혼 말이야……, 사실이야?"

제발 아니라고 말해주길, 자신이 잘못 들었길 주말 내내 빌고 또 빌었던 것처럼 미주는 간절히 바라며 한성의 대답을 기다렸다.

"인마, 여기 약지에 낀 게 뭐라고 생각하냐?"

한성은 왼손을 활짝 펴 미주의 눈앞에서 흔들었다. 이보다 더 명쾌한 대답은 없었다. 미주의 얼굴이 흙빛으로 변했다.

"진……짜……구나……."

"그럼 거짓말인 줄 알았어?"

한성은 신이 나서 콧노래를 부르며 사무실로 성큼성큼 걸어갔다. 누가 그랬던가, 인내의 열매는 달다고 그 열매는 달다 못해 달콤한 육즙이 뚝뚝 떨어졌다. 세상의 그 어떤 과일보다 달콤한 준희의 입술, 가슴, 눈동자. 유행가 가사처럼 그녀의 모든 것이 사랑스럽다. 준희 생각에 정신이 팔린 한성은 납빛 얼굴을 하고 우뚝 서 있는 미주는 까맣게 잊어버렸다.

그녀의 존재는 아예 없었던 것처럼 자기 사무실로 들어가는 한성의 뒷모습을 보며 미주의 눈동자가 흔들렸다. 그녀는 다급하게 몸을 돌려 화장실로 뛰어갔다. 비어 있는 화장실 한 칸으로 들어가 문을 걸어 잠그자마자 또르르 눈물이 흘러내렸다. 말도 안 되는 일이다. 자신의 감정을 알아차리자마자 실연이라니. 자신의 서른 평생 중 처음 맞는 좌절이었다.

재벌 집안은 아니지만 부족함 없이 자랐고, 줄곧 놓치지 않았던 상위권 성적에다 관심이 없어서 사귀지 않았지만 남자들의 대쉬도 많았다. 동기 사이에선 여왕 대접을 받던 자신이 아니던가? 여자로서는 유일하게 한성의 그룹에 끼기도 했다. 한성이 학창 시절 만든 법률 스터디 그룹은 지금도 후배들 사이에서 유명하다. 그도 그럴 것이 지금 잘나가는 법조인이면, 거의 다 그 그룹 출신이기 때문이었다.

유일했던 여자였으니 다른 여자들보다 자신이 가장 한성과 가깝다고 생각했다. 내로라하는 집안의 여자들이 항상 한성 곁에 달라붙고, 그의 여자가 매일같이 바뀌어도 한성이 특별히 마음에 두는 여자가 없다는 것을 알고 있었기 때문에 질투조차 하지 않았다.

한성을 좋아하는 마음을 깨닫지 못했어도 한성에게 제1순위는 자신일 거라고 자부했었다. 그런데 그게 아니라니. 한성의 곁엔 그녀가 아닌 다른 여자가 있었다. 미주는 그 사실을 용납할 수가 없었다. 이제 막 깨달은 사랑을 포기할 수 없었다. 요즘 시대에 이혼이나 재혼은 대단한 일도 아니었다. 한성을 포기하는 것은 자존심이 허락지 않았다.

눈물을 닦아내며 미주는 곰곰이 생각에 빠졌다. 불과 한 달 전만 해도 한성의 손가락에 반지 같은 건 없었다. 결혼을 한다면 친구들에게 뭔가 언질을 줬을 텐데 그런 것도 하나 없었다. 친구들 중 한성의 결혼식에 참석한 사람은 한 명도 없었다. 만약 친구들 중에 초대를 받는다면 제일 먼저 받을 사람은 자신을 포함한 몇몇이었다. 한 달 만에, 주위에게도 알리지 않고 치러진 결혼. 뭔가 비밀이 숨겨져 있는 것 같았다.

다니엘과의 일로 여전히 흥분한 준희가 집에 돌아왔을 때 한성은 이미 집에서 이제나저제나 그녀를 기다리고 있는 중이었다.

"다녀왔습니다."

열쇠 돌아가는 소리가 들리고 이어 준희의 목소리가 들리자 한성은 부리나케 주방에서 튀어나와 그녀에게 다가갔다.

평창동에서 뜨거운 밤을 보내고 난 뒤로 준희는 한성을 볼 때마다 조금 쑥스러웠다. 물론 한성은 전혀 그런 기색도 없었지만. 한성은 준희를 본 순간부터 은근한 눈길을 보내고 있었다. 부끄럽긴 했지만 준희도 그 눈빛이 싫지 않았다.

"어, 왔어?"

"네. 식사는요?"

"아직, 같이 먹으려고 준비해놨어."

"준비요?"

준희의 눈썹이 매끄러운 아치형을 이루며 살짝 올라갔다. 준희의 못 믿겠다는 표정에 한성은 실실 웃음을 흘리며 그녀의 손목을 붙잡고 주방으로 이끌었다. 식탁 위에 차려진 음식들을 보고 준희는 자기도 모르게 탄성을 내뱉었다.

"와아~!"

테이블을 은은하게 비추는 촛대 반대편엔 하얀색 리본을 길게 늘어뜨려 묶은 카라 세 개가 우아하게 꽂혀 있는 화병이 있었고 정 가운데는 먹음직스러운 파스타와 샐러드가 접시 가득 담겨 있었다. 그리고 첫날밤에 마셨던 것과 똑같은 와인 한 병이 얼음 조각들 사이에 비스듬히 끼워져 있었다.

"이게 다 뭐예요?"

놀라움과 즐거움이 범벅된 얼굴로 서 있는 준희를 의자에 앉히고 한성도 맞은편 의자에 앉았다.

"생각해보니까 같이 밥 먹은 적도 없잖아. 다시 시작하는 의미로 힘 좀 써봤어. 조금 사과의 뜻도 담겨져 있고 말야."

"사과의 뜻요?"

"응. 우리 첫날밤 실패로 끝난 거, 다 내 잘못이야. 미안."

한성은 꾸뻑 고개를 숙였다.

한성의 정수리를 보는 준희의 놀란 동그란 눈동자가 점점 아치형으로 변해갔다. 슬그머니 비집고 나오는 미소를 보건대, 그 순간 준희의 마음속에 있던 첫날밤에 관한 조금의 앙금도 훌훌 날아가버린 듯했다. 준희의 얼굴이 행복감으로 빛났다.

"사과 받아주는 거지?"

준희의 표정만 보고도 이미 대답을 알고 있는 한성이 웃으며 재차 물었다.

"알면서 왜 물으세요?"

"글쎄다. 직업병인가? 확인을 해야지 마음이 편하거든. 그리고 원래 변호사들이 증언 수집에 열을 올리잖아. 크크크."

"뭐, 좋아요. 그 증언 수집, 협조해드리죠. 그 용서 접수할게요. 헤헤. 사실 저도 조금 심했죠?"

"아니."

"아니긴요. 한 달 동안 삐쳐 있었잖아요. 제가 원래 그렇게 뒤끝 있는 성격은 아니거든요. 근데 이상하게 이 변호사님 일에는 페이스 조절이 잘 안 되더라구요. 좀더 빨리 화해하고 싶었는데, 그놈의 자존심이 뭔지……. 아시죠? 이 변호사님도 여자의 자존심이 얼마나 센지?"

"후후후."

"말이 나왔으니까 말인데요. 저 그때 무지 상처 받았었다고요. 나는 다른 생각은 하나도 할 수 없었는데, 이 변호사님이 다른 여자 전화 받으니까 화났다고요. 게다가 바로 끊지도 않고."

준희는 그때 그 기분이 떠올라 한성을 살짝 흘겨보았다.

여자는 알까? 자신이 얼마나 귀여운지. 자신의 말이 남자의 자존심을 얼마나 세워주는지. 남자가 얼마나 뿌듯하게 느끼는지를. 한성은 아스라한 촛불 아래서 쫑알거리는 준희의 지금 이 모습을 평생 잊지 않고 가슴에 새겨놓으리라 다짐했다.

"좋아, 서로 깨끗이 잊기로 하지. 오케이?"

"오케이!"

완벽하게 화해를 한 두 사람은 식사에 집중하기 시작했다. 크림소스 파스타는 굉장히 맛있었고 케이준 샐러드는 환상적이었다. 닭 가슴살이 팍팍하지도 않았고 야채는 신선했고 올리브 드레싱도 느끼하지 않고 깔끔한 게 초보의 요리 솜씨는 아닌 듯했다.

'훗, 잘생기고 똑똑하고 집안 좋고 밤……, 큼큼. 밤일도 잘하고 게다가 요리까지 잘하는 환상적인 남자가 내 남편이란 말야?'

밥을 꼭 먹어야 하는 성격이라 못하는 편은 아니지만 가정식 요리에만 강한 준희로선 한성의 요리 솜씨가 굉장히 반가웠다. 양식을 이렇게 잘하는데 한식도 가르치면 잘할 것 같았다.

'그럼 나는 손에 물 묻힐 일 없는 거지. 크크크크.'

"근데? 이거 이 변호사님이 다 만드신 거예요?"

"어? 어……어……."

한성의 대답이 시원찮다. 힐끔힐끔 준희의 뒤쪽 싱크대를 자꾸 쳐다보는 게 의심스러웠다. 준희의 시선도 한성을 따라 자연스레 뒤로 돌려졌다. 그리고 준희는 보고야 말았다. 한성이 싱크대 위에 올려놓고 미처 치우지 못한 일 치프리아니의 포장박스를 말이다.

'그럼 그렇지. 내 복이 너무 많다 했다. 쩝.'

"흐응?"

"아, 아니…… 그게 말야. 퇴근하고 집에 와서 하기엔 시간이 좀 촉박하더라고. 치프가 고등학교 친군데 말야, 파스타를 잘 만들어. 그래서……."

한성은 벌게진 얼굴로 변명을 늘어놓기 바빴다. 완벽하게 치운 줄 알았는데!

"크크크. 뭐, 괜찮아요. 맛있으니까."

준희는 유쾌하게 웃으면서 파스타를 돌돌 말아 입으로 가져갔다. 저녁을 먹는 내내 시종일관 두 사람의 얼굴에선 미소가 떠나지 않았다.

소박하지만 즐거운 만찬을 마치고 같이 뒷정리를 끝낸 두 사람은 나란히 거실로 나왔다. 와인을 마시며 느긋이 식사를 한 덕에 꽤 늦은 시간이었다.

준희는 잠시 거실에 서서 머뭇거렸다. 평창동에서야 같은 침실을 써서 몰랐는데 각자의 방으로 들어가려니 괜히 어색했다. 그렇다고 해서 자신이 한성의 방으로 가기도, 한성을 자신의 방으로 초대하기도 어려웠다. 참 난감한 상황이 아닐 수 없었다.

뭐라고 설명하기 어려운 표정을 짓고 있는 준희의 얼굴을 그녀 몰래 훔쳐보며 한성은 작게 미소지었다. 작은 얼굴에 어떤 고민이 있는지 환히 다 보였다.

'에효, 우리 공주님은 정말 화끈하다가도 이렇게 소심하다니까. 어쩌겠어? 만년 기사가 나서야지.'

"자, 그럼 잘까?"

한성은 준희의 손목을 잡고 뻔뻔스럽게 준희의 침실로 향했다.

한성이 먼저 행동에 나서준 것이 고맙기는 했지만 너무 당당한 그의 태도에 조금 기가 막혀 준희는 그를 향해 팩 쏘아붙였다.

"이 변호사님, 왜 거기로 가요?"

대답을 하는 한성의 표정은 너무나 당연한 일이라고 말하고 있었다.

"그럼, 준희가 내 방으로 오겠어? 준희는 모르겠지만 내 방 침대는 작아서 두 사람이 눕기엔 턱없이 부족해."

"아니, 왜······."

"우리 오늘 화해했잖아. 우리 두 사람 사이에 다시 벽이 생기지 않았으면 좋겠어."

"그래도······."

"내가 실력 행사 하기 바래?"

슬쩍 웃으며 한성은 준희를 번쩍 안아들었다. 몸이 허공에서 둥실거리자 저도 모르게 준희의 입에서 비명이 터져 나왔다. 떨어질세라 준희는 한성의 목을 꽉 잡았다.

"꺄악!"

"자, 공주님, 우리들의 보금자리로 가실까요?"

처음 들어가보는 준희의 방엔 준희의 내음이 가득했다. 아기 파우더 같기도 하고, 좀더 여성스러움이 묻어나는 그녀만의 체취에 한성은 취했다.

준희를 침대에 눕히는 것과 동시에 한성의 입술이 그녀의 입술을 파고들었다. 준희는 마약이었다. 벗어날 수 없는 마약. 한성은 준희를 거칠게 탐했다. 두 사람의 신음소리가 방 안을 채워갔다.

새벽녘 설핏 추위를 느끼고 잠에서 깬 한성은 자신의 팔을 베고 품에 안겨 잠들어 있는 준희를 보았다. 그리고 허리춤까지 내려가 있는 시트를 끌어올려 어깨까지 폭 덮어주었다. 준희의 잠든 모습은 호텔에서 그녀를 안았을 때 이후로 처음이었다. 그때도 생각했었지만 잠든 모습이 꼭 아기 같았다. 눈을 살포시 감고 살짝 벌린 입술 사이로 따뜻한 숨이 나와 한성의 옆구리를 따뜻하게 했다. 꿈을 꾸는지 준희의 작은 입술이 살짝살짝 움직였다. 한성은 참지 못하고 고개를 숙여 그 입술에 가볍게 입맞춤을 했다.

아까 식사를 하면서 두 사람 다 의식적으로 계약서 이야기를 피하고 있었다. 아예 처음부터 그 계약서는 존재하지 않았던 것처럼. 한성으로선 계약서 얘기를 꺼내지 않는 준희가, 고맙기도 하고 또 그를 괴롭히기도 했다.

준희는 계약서 같은 거 없애버리고 자신과 다시 시작할 마음이 있을까? 아니면 자신은 준희에게 단순히 침대를 공유하는 동거인 같은 걸까? 애초에 서로에게 호감이 있는 상태였으니 큰 일이 벌어지지 않는다면 나쁜 상황으로 발전하지는 않을 것이다.

하지만 그보다 더 욕심이 갔다. 한준희라는 여자를 완전하게 소유하고 싶었다. 자신을 좋아하지 않아도 괜찮은 편안한 관계? 엿이나 먹으라지! 한 달이라는 시간 동안 준희에 대한 소유욕은 점점 커져만 갔다. 그녀를 안고 또 안아도 부족했다. 이런 마음에 편안한 관계는 필요 없었다.

준희도 자신과 똑같은 마음이길, 그녀에게 소유욕을 느끼듯 준희도 자신에게 소유욕을 느껴주길 바랐다. 첫날밤 다른 여자의 전화를 받아 준희가 질투로 화가 난 것이길 바랐다. 이제 한준희 없는 이한성은 생각조차 할 수 없는데 그녀는 그렇지 않을까봐 한성은 겁이 났다.

이게 사랑인가? 이렇게 소유욕을 느끼는 것이 사랑인가? 한성은 잠시 자문해보았다. 단언할 수는 없었지만 자신의 감정이 사랑에 가까운 것 같았다.

'젠장, 사랑을 해봤어야지 알지. 이게 사랑인지 아닌지 어떻게 아느냔 말야.'

한성의 입에서 한숨이 불거져 나왔다. 만약에 타임머신이 있어 시간을 되돌릴 수 있다면 한성은 아마 그 순간으로 돌아가리라.

그 순간은 호텔에서 그녀의 부모를 마주쳤을 때도 아니요, 실패한 첫날밤도 아니었다. 자신이 처음 계약서라는 것을 생각해내고, 그걸 준희에게 말했던 그 순간으로 돌아가고 싶었다. 준희와 그의 인생에서 계약서라는 글자를 모조리 없애버리고 싶었다. 얼토당토 않는 계약서에 얽매이지 않고, 말도 안 되는 조항들에 벌벌 떠는 일이 없었으면 했다. 지금 한성이 가장 바라는 것이 있다면, 준희와 자신의 계약서 따윈 박박 찢어버리는 것이었다.

폭풍전야

한성은 출근 준비를 하고 있었다.

"어서 방을 합쳐야겠어. 여러모로 불편해."

한성은 자신의 방 거울 앞에 서서 넥타이를 매며 중얼거렸다.

벌써 한 달이라는 시간이 흘렀다. 평화로운 일상 속에서 한성은 진정한 행복을 느끼고 있었다. 일을 마치고 집에 돌아와 차에서 내리며 불이 켜져 있는 집을 봤을 때 피어나는 행복감이라든가, 마트에 가서 같이 카트를 밀며 장난하고 장을 보는 즐거움 같은 것들이 얼마나 소중한지 한성은 깨달아가는 중이었다.

넥타이를 마저 매고 양복저고리와 가방을 한 손에 들고 방을 나서려는 찰나 빨간 동그라미가 여러 개 그려져 있는 스케줄 플래너가 눈에 들어왔다.

"어, 이번 주말이 회사 창립 파티잖아."

올해로 10주년을 맞이해 회사에서 규모 있는 창립 파티를 준비 중이었다. 메리어트 호텔의 그랜드 볼룸을 빌려 그동안의 고객과 지인들을 모두 초대한 큰 파티였다. 회사 전체가 창립 파티 준비로 술렁거렸지만 한성은 진행하고 있는 재판이 있어서 파티를 까맣게 잊고 있었다.

"흠. 완벽해. 준희를 회사 사람들에게 소개하기엔 완벽한 타이밍이야."

한성은 미소지으며 혼잣말을 했다.

한성의 결혼 소식이 조금씩 회사에 알려지면서 몇몇 회사 동료들에게 시달림 아닌 시달림을 당하고 있었다. 신부는 언제 보여줄 것이며, 도대체 집들이는 언제 할 거냐는 둥, 볼 때마다 괴롭히는 통에 죽을 맛이었다. 게다가 요 근래는 동기들까지 나서서 자신들을 초대도 하지 않고 결혼한 의리 없는 놈이라며 괴롭혀 배겨낼 재간이 없었다.

한성의 본심이야 준희를 될 수 있으면 꽁꽁 숨겨두고 아무에게도 보여주고 싶지 않았다. 보석 같은 준희는 오직 자신만 보고 싶었다. 하지만 아주 조금, 준희를 친구들 앞에 내보이고도 싶었다. 이렇게 사랑스럽고 아름다운 여자가 자기 것이라는 걸 자랑하고 싶었다. 아마 친구들 모두, 밝고 사랑스러운 준희를 좋아할 것이다.

한성의 가슴이 뿌듯함으로 부풀어오를 때 째지는 듯한 준희의 비명 소리가 들렸다.

"아아! 지각이다!!"

곧이어 우당탕거리는 소리와 함께 샤워 물줄기 소리가 들려왔다. 한성은 소리 없이 방긋 웃었다. 그의 천사는 대단한 늦잠꾸러기였다.

"어? 형님 아니세요?"

굵직한 목소리가 뒤에서 들려왔다. 형님? 한성은 몸을 돌려 목소리의 주인공을 쳐다보았다. 굵은 목소리에 어울리는 커다란 덩치. 준희의 친구였다.

"어······어."

"준희 보러 오셨어요?"

"음."

늦잠을 자 허둥대는 준희를 시간에 맞춰 겨우 회사까지 바래다주고 로펌으로 향하던 중 그녀에게 회사 창립 파티에 대해 말하지 않았다는 것이 떠올랐다. 그 얘기야 전화로 말하거나 집에 가서 말해도 됐지만 준희의 얼굴을 볼 핑계라 생각하며 같이 점심을 먹으러 한달음에 그녀의 회사로 날아온 것이었다. 혹시 점심을 먹을까 이른 시간에 도착했는데 준희는 자리에 있지 않았다.

"준희, 아까 다니엘이랑 나갔는데요."

"??"

"아마 옥상 휴게실에서 얘기하고 있을 거예요. 지금 시간은 거기가 제일 조용하거든요."

"어······ 고마워."

"어휴, 별말씀을요. 준희랑 식사하러 오신 거죠? 오붓한 시간 보내세요!"

직장 동료가 손짓하며 부르자 준만은 서둘러 인사를 마치고 사무실로 쏙 들어가버렸다.

엘리베이터로 걸음을 옮기며 한성은 준만의 말을 곰곰이 생각했다. 다니엘? 그게 누구야? 안 좋은 예감이 들었다. 준만은 준희의 제일 친한 친구라고 했다. 전 약혼자였던 진태와 더불어 준희가 먼저 연락하는 유일한 친구였다. 처음엔 준희의 제일 친한 친구들이 남자라는 사실에 질투를 느끼기도 했지만 이제는 아니었다.

바라지 않았던 인기 덕분에 중학교 시절부터 계속 여자들의 시샘을 받아온 준희는 여자친구라고 부를 수 있는 사람이 없었다. 처음엔 준희의 그 말을 듣고 대수롭지 않게 생각했었는데 집안 모임에서 보니 그렇지 않았다.

어른들에겐 가리지 않고 붙임성 있게 굴던 준희가 사촌여동생에게는 유난히 낯가림이 심했었다. 사촌여동생은 준희보다 한 살 많았는데 준희는 또래의 여자들에게 익숙하지 않은 듯 단둘이 있는 것을 무던히도 싫어했다. 사촌여동생 한영이 유난히 사람을 좋아하는 성격이고, 남이 자신을 불편하게 생각하는 걸 참지 못하는 성격이라 막무가내로 준희에게 달라붙어 지금은 불과 한 달 만에 둘도 없는 사이가 되었지만 그 외에 준희의 곁에 여자는 없었다.

그런 사실을 알게 된 후론, 오랫동안 준희의 친구였던 준만과 진태를 그도 완전히 믿는 상태였다. 그런데 준만의 입에서 자신이 모르는 남자의 이름이 나오다니 굉장히 낯설었다. 게다가 준만이라면 자신의 입으로 말했듯이 준희 곁에 달라붙는 남자들 처리 담당이지 않은가? 그런데 남자와 단둘이 있는 것을 허락했다? 그건 그 남자가 준만이 보기에도 믿을 수 있는 사람이라는 뜻이다. 그런 데다가 준만의 말을 들어보니 두 사람이 단둘이 있는 게 종종 있는 일인 것 같았다.

안 좋은 예감이 점점 더 커져갔다. 궁금한 것이 꼬리에 꼬리를 물고 이어졌다. 도대체 다니엘이 누구인가? 준희는 왜 그동안 그 남자에 대해 아무 말도 하지 않았을까? 자신에게 숨겨야 할 사람인가? 아니면 이야기할 필요조차 없는 사람인가?

한성은 후자이길 바라며 옥상으로 통하는 계단을 올라갔다. 그리고 옥상에 나가 모퉁이를 돌려는 찰나 준희와 그 다니엘이라는 사람이 눈에 띄었다. 한성은 자기도 모르게 몸을 숨겼다. 옥상엔 아무도 없는 듯 조용했다. 덕분에 두 사람의 목소리가 한성이 있는 곳까지 똑똑히 들려왔다.

다니엘이라는 사람은 한성도 알고 있는 사람이었다. 비록 잡지에서 찢어낸 사진과 서류상으로지만. 한 달 전 한성의류가 프랑스 지방시 사와 맺은 제휴에 관한 서류를 작성하며 그의 프로필을 읽어본 적이 있었다. 그러고 보니 지난번 가족 모임에서 그의 부모가 언급한 것 같기도 했다. 그때는 준희와 그가 얽히리라곤 생각지도 못했기 때문에 그냥 듣고 지나갔었다.

'지방시의 수석 디자이너가 왜?'

한성은 자기도 모르게 숨을 죽이고 두 사람의 대화를 엿듣기 시작했다.

한성이 자신들을 보고 있다는 것을 모르고 있는 두 사람은 옥상 위에 꾸며진 정원 한켠의 벤치에 나란히 앉았다. 특히나 다니엘은 옥상 구석에 몸을 숨긴 한 남자가 자신에 대한 살의를 불태우고 있으리라곤 생각지도 못하고 있었다.

우연히 엘리베이터에서 준희를 만나고 그녀의 노트를 줍게 된 인연으로 다니엘은 준희에게서 시선을 떼지 못했다. 준희가 일하는 곳을 알아내 노트를 전해주면서 다니엘은 자연스레 그녀와 친해질 기회를 잡았다. 쑥스러웠지만 그녀도, 그녀의 베스트 프렌드도 자신의 팬이라 친해지는 것은 어려운 일이 아니었다. 같이 점심을 먹고, 회사에서 자주 마주치는 것으로도 충분했다.

그렇게 준희와 친해지면서 지난 한 달간 그녀를 지켜본 결과, 자신의 눈이 틀리지 않았다는 것을 깨달았다. 준희는 비록 학생이었지만 — 그녀처럼 능력 있는 디자이너가 겨우 파트타임이라니! — 그 누구보다 열정적이고 대단한 디자이너였다. 다니엘은 준희처럼 아름다운 사람은 보지 못했다. 비단 외모뿐만이 아니었다. 일에 대한 열정이 그녀를 더욱 아름답고 빛나게 했다. 그런 그녀와 함께하고 싶었다. 그녀의 옆에 나란히 서서 함께 걸어가고 싶었다. 그녀의 가느다란 손가락에 링을 끼워주고 싶었다.

이런 제길! 그런데 아쉽게도 그녀는 결혼을 한 상태였다. 그녀의 얼굴을 빛나게 하는 건 디자인에 대한 열정만은 아니었던 것이다. 그녀는 사랑을 하고 있었다. 그래서 그렇게 빛이 났던 것이다. 대화를 나누다가 못 알아듣는 단어가 나오면 살짝 당혹스런 표정을 지으며 미소를 짓거나 프레타 포르테에 대해 열을 올리며 말을 하거나 장난스럽게 씨익 웃는 모습들이 더할 나위 없이 사랑스러웠지만 그녀의 곁에 남편이 있다는 사실을 알고 다니엘은 그녀를 깨끗이 포기했다. 자신이 아무리 아무르의 나라에서 왔다고는 하지만 남의 여자에게 손댈 만큼 무절제한 것은 아니었다. 하지만! 남자로서는 준희를 포기했을지언정 디자이너로서는 그녀를 포기하지 않을 작정이었다.

뭐, 그리고 이런 것쯤 하나 선물해도 되겠지. 잠시나마 첫눈에 반했던 여자에게 주는 선물. 그리고 준희를 지방시의 뮤즈로 끌어당길 뇌물 같은 것. 다니엘은 씩 웃으며 준희에게 가로 세로 40센티 정도 되는 상자 하나를 내밀었다. 그가 불쑥 내미는 상자를 받아들면서도 준희는 의아해했다.

[이게 뭐예요?]

[풀어봐.]

다니엘은 초조하게 재촉했다. 자신의 선물이 분명 준희를 기쁘게 할 것을 알면서도 기대감으로 마음이 초조했다.

준희는 은빛 포장지와 하늘색 비단 리본으로 묶인 커다란 상자를 내려다보았다. 준희가 알기론 다니엘이 자신에게 선물을 줘야 할 아무런 이유가 없다.

준희는 비단 리본의 끝을 잡고 상자를 풀기 시작했다. 리본을 풀고 은빛 포장지를 벗겨내고 상자의 뚜껑을 열고 그 안을 본 준희의 눈이 휘둥그레졌다.

[이……이건…….]

[가슴의 자수 부분이 너무 어려웠어. 한국의 자수는 너무 힘들어.]

다니엘은 준희의 손에서 상자를 받아 들고 그녀가 자신의 작품을 감상할 수 있도록 잠시 가만히 있었다.

준희는 떨리는 손으로 드레스를 눈앞에서 펼쳤다. 광택이 나는 하얀 명주로 만들어진 드레스는 가슴 부분의 넓은 띠와 그 위의 정교한 수가 더해서 우아함을 뽐내고 있었다. 슬림하게 몸에 붙은 드레스 위에 한복 특유의 깨끼 원단이 하늘거리며 여러 겹 겹쳐 있어서 더욱 섬세해 보였다. 게다가 깨끼 원단의 아랫부분은 꽃잎처럼 한 장 한 장 나눠서 마치 여러 개의 꽃잎을 겹쳐놓은 것 같았다.

[이, 이 디자인은…….]

[응. 특별한 걸 선물하고 싶어서 내 마음대로 빌려 썼어. 미안.]

이브닝 드레스의 디자인은 다니엘이 처음 준희의 디자인 노트를 주웠을 때 그 노트에서 베껴 두었던 것이었다. 그 노트를 본 순간부터 다니엘은 준희를 프랑스로 데려가기로 마음을 먹었기 때문이었다. 이렇게 섬세하고 아름다운 옷을 만들어낼 수 있는 사람이 지방시에는 꼭 필요했다.

[아, 너무 고마워요. 그런데 왜 이런 걸 나에게⋯⋯.]

준희는 감격에 겨워 말을 제대로 잇지 못했다. 준희 눈동자에 기쁨의 눈물이 그렁거렸다. 기뻐하는 준희를 보자 다니엘의 마음도 뿌듯해졌다. 오랜만에 재봉틀을 잡고 작업하느라 힘들었지만 감격에 찬 준희의 얼굴을 보자 그 고생들이 한순간에 날아가버렸다.

준희가 결혼을 했고, 자신에겐 이성으로서의 감정은 눈곱만치도 없어도 상관없었다. 예술가는 자신의 뮤즈를 포기하지 않는 법이었다. 뮤즈와 자신 사이에 놓인 방해물이 많으면 많을수록 창작열은 더 타올랐다. 다니엘은 무슨 일이 있어도 준희를 포기하지 않을 셈이었다.

[준, 넌 나의 뮤즈야. 널 보면 내 머릿속의 디자인이 서로 나가겠다고 아우성거려. 게다가 너는 아주 훌륭한 창조자이기도 하고. 이 드레스를 봐봐. 준은 한국에 있을 사람이 아니야. 당신에게 한국은 너무 작은 나라야. 나와 함께 프랑스로 가지 않겠어?]

[네?]

[내가 맥퀸에게 말하겠어. 그도 네 디자인을 보면 아마 깜짝 놀랄 거야.]

[⋯⋯.]

열성적으로 말하는 다니엘을 앞에 두고 준희는 아무 말도 할 수 없었다. 지방시의 디자이너. 평생 꿈꿔왔던 일이다. 의상디자인을 전공하는 학생이라면 누구나 바라는 기회였다. 준희라고 어찌 그렇지 않겠는가? 원래의 준희라면 망설임 없이 열렬히 고개를 끄덕였을 것이다. 그리고 당장 집에 가서 프랑스로 갈 짐을 꾸렸을 것이다. 탐이 나지 않는다면 거짓말이었다. 그럼에도 불구하고 준희는 대답을 망설이고 있었다. 다니엘이 함께 프랑스로 가자는 말을 꺼내자마자 한 사람의 얼굴이 떠올랐기 때문이었다.

어색할 때 머리를 긁적이는 버릇을 가진 사람, 부끄러울 땐 목덜미부터 벌게지는 사람, 크게 웃을 때 살짝 고개를 돌리는 사람, 괜한 잘난 척을 할 때 눈썹을 치켜올리며 약올리는 표정을 짓는 사람, 밤마다 자신을 꼭 안아주고 한시도 놓아주지 않는 사람, 한성이 준희의 머릿속을 온통 채우고 그녀를 놓아주지 않았다.

준희는 망설였다. 대답을 할 수 없다. 프랑스로 가는 것은 한성과 떨어지는 것을 의미한다. 타지에서 홀로 사는 것은 외롭지 않았다. 원래부터 그렇게 살아오지 않았는가. 하지만 한성과 떨어져서 사는 것은 달랐다. 한성의 빈자리를 자신이 이겨낼 수 있을지 준희는 자신이 없었다. 이미 그녀의 삶에서 이한성이라는 존재를 빼는 것이 불가능해졌기 때문이었다. 한성은 준희의 가슴에 콱 박혀 빠지지 않는 유리조각이었다. 사랑이라는 이름의 유리조각.

대답을 하지 못하고 망설이는 준희를 뒤로하고 한성은 몸을 돌렸다. 지금 한성의 머리는 생각을 거부하고 있었다. 프로그래밍이 된 로봇처럼 뚜벅뚜벅 엘리베이터로 가 지하 주차장으로 갔고 차에 올라 시동을 걸고 미친 듯이 질주해 사무실로 돌아와버렸다.

준희는 대답을 하지 않았다. 그게 어떤 의미일까? 준희가 디자인에 대해 얼마나 진지하게 생각하고 있는지 한성도 잘 알고 있었다. 그런 차에 그녀의 앞에 세계적인 디자이너가 나타난 게 우연이었을까? 왜 준희는 지난 한 달간 그런 얘기를 하지 않았을까? 어떻게 두 사람이 그렇게 친해진 거지? 준희가 아무리 능력이 있다고 해도 아직은 아르바이트를 하는 학생일 뿐이지 않은가? 도대체 어떤 사이길래 그런 드레스까지 선물하는 사이가 된 거야? 질투심으로 한성의 눈빛이 흐려졌다. 만약 준희의 침묵이 긍정의 대답이라면? 준희가 그를 따라 프랑스로 간다고 하면……, 나는 어쩌지?

한성은 미친 듯이 서랍을 뒤져 종이 한 장을 꺼내 책상 위에 올려놓았다. 평생 보고 싶지 않던, 한성의 어리석음의 표본인 계약서. 한성의 눈에 두 번째 조항이 들어왔다.

2. 갑과 을의 사생활은 완전히 보장된다. 서로의 사생활에 대해 신경을 쓰지 않고 또 요구하지 않는다.

한성은 준희의 사생활에 간섭할 권리가 없다. 만약 준희가 자신의 꿈을 위해 프랑스행 비행기에 오른다 해도 한마디 할 수 없는 게 지금 한성의 위치였다.

커다란 한숨을 쉬며 한성은 의자에 깊숙이 기대앉았다. 머리가 깨질 듯 아파왔다. 한성은 눈을 감고 한 손으로 머리를 감쌌다. 그리고 다른 한 손으론 책상 위에 있는 계약서를 톡톡 쳤다. 컴퓨터가 과부하가 걸리듯 한성의 머리도 지금 과부하 상태였다. 다급하고 초조해 다른 생각이 하나도 떠오르지 않았다.

"똑똑. 이한성, 나 들어간다."

그때 문 두드리는 소리와 함께 미주가 그의 사무실로 들어왔다. 와이프와 점심을 먹는다며 신난 얼굴로 나간 한성이 30분도 채 되지 않아 험상궂은 얼굴로 나타나자 미주가 그의 뒤를 따라 사무실로 온 것이었다. 오랫동안 한성을 보아오면서 그런 심각한 표정은 처음이라 무슨 일이 생긴 건지 걱정이 됐다.

미주는 소파에 앉을까 하다 책상 옆 테이블에 살짝 기대섰다.

"무슨 일 있어?"

"일은 무슨…… 없어."

"근데 표정이 왜 그래? 재판 잘 안 돼가?"

"아니야, 그런 거."

"그럼 와이프랑 싸웠냐?"

"……."

"훗, 표정 보니까 말 안해도 알겠다. 싸웠구나? 크크크. 너하고 결혼은 안 어울린다고 했잖냐."

미주는 웃으며 말했다. 한성 부부의 불화가 자신에겐 행복이었다.

"신경 꺼, 임미주."

"무슨 말을 그렇게 하냐? 나는 친구가 걱정돼서……."

"네가 끼어들 문제 아니야. 친구란 이름으로 함부로 선 넘으려 하지 마."

한성은 차갑게 선을 그었다.

냉철하기로 소문이 난 한성은 학창 시절부터 자신의 사생활에 참견하는 걸 제일 싫어했다. 재벌가 아들이라고 사람들이 색안경 끼고 보기도 했지만 그런 것에 휘둘릴 한성이 아니었다. 한성은 그저 자신의 사생활을 지키는 사람이었다.

자신을 잘라내는 한성의 태도에 미주는 자존심이 상했지만 쉽게 돌아서지지가 않았다.

"이한성, 너……."

그때 미주의 눈에 한성의 책상 위에 있는 서류가 들어왔다. 한성은 미주의 시선이 어디에 있는지 눈치채지 못한 것 같았다. 결혼과 사생활 운운하는 계약서엔 한성의 이름도 보였다. 한성의 결혼에 관한 중요한 서류 같았다. 고개를 길게 빼 내용을 더 훔쳐보고 싶었지만 그때 똑똑거리는 소리와 함께 비서가 들어왔다.

"이 변호사님, 사장님께서 지금 찾으세요."

"나를?"

"네. 지금 당장 오시라는데요?"

"네. 알았어요."

미주는 기대고 있던 테이블에서 벌떡 일어났다.

"아무튼 이한성, 너 말야. 친구가 걱정해주면 고마운 줄 좀 알아라."

"……."

"난 내 사무실로 가보련다."

쾌활한 목소리를 꾸며내며 미주는 과장되게 한성의 사무실을 빠져나갔다. 그러면서 살짝 자동차 열쇠를 떨어뜨렸다. 다른 액세서리 없이 달랑 자동차 열쇠 하나 달려 있는 키홀더가 바닥에 떨어지는 소리는 카펫에 묻혀 들리지 않았다. 짧은 시간에 다시 한성의 사무실에 들어올 변명거리를 만들어둔 건 그 정체불명의 서류를 읽어보고 싶다는 미주의 욕망 때문이었다.

미주는 서둘러 자신의 사무실로 들어가 블라인드 사이로 맞은편 한성의 사무실을 살폈다. 그의 사무실엔 블라인드를 치지 않은 덕에 그의 모습이 훤히 보였다. 그가 책상의 오른쪽 서랍에 서류를 집어넣은 것까지 다 보였다.

곧이어 한성이 사무실을 나섰고, 1~2분 정도 시간이 지나기를 기다렸다가 미주는 천연덕스레 비서들에게 자신의 자동차 열쇠를 못 봤냐고 물으며 한성의 사무실로 갔다.

비서들을 지나칠 때는 느긋한 척했지만 한성의 사무실 안에 들어가자 잽싸게 움직이기 시작했다. 한성이 언제 돌아올지 모르는 일이다. 우선 블라인드를 친 후, 한성의 책상으로 다가가 오른쪽 서랍을 열었다. 서류는 두 번째 서랍 안에 들어 있었다.

'결혼계약서? 갑과 을은…… 단순한 동거인…… 부모님께는 비밀…….'

미주는 재빠르게 계약서를 읽어내렸다. 미주의 입가에 미소가 점점 커져갔다. 마지막 두 사람의 사인까지 확인한 미주는 한성이 눈치채지 못하게 계약서를 원래대로 돌려놓았다. 그리고 책상에서 돌아나와 블라인드도 원래대로 돌려놓고 바닥에 있는 키홀더를 주워들었다. 흥얼흥얼 콧노래가 저절로 나왔다. 키홀더를 공중으로 던졌다가 경쾌하게 낚아챘다.

"나 열쇠 찾았어요. 이 변호사 방에 떨어뜨렸지 뭐예요?"

미주는 비서들을 보며 환하게 웃었다. 미주의 마음이 몇 주 만에 활짝 개었다.

프랑스로 함께 가자는 다니엘의 엄청난 제의에 결국 아무 말도 할 수 없었던 준희는 우울한 마음으로 집에 도착했다. 다니엘이 선물로 만들어준 드레스가 엄청나게 무겁게 느껴졌다.

한성은 아직 집에 오지 않았다. 준희는 저녁 어둠이 아스라이 내려앉은 거실소파에 털썩 앉았다. 아직도 준희의 마음은 다니엘의 제의와 한성의 얼굴로 범벅되어 있었다. 어느 것이 옳은 선택인지 누가 대신 선택해줄 수 있다면 이 문제에서 손을 털고 싶었다. 아니 준희의 속마음은 한성이 그녀를 붙잡아주길 바랐다.

준희는 아직 한성에게 사랑한다는 말을 하지 못했고, 그에게서도 사랑한다는 말 한마디 듣지 못했지만 두 사람은 항상 이어져 있다고 생각했다. 한성이 사랑한다고 말해준다면 자신의 오랜 꿈도 포기할 수 있을 것 같았다.

꽤 시간이 흐르고 이제 완전히 컴컴해진 거실에 열쇠 돌아가는 소리가 들렸다. 준희는 바짝 긴장하고 바르게 앉았다. 찰칵소리와 함께 한성이 들어서며 거실 전등을 밝혔다.

"뭐야, 집에 있었잖아."

"네에."

어둠 속에서 소리 없이 앉아 있는 준희를 보고 한성은 깜짝 놀랐다. 자그마한 준희의 얼굴에 고민이 역력했다. 그리고 그 고민이 무엇인지 한성은 너무나 잘 알고 있었다.

"왜 그러고……."

그때 한성의 눈에 다니엘이 선물한 상자가 들어오자 순식간에 불쾌함이 한성의 온몸을 가득 채웠다. 한성의 표정이 일그러졌다. 그는 험상궂은 표정으로 넥타이를 풀며 준희는 바라보지도 않고 자신의 방으로 향했다. 방으로 들어가다 문간에 선 한성은 억양 없이 무뚝뚝하게 말했다.

"늦었는데 일찍 자. 내일은 회사에 못 바래다줄 것 같아. 그리고 주말에 우리 로펌 창립 파티가 있는데 부부 동반이야. 준비해줬으면 좋겠어."

자기 할 말만 하고 방으로 들어간 한성은 문을 쾅 닫아버렸다.

한성이 다가와 따뜻한 포옹을 해주길 바랐던 준희는 당혹스러운 표정으로 가만히 소파에 앉아 있었다. 한성이 다시 나오길 기다렸지만 한 번 닫힌 한성의 방문은 밤새도록 열리지 않았다. 평창동에서 화해한 후 처음으로 떨어져 지낸 밤이었다.

"오늘 저녁에 집으로 데리러올게."

"네."

"······그럼 난 이만 출근할게. 이따가 봐."

"네에."

한성은 생기 없는 준희의 얼굴을 조심스레 살피다 크게 숨을 들이쉬며 현관을 나섰다.

다니엘이 준희에게 드레스를 선물한 날 이후로 두 사람 사이는 소원해졌다. 한성이 울컥하는 마음에 닫아버린 문은 아직까지 열쇠를 찾지 못하고 있었다. 자신이 옹졸하게 행동하고 있다는 것을 알고 있었지만 마음이 쉽게 풀리지 않았다. 준희의 잘못도 아닌데 괜히 그녀에게 화풀이를 하고 있었다. 자신이 진정으로 원하는 것은 그녀를 사랑하고 안아주는 것인데 치졸한 자존심이 막고 있었다. 한성은 한숨을 쉬었다. 이따 준희를 데리러가는 것이 무섭게 느껴졌다.

집에 홀로 남은 준희는 닫힌 현관문을 보며 참았던 한숨을 쉬었다. 그녀는 천천히 발코니로 걸어가 한성의 차가 주차장을 빠져나가는 것을 바라보았다.

'왜 이렇게 돼버린 걸까? 내가 뭔가 잘못한 게 있나?'

하지만 아무리 생각해봐도 준희는 상황이 이렇게 변해버린 이유를 알 수 없었다. 한성이 화가 난 것 같긴 한데 이유를 알 수가 없었다.

연이어 우울한 한숨을 쉬던 준희는 몸을 쭉 펴고 기지개를 폈다.

"그래! 언제까지 이렇게 우울하게 있을 거야? 한준희! 너랑 어울리지 않아. 이 변호사님이 화가 났으면 왜 났냐고 물어보고, 괜히 나한테 화풀이하는 거라면 복수를 해야지! 이 한준희를 우습게 보면 되로 주고 말로 받는다는 걸 몸소 보여줘야 해."

준희는 허공에 대고 크게 외쳤다. 우중충한 건 준희와 어울리지 않는다. 자기중심적이고 뻔뻔하고 노골적이고 이기적인 게 바로 한준희다. 사랑한다는 이유 하나만으로 모든 것을 희생할 필요는 없다. 투쟁하고 싸워서 얻어내는 것도 있는 법이다.

준희는 옷장으로 달려가 소중히 넣어둔 드레스를 꺼냈다. 다니엘이 준 드레스를 거울에 비추어보면서 준희는 자신의 마음을 분명하게 알았다.

지금 한성의 곁을 떠나면 평생 후회할 것이다. 요 며칠 불편한 관계에도 이렇게 힘든데 그를 영원히 떠나는 것은 불가능했다. 나무에게 태양과 물이 필요하듯 자신에겐 한성이 필요했다. 아이러니하게도 한성과 멀어진 거리가 준희의 마음을 결정하는 계기가 되었다. 한국에 있자. 한성의 곁에 있자. 꿈을 포기하는 게 아니다. 더 중요한 것을 위해 잠시 뒤로 미뤄두는 거다. 성공만 바라보다 정말 중요한 것을 놓치고 나중에 후회하는 일은 하고 싶지 않다.

인생엔 세 번의 기회가 온다고 했다. 성공에 대한 첫 번째 기회를 사랑을 얻는 데 사용할 뿐이다. 자신이 누구인가? 바로 정윤희의 딸이다. 15살이라는 나이 차를 뛰어넘어 사랑을 쟁취한 정윤희의 딸. 그리고 30년이라는 긴 세월 동안 사랑으로 똘똘 뭉쳐진 부모 사이에서 태어난 사랑의 결정체가 바로 자신이 아니던가? 자신이라고 해서 엄마처럼 못하라는 법은 없다. 오히려 피를 이어받아 더 탁월한 능력을 보일지도 모를 일이었다.

마음을 굳힌 준희는 드레스를 조심스레 침대 위에 펼쳐놓고 회심의 미소를 지었다. 한성을 유혹했던 날처럼 정성스레 준비하기 시작했다. 로펌 식구들에게 처음 선을 보이는 자리이기도 하지만 한성이 자신을 사랑하도록 만드는 일이 목표였다.

준희는 꼼꼼히 샤워를 하고 화장대 앞에 앉았다. 드레스가 순수하고 우아한 스타일이라 최대한 투명 메이크업을 했다. 파운데이션을

얇게 퍼 바르고 하드형 팩트로 가볍게 두드렸다. 워낙 피부가 고와 그것만으로도 충분했다. 쌍꺼풀 주위엔 약간 펄이 들어간 흰색 섀도로 포인트를 주고 펜슬형 아이라이너로 눈매를 또렷하게 만들었다. 그리고 깊이감 있게 마스카라를 풍성하게 발라 눈화장을 마쳤다. 입술은 붉은 기가 감도는 립글로스로 촉촉하게 표현했다. 긴 생머리는 굵은 컬로 말아 웨이브지게 만들어 느슨하게 틀어 올렸다. 자연스럽게 흘러내린 머리카락이 작고 하얀 얼굴을 더욱 돋보이게 해줬다.

거울 속에 비친 모습은 자신이 봐도 만족스러웠다. 거울 속의 자신을 향해 씩 웃어준 준희는 드레스를 입기 시작했다. 어깨가 완전히 노출되는 디자인의 드레스는 얇은 끈 하나만 달랑 있을 뿐이었다. 레이스 끈으로 되어 있어 노출이 가능한 브래지어를 골라 얇은 드레스 선과 교차되게 앞쪽으로 리본을 만들어 묶고 한 쌍인 팬티와 가터 벨트, 속옷까지 완벽하게 차려입었다.

스타킹을 가터 벨트에 끼우며 준희는 중얼거렸다.

"흠. 우리 엄마도 참 뻔뻔하단 말야. 어떻게 딸한테 주는 선물이 죄다 야시시한 속옷들이냐? 참나."

하지만 확실히 한성이 그 속옷들을 좋아했기 때문에 이젠 준희도 거부감 없이 잘 입어댔다. 그리고 이렇게 결정적인 순간에 적절하게 사용되니 참으로 다행한 일이 아닐 수 없었다.

"자, 그럼 남은 건 이 변호사님의 반응뿐이군."

완벽히 준비를 마치고 힐끔 시계를 올려다보자 한성이 올 시간이 다 되었다. 드레스가 구겨질세라 조심스레 소파에 앉은 준희는 혀를 찼다.

"몸치장하는 데 3시간이나 걸렸단 말야? 흠. 맨날 툴툴대는 사람한테 예쁘게 보이겠다고…… 어휴, 한준희 너도 고생이다, 쯧쯧쯧."

기가 차다는 듯한 말투와 달리 준희의 눈동자는 기대감으로 초롱초롱했다. 얼마 안 지나 예상보다 빨리 한성의 도착을 알리는 차임벨 소리가 들렸다. 준희는 소파에서 벌떡 일어나 현관으로 달려나갔다. 펄럭이는 드레스 자락이 꼭 요정의 날개 같았다.

"어서 오세요!"

준희는 자신이 지을 수 있는 최고의 미소로 한성을 반갑게 맞이했다. 그런 준희의 모습이 눈부시다고 한성은 생각했다. 화사한 웃음을 지으며 자신을 맞아준 그녀는 너무나도 아름다웠다. 살짝 장난기 어린 눈웃음과 입가에 맺힌 너그러운 미소, 육감적인 몸매를 드러내면서 동시에 요정처럼 깜찍한 분위기를 풍기는 드레스까지 완벽했다.

한성의 심장은 덜커덩했다. 준희의 미소가 눈부시다는 첫 생각 다음으로 머릿속에 떠오른 생각이 준희가 입고 있는 드레스를 발기발기 찢어버리고 싶다는 거였다. 쾌씸한 다니엘이라는 놈의 손길이 닿았던 것이라면 뭐든 준희에게서 떼어놓고 싶다. 다니엘의 드레스는 준희에게 완벽하게 어울렸다. 하얗고 투명하고 하늘거리는 드레스는 준희의 몸의 일부인 양 자연스러웠다. 문제는 그 드레스를 다니엘 놈이 만들었다는 사실이다. 너무나 잘 어울린다는 것을 알면서도 한성의 입에선 퉁명스런 말이 튀어나왔다.

"드레스가 그게 뭐야? 어깨가 다 드러나고 드레스가 없으면 없다고 진작 말했어야지. 지금 다른 걸 준비하기엔 시간이 부족하잖아."

"!!"

"숄 같은 거 없어? 그 어깨라도 가리라고. 회사 창립 파티야. 가벼운 칵테일 파티가 아니라고."

"……."

준희는 좌절감에 소리를 지르고 싶었지만 입술을 꽉 깨물었다.

"할 말이 그거뿐이에요?"

"……."

준희는 한성을 노려보다 휙 방으로 들어갔다. 그리고 쾅 소리나게 옷장 문을 열어젖히고 미친 듯이 무언가를 찾기 시작했다. 그리고 마침내 찾던 것을 손에 넣었는지 다시 한 번 쾅 소리가 들렸다.

방에서 나온 준희는 어깨 위에 성기게 짜진 하얀 머플러를 두르고 있었다. 비스듬히 어깨에 두른 머플러는 한쪽이 허벅지까지 흘러내려 굉장히 스타일리쉬했다.

"자? 이제 마음에 드나요? 이 변호사님 마음에 안 들어도 할 수 없어요. 이 변호사님 말대로 다른 드레스를 고르러 가기엔 시간이 많이 모자라거든요."

가시 돋친 준희의 말이 한성을 콕콕 찔러댔다. 준희는 진주 빛 스팽글로 장식된 작은 백을 들고 그를 지나쳤다. 그리고 엘리베이터에 올라 한성이 현관문을 잠그는 것도 기다리지 않고 버튼을 눌러버렸다. 닫히는 엘리베이터 문 사이로 한성과 눈이 마주쳤지만 준희는 그를 무시해버렸다.

다시 오붓한 사이로 돌아가려는 준희의 노력이 헛되어버리고 차에 오른 두 사람 사이에 싸늘한 기운이 감돌았다. 한 번 자존심이 상한 준희는 좀처럼 입을 열려고 하지 않았고 한성 또한 자기 생각에 빠져 주위를 둘러볼 여력이 없었다. 금보다 더 무거운 침묵 속에서 두 사람은 메리어트 호텔에 도착했다.

"어이, 이 변호사. 잠깐 이리 좀 와봐."

사장이 부르는 소리에 한성은 들고 있던 칵테일 잔을 웨이터에게 넘기고 준희를 보았다. 그의 옆에 조용히 서 있는 준희는 묘한 분위기를 풍기고 있었다. 왁자지껄한 파티장 안에 준희의 주위만 서늘한 기운이 퍼져 있는 듯했다. 처음 파티장에 들어왔을 때부터 지었던 신비한 미소는 여전히 짓고 있었다. 그 미소가 준희를 더욱더 빛나게 했다.

그저 간단하게 투명 메이크업을 했을 뿐인데도 웬만한 연예인 뺨치는 준희의 외모에 로펌 식구들이 다 놀랐다. 준희가 전설의 여배우 정윤희의 딸이라는 사실을 알고는 거의 뒤로 넘어가는 분위기였지만 그 때문에 준희의 미모에 대해 다들 수긍하는 분위기였다.

준희가 풍기는 오라에 다들 쉽게 말을 붙이지 못했지만 누구 하나 그녀의 곁을 떠나려 하지 않았다. 완고하기로 소문이 난 사장마저도 준희의 미소에 깜빡 넘어갔으니 다른 사람들은 말할 것도 없었다. 남자한테 인기 있다는 준희의 말처럼, 그녀의 주위에 몰린 사람들 중 남성의 수가 압도적으로 많긴 했지만 준희는 로펌 식구들에게 환영을 받았다. 이와 달리 준희가 그렇지 않았다는 게 문제이긴 하지만.

지난 2시간 동안 사람들의 질문에 곧잘 대답은 했지만 그녀가 먼저 사람들에게 말을 거는 일은 없었다. 그런데도 사람들은 준희의 미소, 손짓 하나하나를 주시했고 그런 사람들의 관심이 한성을 불편하게 했다. 준희를 데리고 오는 게 아니었다. 준희의 미소는, 웃음소리는 온전히 한성의 것이다.

"나 잠시 다녀올게."

한성은 준희에게 무뚝뚝하게 말하고 이내 걸음을 옮겼다. 한성의 뒷모습을 보고 준희가 작게 한숨을 내쉴 때 미주가 다가왔다.

"피곤하죠? 준희 씨."

따뜻한 어투로 한껏 꾸민 미주의 목소리가 어색하게 들려왔다. 여자의 과잉친절에 준희는 경계심이 들었다. 준희는 미주를 단박에 알아보았다. 한준희가 누구인가? 눈치 칼, 눈치의 여왕이었다. 몇 마디 나눴을 뿐이지만 그 목소리가 첫날밤 한성의 핸드폰에서 울려나오던 목소리의 주인공이라는 것을 알고도 남았다. 친구라고 하지만 유난히 한성에게 달라붙는 모습이 준희를 불편하게 했다. 여자는 힘들다. 여자를 대하는 건 준희가 못하는 것 중 하나니까.

"아니, 별로 힘들지 않은데요."

"괜찮아요. 제 앞에선 편히 쉬어도 돼요. 어휴, 계약이라는 게 원래 피곤한 거잖아요."

"계……, 계약……요?"

준희의 손에 든 칵테일 잔이 눈에 띄게 흔들렸다. 준희의 동요를 눈으로 확인한 미주는 속으로 회심의 미소를 지었다.

"네. 아무리 가족 앞에선 다정한 부부인 척하기로 했다지만 나는 가족은 아니니까. 한성이도 참, 준희 씨 피곤하게 뭐 하러 이런 델 데려 온대요?"

"……."

준희의 얼굴이 창백하게 굳었다.

"나는 아니까 편히 있어요. 친구 좋다는 게 뭐예요. 한성이가 피곤하다고 요새 매일 노래를 불러요. 힘든 건 준희 씨가 더 힘든데 뭐가 그렇게 불평불만이 많은지……. 하여튼 남자들이란……. 아시죠? 준희 씨도?"

미주는 한성을 살짝 책망하는 듯한, 그러나 명백히 애정이 엿보이는 미소를 지으며 왼쪽 눈을 찡긋거렸다.

한성과 여자가 무슨 사이인지 자신은 모른다. 얼마나 친밀한지, 그래서 무슨 얘기든 숨기지 않고 하는 사이인지 모르지만 저 여자가 계약서에 대해 알아선 안 된다. 두 사람이 합의해 계약서에 명시된 대로 이 계약은 두 사람만이 알고 있어야 한다. 별로 달콤하진 않지만 그래도 두 사람만이 알아야 하는 비밀.

준희의 몸이 부들부들 떨려왔다. 지금 눈앞에 있는 미주라는 여자가 분명 자신을 무시하는 게 맞는데도 준희는 한 마디도 할 수가 없었다. 한성의 편을 드는 것도, 그들의 결혼에 대해 변명하는 것도, 계약서의 존재에 대해서도 아무 말도 할 수 없었다.

한성이 다시 곁으로 다가와 팔꿈치를 살짝 잡자 소스라치게 놀란 준희는 황급히 그의 손을 쳐냈다. 소름끼쳤다. 이 순간만은 한성이 죽이고 싶도록 미웠다.

한성은 준희의 서슬 퍼런 눈빛에 다소 놀랐다. 자신이 잠깐 자리를 비운 사이 미주와 준희 사이에 무슨 일이 벌어진 건지 짐작도 할 수 없었다.

요 며칠 자신의 막무가내식 짜증에 풀이 죽은 준희의 모습을 보는 게 안쓰러웠다. 파티장에서도 자꾸 겉도는 준희의 모습이 눈에 밟혔다. 낯을 가리는 준희가 자신의 옆에 붙어서 떨어질 줄 몰랐는데 자신은 그런 준희를 모른 척했다. 그게 미안해서, 멀리 떨어져서 보니 준희의 모습이 너무 애잔해서 한성은 서둘러 대화를 마치고 곁으로 돌아온 것이었다. 그런데 잠깐 동안 준희는 달라졌다. 애처로운 강아지 같던 눈빛은 사라지고 그녀의 까만 눈동자가 활활 타오르고 있었다.

"준희야?"

"……."

한성을 바라보던 준희는 획 돌아 그를 벗어났다. 지긋지긋했다. 남자란 존재가 그리고 질투하는 여자가. 미주의 비꼰 공격이 한성을 좋아하는 마음에서 나온 것을 준희가 모를 리 없었다. 여자의 질투는 10년이 넘도록 신물나게 받아왔다. 그리고 준희는 남자의 이유 없는 성질을 다 받아줄 만큼 착한 여자가 아니었다.

오만과 편견

"서초동 개나리아파트요."

서로에게 최악의 파티였다.

집으로 돌아가는 두 사람 사이엔 찬바람이 쌩쌩 불었다. 답답함에 넥타이를 잡아당기던 한성은 옆자리에 있는 준희를 살폈다. 준희는 그와 한 공간에 있는 것조차 참을 수 없다는 듯 창문에 바짝 붙어 창밖만 바라보았다. 준희의 외면에 한성의 속이 부글부글 끓어올랐다. 지금 화가 난 건 누군데!

회사 창립 파티는 적어도 한성에겐 최악의 파티였다. 잠깐 사장의 부름에 자리를 비운 사이, 준희는 완전히 달라져 있었다. 구부정하게 웅크리고 있던 어깨는 반듯이 펴고 범접할 수 없었던 신비한 미소 따윈 집어던졌다. 웃음기 깃든 눈동자와 상큼한 미소로 무장한 준희는 창립 파티에 참석한 모든 사람들을 후리고 다녔다. 나이든 사람들에겐 귀여운 딸처럼, 젊은 남성들에겐 매력적인 이성으로, 젊은 여자들에겐 패션에 대한 이해를 무기로 그들을 공략해갔다. 젊은 남성들의 열렬한 지지에 여자들의 질투도 살 법하지만 준희는 유부녀란 허울로 질투를 가볍게 막아냈다. 그리고 채 30분도 되지 않아 파티장 안의 모든 사람들을 휘어잡았다. 오직 한 사람, 한성만 빼놓고.

사람들과 큰 소리로 웃고 떠들다가도 한성과 눈이 마주치면 그 천사 같은 얼굴에서 미소를 싹 지워냈다. 미치고 팔짝 뛸 일이었다. 친구놈들이 준희의 미소를 보고 고스란히 드러난 그녀의 매끈한 어깨를 여지없이 감상할 동안 자신은 변변히 그녀의 곁에 가지도 못하다니, 명색이 남편이라는 사람이 말이다. 한성이 다가가기라도 할라치면 몸을 획 돌려 다른 곳으로 가버렸기 때문에 한성은 곁에 가는 것을 포기한 상태였다. 한성은 파티 내내 영롱하게 웃으며 환하게 빛나는 준희를 탐욕스럽게 바라보며 술만 들이켤 뿐이었다.

집에 돌아가는 내내 준희는 저렇게 창문에 딱 붙어서 그와는 말도 섞으려 하지 않았다.

도대체 뭐가 문제야? 스스로에게 물으면서도 한성은 뭐가 잘못됐는지 잘 알고 있었다. 자신의 터무니없는 심술, 그것이 문제였다. 다니엘의 고백을 듣고 집에 돌아와 자신이 했던 유치한 행동들이 문제였다. 자신의 잘못인 줄 알면서도 준희를 몰아붙이는 행동을 멈출 수 없다는 것이 문제였다. 준희는 이제 그의 행동을 받아주기를 포기한 모양이었다. 준희의 그런 행동이 이해가 되면서도 한편으론 그것마저 서운한 한성이었다.

집에 도착한 준희는 한성을 무시한 채 그녀의 침실로 향했다. 벌써 며칠째 서로의 방문을 넘는 일이 없었다. 아마도 지금 들어가면 또 열리지 않겠지. 한성은 울컥 솟아오른 좌절감에 준희의 팔을 붙잡는다.

"할 말 있으면 해. 조개처럼 입 꽉 다물지 말고"

질책하는 한성의 말투에 준희 또한 똑같이 되받아쳤다.

"이 변호사님이야말로 얘기하고 싶은 거 있으면 해요. 그렇게 툴툴거리지 말고"

'너는 왜! 나만 보지 않는 거야? 왜 다른 남자가 만들어준 옷을 입고 나타난 거야? 그 옷을 입고 나타난 이유가 뭐야? 나한테 말하고 싶은 게 뭐야? 그 남자를 따라 떠난다는 말? 나를 버린다는 말? 난 그런 말 따위 듣지 않겠어!'

'이 변호사님은 왜! 그 여자에게 계약서를 보여준 거예요? 그 여자의 입에서 계약서 얘기가 나왔을 때 제가 얼마나 비참할지 생각해 봤나요? 왜 당신의 여자 앞에 나를 세워요. 왜 하필이면 내가 이렇게 불행하다고 느낄 때, 내 자신이 더 초라해 보일 때!!'

두 사람의 날카로운 시선이 마주쳤다. 한 번도 좌절이라는 것을 몰랐던 한성, 한 번도 질투라는 것을 해보지 못했던 준희. 자신이 세상에서 제일 잘난 줄 알고, 또 그렇게 알고 살았던 두 사람은 처음 갖는 감정에 미칠 것만 같았다. 어떻게 해야 할지 모르는 감정들이 상대방에 대한 분노로 튀어나왔다.

한성은 딱딱히 굳은 목소리로 명령했다.

"그 따위 옷 벗어버려."

"그 따위 옷이라니요! 이게 어떤 옷인 줄 알아요?"

"알고 싶지 않아, 그까짓 옷!"

"알지도 못하면서 말 함부로 하지 말아요!"

"모르긴 내가 왜 몰라! 다니엘이란 놈이 준 거 아냐! 이까짓 드레스 하나에 헤벌레해져서, 그놈이 같이 프랑스로 가자니까 마음이 동해? 도대체 무슨 사이길래 지방시 수석 디자이너란 놈이 너한테 프랑스에 같이 가자고 말하는 거지?"

한성은 변호사다. 말로 먹고 사는 직업 때문에 어떤 말이 상대에게 치명적인지 누구보다 잘 안다. 지금 한 말이 사실이 아니라는 것도 또 그 말이 비수가 되어 준희의 가슴을 찌르리라는 것을 알면서도 그녀를 향한 악담을 멈출 수 없었다.

준희에게 악담을 퍼부으며 한성은 카타르시스를 느꼈다. 소중한 것에게 상처를 주는 쾌감이 한성의 이성을 잃게 했다. 아예 준희의 날개를 꺾어버리리라. 그럼 훌쩍 날아가버릴 거란 걱정은 하지 않아도 되겠지. 옆에서 자신의 보살핌을 받으며 자신만 바라보며 살게 되리라. 더 세게, 더 강하게. 준희의 심장이 다 헤져버렸으면 좋겠다. 너덜해진 자신의 심장과 똑같이.

"만난 지 얼마 안 되는 남자에게 네 목적 하나로 몸까지 내던져가며 유혹까지 불사했던 한준희이니 이번 일도 그렇게 보면 되나?"

한성의 입에서 폭탄 같은 말이 터져 나왔다. 순간 두 사람 사이에 정적이 흘렀다. 폭탄을 던진 한성의 얼굴에 삐뚤어진 미소가 걸렸고 준희의 몸이 분노로 부들거렸다. 오만하게 내려다보는 한성의 얼굴을 한 대 후려치고 싶었지만 준희는 이를 악물었다.

"결국 이 변호사님은 저를 계속 그런 여자로 봤다는 거죠?"

"……."

"나란 여자, 이 변호사님한텐 남자나 유혹하고 다니는 가벼운 여자로 보였다는 거죠?"

"사실이 그렇지 않나?"

질투로 눈이 하얗게 먼 한성은 준희의 몸에서 풍겨오는 위험한 기운을 감지하지 못했다.

"그렇단 말이군요……. 좋아요. 이제 나도 상관없어요."

뜻 모를 말을 뱉고 준희는 획 돌아섰다. 한성은 다시 그녀의 팔을 붙잡았다. 준희가 자신 앞에서 방문을 닫는 모습을 더 이상 보고 싶지 않았다. 이제 그런 행동은 용납하지 않을 것이다.

"내 앞에서 등 보이지 마!"

"이거 놔요!!"

준희는 이제껏 한성이 들어본 그 어떤 목소리보다 더 차갑게 말하며 그의 팔을 단호하게 쳐냈다. 하지만 애초에 준희의 힘으로 이길 수 있는 상대가 아니었다.

좌절감이, 준희에게 거절당한 상처가 한성의 이성과 생각을 갉아먹고 있었다. 그 감정은 한성의 목을 움켜쥐고 한성의 눈을 타들어가게 했다. 한성은 섬세한 드레스 앞자락을 붙잡고 드드득 뜯어버렸다. 광폭한 손길에는 준희를 잃고 싶지 않다는 마음이 역력히 묻어났다.

"꺄악!"

준희는 가냘픈 비명을 질렀다. 새하얀 옷감이 한성의 우악스런 손아귀에 잡혀 사정없이 뜯어졌다. 한성은 절대 준희를 놓치지 않겠다는 마음뿐이었다.

"이러지 마요!"

"싫어. 나한테 이래라저래라 하지 마! 넌 내 거야!"

평소의 준희 같았으면 소유욕이 뚝뚝 묻어나는 한성의 말이 기분 좋게 느껴졌겠지만 지금은 사정이 달랐다. 이런 손길, 이런 입맞춤은 바라지 않았다.

"싫어요. 하지 마요. 난 싫어, 싫단 말야."

준희는 자신의 몸을 더듬는 한성의 손을 피하기 위해 격렬하게 몸을 흔들며 소리를 질렀다. 단호히 거부하는 준희의 모습은 상처받은 한성의 심장에 분노의 기름을 쏟아 붓는 꼴이었다. 준희가 자신의 존재를 거부하는 것 같아서 한성의 상처는 점점 더 벌어져 피를 흘리고 있었다.

한성은 억지로 준희의 입술에 입 맞추고 가슴을 아프도록 움켜쥐면서 준희의 몸부림에 아랑곳하지 않고 옷을 벗겨냈다. 나비 날개같이 섬약한 드레스는 발기발기 찢겨져 그 형태를 알아보기 힘들었다. 다니엘이 선물한 옷을 마구잡이로 찢어버리면서 한성은 희열에 가까운 쾌감을 느꼈다. 할 수 있다면 그 희멀건 놈의 몸뚱이를 갈기갈기 찢어버리고 싶었다. 질투로 눈이 멀어 한성은 상처 입은 준희가 눈에 보이지 않았다. 거절하는 그녀의 몸부림에 더욱 흥분할 뿐이었다. 거친 손이 준희의 여성을 유린했다. 흥분하도록 만져댔다. 손가락으로 따뜻한 그녀의 여성을 느끼자 한성은 아무것도 생각할 수가 없었다. 그의 손길이 더 거침없고 거칠어진다.

"싫어!"

비명을 지르는 준희의 눈동자에 눈물이 가득하다. 하지만 질투로 눈이 먼 한성은 기어코 그녀의 몸속으로 들어가고 만다. 한성의 남성을 받아들이는 준희의 몸은 따뜻하건만 준희의 마음은 시베리아 벌판처럼 차갑기만 했다.

한성은 준희를 배려해야 한다는 생각도 못하고 그녀의 몸 위에서 빠르게 움직였다. 미처 준비되지 않은 준희가 고통스런 비명을 지르면 지를수록 한성의 움직임은 빨라졌다. 숨을 몰아쉬는 한성의 입에서 독한 위스키 향이 풍겼다. 얼마나 마셨는지 알 수는 없었지만 지금 자신이 무슨 짓을 하고 있는지 정도는 똑똑히 알 수 있었다. 그럼에도 멈출 수 없었다. 한성은 준희의 몸속에 자신의 모든 것을 쏟아 붓고서야 서서히 정신이 돌아왔다.

자신의 몸 위에서 헐떡이는 한성을 밀치고 준희는 바닥에서 일어섰다. 그리고 경멸에 찬 눈으로 한성을 내려다보았다. 한성은 준희의 눈빛을 피해 팔을 들어 눈을 가리고 거센 숨을 고르고 있었다. 준희는 찢겨졌지만 그나마 제일 상태가 나은 얇은 슬립으로 몸을 겨우 가리고 찢어진 드레스조각을 하나하나 주워들었다.

아무 말도 하지 않는 준희가 걱정스러워 한성은 살짝 팔을 들어 준희를 살폈다. 그의 눈에 찢어진 드레스자락을 모으고 있는 준희가 들어왔다. 그 모습에 다시 순식간에 화가 치밀어 오른 한성은 벌떡 일어나 앉았다.

"그까짓 드레스!!"

한성은 금방이라도 다시 빼앗아버릴 태세였다. 이번엔 찢어버리는 것만으로 만족하지 못하고 불태워버리리라.

"이 변호사님한텐 이 드레스가 그 까짓것밖에 안 되는지 몰라도 나에겐 중요한 거예요. 내 디자인으로 만든 첫 번째 드레스예요. 누가 만들어줬느냐는 중요하지 않아요. 나에겐 세상 그 무엇보다 소중한 드레스였어요. 그래서 그 어느 때보다 특별한 순간에 입고 싶었고요. 근데 내 생각이 짧았어요. 제일 특별했던 순간이 아니라, 제일 끔찍한 순간이었으니까요."

준희는 생기라곤 찾아볼 수 없는 무미건조한 목소리로 말했다. 그녀의 표정은 마리오네트처럼 딱딱하게 굳어 있었다. 하지만 한성의 표정보다는 못하리라. 충격으로 얼굴이 하얗게 질린 한성에게 시선도 주지 않고 준희는 자신의 방으로 들어가버렸다. 뒤이어 들리는 문 잠그는 소리. 한성은 좌절감으로 소리 죽여 울부짖었다.

침대에 몸을 던진 준희는 울음소리가 새어 나갈까봐 피가 나도록

254

입술을 깨물었다. 온몸이 아파왔다. 상처받고 짓밟힌 마음에서 피가 철철 흘렀다. 태어나서 한 번도 이런 대접을 받아본 적이 없었다. 사랑하는 사람이라고 해서 자신에게 이런 상처를 줘도 되는 건 아니다. 아니 사랑이라면 서로 보듬어주고 아껴줘야 하는 게 아닌가?

"이런 사랑법은 보도 듣도 못했어!"

준희는 주먹으로 침대를 내리쳤다.

욕실로 달려간 준희는 온몸에 비누칠을 해 벅벅 닦아내기 시작했다. 벌레가 스멀스멀 기어가는 듯했다. 온몸에서 한성의 기억을 지워내고 싶었다. 1시간이 넘도록 샤워를 해댄 준희는 거울 앞에 섰다. 부어서 엉망이 된 눈과 한성의 거친 손길로 불긋불긋 멍이 든 몸 그리고 그보다 더 엉망진창이 돼버린 자신의 마음이 보였다.

준희는 씁쓸하게 웃었다. 자신이 생각 없이 벌인 일의 결과였다. 무모하고 충동적인 행동의 대가였다. 한성이 자신을 싸구려 여자로 보는 것도, 그렇게 행동한 것도 자신이었다.

"그래도 어떻게 날 그렇게 생각할 수 있어! 난 그런 사람 아니란 말야. 이 변호사님이라서, 다른 사람도 아니라 이 변호사님이라서 그랬던 건데……."

혼자 중얼거리는 준희의 목소리에 물기가 어렸다.

자신이 벌인 일은 자신이 책임을 져야 했다. 가벼운 마음으로 시작해, 어설프게 사랑을 시작했지만 이제는 아니었다. 그녀의 마음을 거둬들일 때였다. 한성을 사랑했던 마음까지 부정하고 싶지는 않다. 사랑하는 것을 멈춰버린다면 최소한 상처받을 일은 없겠지. 아무 상관없는 사람에게선 아무런 상처도 받지 않는다. 그의 말, 그의 행동 모두가 자신에겐 무의미한 일이 되니까 말이다.

준희는 거울 속의 자신을 노려보았다.

"잊어. 지금 이 순간부터 이한성을 잊어. 그런 사람을 사랑했던 마음 같은 거 모두 버려. 너는 더 이상 그 사람을 사랑하지 않아. 앞으로 상처받지도 않아. 이한성이란 사람은 이제 나에게 단순히 동거인일 뿐이야. 그래. 아무 의미도 없는 사람이야. 아무 의미도 없는 사람이야."

마치 최면을 걸 듯 준희는 거울 속의 자신을 보며 수십 번도 넘게 뇌까렸다. 불가능한 일이라는 듯 거울 속의 자신이 비웃는 것이 느껴졌지만 그래도 준희는 그 말을 입에서 놓지 않았다.

준희는 멍하니 왼손 약지에 끼어 있는 반지를 보았다. 화려한 장식 없이 가운데에 작은 다이아 하나가 박혀 있는 심플한 결혼반지, 자신이 한성의 여자임을 생생하게 느끼게 해줬던 반지. 준희는 잠시 머뭇거리다 반지를 손가락에서 빼냈다. 한 달이 넘게 반지를 끼고 있던 약지에서 어색함이 느껴졌다. 곧 이런 어색함도 없어지겠지. 아마 반지의 부재가 주는 어색함이 사라지듯 한성을 사랑하는 마음도 사라질 수 있을 것이다. 준희는 반지를 욕실 선반에 올려놓고 쳐다보지 않고 밖으로 나왔다.

거실에 홀로 남은 한성은 천천히 자리에서 일어났다. 거실에서 사랑을 나눈 흔적 같은 건 찾아볼 수 없었다. 준희는 찢겨진 드레스를 한 조각도 남기지 않고 갖고 가버렸고 자신은 옷도 벗지 않은 상태였다. 그냥 조금 어질러져 있을 뿐 좀 전에 일어났던 일들은 흔적도 없었다.

한성은 천근 같은 몸을 끌고 자신의 방으로 향했다. 넥타이와 양복저고리를 벗어 침대에 던져버리고 비틀비틀 책장으로 걸어가 술병을 찾았다. 첫날밤이 실패로 끝나고 숱한 좌절의 밤을 보내며 술 없이는 견딜 수 없어 방에 작은 바를 마련해두었었다. 이제 이 바를 쓸 일은 없을 거라 생각했다. 하지만 그건 자신의 오만이었다. 지금 이 바의 술들이 절실히 필요했다.

한성은 아직 따지 않아 호박 빛 액체가 가득 찰랑이는 술병을 집어들었다. 잔에 따르지도 않고 그 독한 술을 물 마시듯 들이켰다. 먹고 또 먹어도 타는 듯한 갈증은 사라지지 않았다. 이 갈증은 육체적인 것이 아니었다. 준희의 따뜻한 체온을 느끼며 그녀의 즐거운 목소리를 듣고, 그녀의 미소를 보아야만 없어질 갈증이었다.

한성은 좌절감에 책장을 향해 술병을 던졌다. 책장 모서리에 부딪힌 술병은 산산조각이 났고, 파편과 술이 사방으로 튀었다. 작은 유리 파편이 한성의 눈가를 스치고 지나갔다. 꽤 깊게 베인 상처 사이로 피가 흘러내렸지만 한성은 조금도 신경 쓰지 않았다. 정말 피눈물이라도 흘리고 싶은 심정이었다. 값비싼 카펫에 술이 스며들었지만 한성의 좌절감은 하나도 사라지지 않았다.

"좋은 아침이에요!"

다음 날 아침 한성이 눈가에 작은 밴드를 붙이고 방에서 나왔을 때 준희는 주방에서 막 나오고 있었다. 자신에게 방긋 웃어주는 준희를 보며 한성은 실제 그녀인가 싶어 뚫어지게 쳐다보았다.

"어머? 눈가에 상처는 뭐예요? 이 변호사님?"

준희가 성큼 다가왔다. 청결한 비누냄새. 준희의 몸에서 나는 아기냄새가 한성의 후각을 자극했다. 향기가 생생하게 느껴지는 걸 보니 아무래도 걱정스런 눈빛으로 그를 쳐다보고 있는 사람은 준희가 맞는 모양이었다.

"아무것도 아니야."

한성은 그녀의 눈치를 살피며 조심스레 말했다.

"우왓! 술냄새. 이 변호사님, 술 마셨어요?"

"조……조금."

한성은 방글거리며 웃는 준희를 믿지 못하겠다는 눈길로 바라보았다. 다른 사람이 준희의 껍데기를 뒤집어쓰고 있는 것 같았다. 그렇지 않고서야 어제 자신이 그런 짓을 했는데 이렇듯 아무렇지 않을 수는 없었다. 폭풍 전야처럼 심장이 두근거렸다.

준희는 구급약 상자를 가지고 와 소파에 앉았다. 그리고는 자신의 옆자리를 툭툭 치며 한성에게 앉으란 신호를 줬다. 한성은 엉거주춤 그녀가 시키는 대로 가만히 앉는 수밖에 없었다.

"그냥 이대로 두면 덧나요. 특히나 눈가는 더 위험하다고요."

준희가 눈두덩에 살살 연고를 펴 바르며 말했다. 그 부드러운 손길에 한성은 지금 당장 죽어도 상관없다고 생각했다. 준희가 자신을 쳐다보지도 않을 거라 생각했는데 웃음을 지어주고 있었다. 한성은 이 순간이 꿈속인 것만 같았다. 아니면 준희를 만나 자꾸만 풍부해지는 자신의 상상력이 만들어낸 환상이라든지.

준희의 보드라운 손질에 한성은 술에 취한 듯 몽롱해졌다. 몽롱한 와중에도 준희에게 사과를 해야 한다는 마음속의 말이 들려왔다. 심하게 몰아붙인 것을 사과하고, 자신이 왜 그랬는지 그 이유를 설명해야 했다.

"준……준희야. 어제 일은……."

모래가 입 안에 가득 찬 것처럼 깔깔했다. 자신의 잘못을 인정하는 말이 쉽게 나오지 않았지만 그래도 꼭 해야 했다. 하지만 준희는 방긋 웃으며 그의 설명을 듣지 않으려 했다.

"괜찮아요. 뭐, 그럴 수도 있죠. 생각해보니까 내가 이렇게 화낼

일이 아니더라고요."

말과는 다르게 준희의 속은 부글부글 끓어올랐다. 내 인생에서 이 한성이란 사람은 없는 거야. 힘들어? 그래도 하는 수 없어. 조금씩 밀어내면 돼. 그 사람을 밀어내, 지워내, 내 기억속에서. 밤새도록 주문을 외우듯 중얼거린 준희. 준희는 밤새 두껍게 쌓아올린 자신의 벽 안에서 한성을 밀어냈다.

시종일관 생글거리는 준희의 웃음에서 자신을 밀어내는 마음을 느끼기라도 한 듯 한성의 가슴에 묵직한 돌이 얹어진 것 같았다.

"아니. 화내도 돼. 난 그럴 수 있는 정도를 넘어섰어. 어제, 나는 정말 최악이었어."

"상관없어요."

"저기, 내가 어제 그랬던 건 말야."

한성은 회개하듯 말을 이었지만 준희는 가볍게 그의 말을 끊었다.

"상관없다 하잖아요."

"아니, 난 상관 있어. 내가 잘못했어. 내 사과를 받아줘. 네가 내 사과를 받아줘야만 해. 그렇지 않으면 나……."

"저기, 이 변호사님! 상관없다는 말은요, 어제 일이 아무렇지도 않다는 거예요. 그 일로 화가 나지도, 분하지도 않아요. 그건 말이죠. 이제 아무런 감정이 없다는 거예요. 이 변호사님한테."

"나한테 아무런 감정이 없다는 게 무슨 말이야?"

준희의 낮은 어조가 불길했기 때문에 한성은 되물을 수밖에 없었다.

"서류상이긴 하지만 남편이라는 거 나쁘지 않았어요. 사실 가끔 이 변호사님 보면 설레기도 했어요. 억지 결혼을 하기 전에 이 변호사님을 좋아했었으니까. 아니, 사랑했다는 말이 더 옳겠어요. 이 변호사님 기분 하나하나에 바보같이 끌려 다녔으니까. 하지만 나 혼자 설레는 동안 이 변호사님은 그렇지 않았다는 거 잘 알아요. 그러니까 이제 이 변호사님이 어떤 말을 하든 나는 상관없다는 거예요. 아무 상관없는 사람의 시답지 않은 말엔 상처받지 않으니까요."

'뭐? 준희가 그동안 날 좋아해? 날 보며 설 단 말야? 그럼 그 프랑스 놈팽이는…….'

"다……다니엘은……. 근데 이 변호사님이 왜 자꾸 다니엘 얘기를 하는지 모르겠네요."

"사실 두 사람이 저번에 옥상에서 한 얘기 들었어."

눈가에 조심스레 밴드를 붙이고 있는 준희의 손이 허공에서 잠시 멈칫했다. 하지만 이내 곧 치료를 마무리했다.

"그랬어요?"

준희의 말투는 고조 없이 건조했다.

"응. 본의 아니게 엿들었지만, 그 사람이 너한테 같이 프랑스에 가자고……."

준희의 마음이 멀어지는 게 한성의 눈에 보였다. 섬광 같은 깨달음이 한성의 머리를 스치고 지나갔다. 이제야말로 준희는 자신을 떠나 프랑스로 갈 것이다. 애초에 준희한테 프랑스로 떠날 마음 같은 건 없었는데 자신이 그녀를 몰아붙였다. 준희가 한국에 있어야 할 이유를 자신의 손으로 없애버린 것이었다.

'그녀가 내게서 멀어진다. 손이 닿지 않는 곳으로 가버릴 거야!'

"사……사랑해, 준희야."

한성은 다급하게 고백했다. 자신도 모르게 입에서 튀어나온 말이었다.

'질투가 났어. 그 옷을 만든 사람한테. 네가 날 떠날까봐. 난 심장이 부서진 것처럼 아픈데 넌 안 그런 것 같았어. 나만 아픈 것 같아서 너도 아프게 하고 싶었어. 너무나 후회해. 날 용서하고, 날 사랑해주면 안 되겠니?'

하고 싶은 말은 너무나 많았지만 목이 메여 고작 사랑한다는 말밖에 할 수 없었다. 한성은 목구멍으로 튀어나올 듯 두근거리는 심장을 진정시키며 준희의 얼굴을 응시했다. 준희의 얼굴이 무표정한 듯하다가 얇은 미소로 바뀌어갔다. 한성의 심장이 희망으로 부풀었다. 하지만 곧이어 들리는 준희의 말에 한성의 심장은 바닥으로 떨어졌다.

"어, 고마운 말인데요. 미안해요. 나, 이 변호사님의 사랑 원하지 않아요. 그 마음은 고맙지만 사양할게요."

방긋 웃으며 준희는 한성의 사랑을 거절하고 일어섰다. 구급상자를 정리해 원래 있던 곳에 넣어 두는 준희는 좀 전에 사랑 고백을 받은 사람으론 보이지 않았다. 그냥 안부 인사 정도를 들은 사람 같다.

준희의 차가운 말에 바닥으로 떨어진 한성의 심장이 산산조각 나버렸다. 한성은 막혀오는 숨을 쉬기 위해 크게 심호흡을 했지만 소용없었다. 오히려 더 숨이 가빠졌다.

준희는 가방을 챙겨 뒤도 돌아보지 않고 밖으로 나갔다.

그녀가 나가버리고 굳게 닫힌 현관문을 바라보며 한성의 심장은 뛰는 것을 거부했다.

'사랑했었단다. 준희가 날. 하지만 이제는 아냐. 난 그저 아무 상관없는 동거인일 뿐이지. 계약상 호적을 공유하는.'

준희는 더 이상 자신에게 애정 비스무리한 것도 없다. 그렇게 만들어버린 것은 바로 자신이었다. 첫날밤 다른 여자의 전화를 받는 그의 모습에 토라져 한 달 동안 말도 못 붙이게 하고, 그의 가벼운 유혹을 마음을 활짝 열어 받아들이고, 함께 있는 내내 즐겁게 웃었던 준희. 그 모두가 한성을 사랑했었던 준희의 표현이었다. 바보같이 눈에 선명히 보이는 것도 믿지 못하고, 자신이 다친 것만을 생각해 정작 세상 모든 악으로부터 지켜주고 싶었던 여자에게 상처를 주었다.

이제 준희가 자신을 사랑하는 기적은 일어나지 않을 것이다. 하지만 한성은 이대로 그녀를 놓칠 수 없었다. 비록 준희가 자신을 사랑하지 않는다 해도 이미 그녀가 없는 삶은 생각할 수도 없게 돼버렸기 때문이다. 더 이상 그를 사랑하지 않는다는 준희의 말. 피워보지도 못하고 끝나버린 자신의 사랑. 이제 한성은 준희의 웃는 얼굴을 떠올리기만 해도 가슴이 터질 것 같았다.

황급히 밖으로 나간 준희는 닫힌 문에 기대 스르르 바닥에 주저앉았다. 두근거리는 심장을 멈추려 했지만 그럴수록 심장은 점점 더 빠르게 뛰었다. 준희의 얼굴이 태양처럼 빨갛게 달아올랐다.

'진정해, 한준희. 이미 잊기로 결심한 사람이야. 동요하지 마.'

하지만 주인을 배반한 심장은 멈출 줄을 몰랐다.

한성은 힘없이 소파 위에 쓰러져 누웠다. 손가락 하나 움직일 수 없이 온몸을 감싼 무기력감에서 헤어나올 수 없었다. 문득 쓰레기통 밖으로 늘어진 파란 리본이 눈에 들어오자 가늘게 실눈을 뜨고 응시하던 그는 곧 그것이 다니엘이 만들어준 드레스를 포장했던 끈이라는 것을 알아챘다.

한성은 소파에서 몸을 일으키고 쓰레기통 앞으로 가 무릎을 꿇었다. 엄지와 검지로 그 끈을 잡고 살짝 잡아당기자 파란 실크 리본이 힘없이 딸려 나왔다. 그리고 그 끝에 자신이 찢어발긴 준희의 드레스 조각도 함께 나왔다. 체면을 차릴 것도 없이 쓰레기통을 뒤졌다. 구겨진 상자 안에 준희의 드레스가 나왔다.

본래의 형체를 알아볼 수 없는 드레스조각을 앞에 두자 신물이 넘어왔다. 지난밤 난폭했던 자신의 모습을 고대로 비추는 듯했다. 지난밤에 자신의 몸 아래서 준희가 울었던가? 고통으로 괴로워했던가? 하지만 지금 그의 마음은 몇 배나 더 아팠다. 자신이 던진 비수가 칼이 되어 돌아와 심장을 후벼파고 있었다.

한성은 찢어진 드레스조각을 들고 벌떡 일어섰다. 사람의 감정이라는 게 흩어진 퍼즐조각 맞추듯 다시 맞출 순 없겠지만 계기가 될 수는 있으리라.

한성의류 옥상에 두 남자가 마주 보고 서 있다.

훌쩍 큰 키와 다부진 몸매에 상처받은 야수와 같은 눈빛을 한 검은 머리의 남자와 그보다 족히 10센티는 더 커 보이는 키에 하얀 피부와 지중해 같은 초록 눈동자가 돋보이는 금발 고수머리의 남자.

두 사내는 한 치의 물러섬도 없이 서로를 노려봤다. 다니엘은 천사의 남편이란 작자를 쳐다보았다. 빨갛게 충혈된 눈동자가 오늘 아침에 본 준희와 다를 바 없었다. 둘 사이에 무슨 일이 벌어져도 단단히 벌어진 것 같았다.

다른 날보다 유난히 밝은 웃음을 지으며 나타났지만 그녀의 빨간 눈가와 비어 있는 왼손 약지를 눈치채지 못할 다니엘이 아니었다. 게다가 준희는 그의 눈길을 피하고 있었다. 뭔가 죄지은 듯한 표정으로 하루종일 자신을 피해 다니고 있었다. 그런 와중에 초췌한 얼굴을 하고 남편이란 사람이 나타나 찢어진 드레스조각을 내밀자 단박에 준희의 기분을 흐리게 한 사람이 한성임을 눈치챘다.

[당신이로군.]

[뭐?]

[나의 뮤즈의 눈에서 눈물을 흘리게 한 사람.]

[누가 너의 뮤즈라는 거야?]

[당신은 준을 사랑하지 않아. 나라면 그렇게 울게 하지 않아.]

[애초에 당신이 준희에게 같이 프랑스로 가자는 말만 하지 않았으면 벌어지지 않을 일이었어!]

[쯧쯧쯧, 사랑에 눈먼 소경인가? 그게 당신 눈에 사랑의 도피로 보이던가? 능력 있는 디자이너를 스카웃하는 건 당연한 일이라고.]

[!!]

자신의 오해라는 건 알고 있었지만 실제로 확인하자 생각보다 큰 충격이었다.

[준의 말을 귀 기울여 들어봤던가? 준은 어떤 대답도 하지 않았어. 그런데 성급하게 군 건 아니겠지.]

[…….]

왜 아니던가? 성급하게 굴고 미친놈처럼 난폭하게 굴었다. 한성의 얼굴이 괴로움으로 일그러졌다. 그런 한성의 얼굴에 다니엘은 혀를 찼다. 사랑에 빠진 사람들은 원래 정상적인 사고를 할 수 없다. 사랑이라는 게 나사가 하나 빠지듯 사람을 그렇게 엉망으로 만드는 감정이니까. 보아하니 이 철옹성 같은 사내도 사랑에 빠져 정신을 못 차리는 듯했다. 사내의 괴로움에 찬 표정은 말하지 않아도 모든 것을 알려주었다. 뭐, 원래 사랑이라는 게 표시가 나는 감정이니까.

[최소한 당신이 준을 사랑하지 않는 건 아니군. 하지만 사랑이란 이름으로 상대방에게 상처를 줘도 되는 건 아니야.]

한성은 훈계조로 주절대는 사내의 얼굴을 엉망으로 만들고 싶은 욕구를 느꼈다. 초록색 눈동자가 더 눈에 띄도록 눈두덩을 보랏빛으로 만들어주던지. 그의 말이 하나도 틀리지 않았음을 알기에 더욱 그랬다. 자신의 실수를 라이벌을 통해 깨우치고 싶진 않았지만 지금은 그럴 때가 아니었다. 사내에게 부탁할 일이 있었다. 그 일이 끝난 후 때려눕혀도 늦지 않다.

[다시 한 번 똑같은 드레스를 만들어줘.]

[흥. 이런 건 한국식 속담으로, 소 잃고 외양간 고친다라고 하던가?]

[고쳐줄 거야, 말 거야?]

비아냥거리는 다니엘의 말에 한성은 참지 못하고 으르렁거렸다.

[그게 부탁하는 사람의 태도인가? 이봐, 부탁이라는 건 말야, 좀 더 정중한 태도로 하는 거라고.]

[……]

이한성 일생에 가장 치욕스런 순간이었다. 평생 이기는 것을 직업으로 삼고 살아왔는데, 머리를 숙여야 한다니! 하지만 한성은 망설이지 않고 자신의 라이벌에게 고개를 숙였다. 준희를 되찾을 수 있다면 자존심 따윈 버려도 좋았다. 괜히 자존심만 따지다 준희를 잃었으니 두 번은 어리석게 굴지 않는다.

[부탁입니다. 제 실수를 만회하고 싶어요. 다시 만들어줬으면 좋겠습니다. 레이놀즈 씨.]

[미안하지만, 난 비싼 몸입니다. 한가하게 누구누구의 사랑 놀음에 큐피트가 될 생각은 없습니다. 모르고 계시진 않겠죠? 미스터 리, 나도 준이 필요한 사람입니다.]

다니엘은 단호히 말했다.

준에게 미안하지만 이번은 자신에게 기회였다. 준에게 조금의 미련도 남겨두고 싶지 않았다. 그런 위험요소를 만들어두지 않는 게 상책이다.

[뭐야?]

한성은 분노로 소리를 꽥 질렀다.

'정중히 부탁하라고 할 때는 언제고, 싫다는 대답은 뭐야? 사람 놀리는 거야?'

[나는 무슨 일이 있어도 준을 프랑스로 데려가고 말 거야.]

[절대 안 보내!]

[과연 그럴까? 누구 때문에 준의 마음이 많이 바뀐 것 같은데?]

다니엘의 비아냥에 한성은 말을 이을 수 없었다. 인정하기 싫지만 그 말이 맞았다. 자신이 준희의 등을 떠밀었고, 자신은 떠나는 준희를 붙잡을 권리 같은 건 없었다.

차라리 다니엘을 만나지 않는 것이 나았다. 남자인 자신의 눈으로 봐도 그는 멋있었다. 외모는 둘째치고, 곧은 눈빛과 사내다운 열정이 그를 돋보이게 했다. 게다가 그는 준희가 자신의 꿈을 이루는 데 큰 힘이 되어줄 수 있다. 그리고 분명히 부드럽게 그녀를 감싸주겠지. 난폭한 자신과 달리.

사무실로 들어가는 한성의 어깨가 축 쳐졌다. 힘없이 사무실로 들어가자 미주가 그를 기다리고 있었다. 소파에 앉아 다리를 깔딱거리던 미주는 한성이 들어오자 용수철처럼 튀어 올랐다.

"왜 이렇게 늦었어?"

"지금 너랑 얘기하고 싶은 기분 아냐."

피곤에 절은 한성의 목소리에 미주가 그의 안색을 살폈다. 아닌게 아니라 얼굴이 반쪽이 되어 있었다.

"어디 아파?"

"……."

'아프지. 내 마음이 찢어지는 것처럼 아프다.'

한성은 책상에 앉아 묵묵히 서류를 꺼내 들었다. 일에라도 파묻혀 준희를 잊고 싶었다. 마음속에서 그녀를 완전히 몰아내는 것은 불가능한 일이지만 숨을 쉬려면 가슴을 짓누르고 있는 그녀의 그림자를 밀어내야 했다.

한성이 자신에게 눈길도 주지 않고 서류를 뒤적이는 모습에도 미주는 꿋꿋이 자리를 지켰다.

계약서에는 두 사람이 단순히 동거인이라고 명시되어 있었다. 부모 앞에서만 부부 행세를 할 뿐 서로의 사생활도 간섭하지 않는 완벽한 타인. 그러고 보니 사촌여동생이 결혼한 후, 부쩍 부모님께서 결혼 타령을 하신다는 푸념을 들은 적이 있었다. 사촌형이랑 둘이서 들들 볶이느라 웬만한 일이 아니면 본가에 안 간다고도 했었다.

부모의 간섭을 피할 요령으로 결혼이 이루어진 모양이었다. 밖에서야 완벽하게 싱글 행세를 하고 싶을 테니 당연히 결혼식에 친구들을 부르지 않았던 거고.

미주의 얼굴에 미소가 흘렀다. 그거라면 자신도 해줄 수 있었다. 친구이자 동거인이란 이름으로 그의 곁에 있다보면 자연스레 한성도 자신에 대해 생각하게 될 것이다. 문제는 얘기를 어떻게 꺼내느냐다. 다짜고짜, 계약서를 봤으니 내가 대신 너의 동거인이 되어주겠다 할 수도 없는 노릇이다.

한참을 생각했지만 이렇다할 말을 꺼내지 못하고 뱅뱅 돌던 미주는 결국 가장 무난한 화제로 준희의 이야기를 하고 말았다.

"네 부인 예쁘더라."

"……."

"근데 말야……. 너네 부인 이상한 얘기를 하더라?"

"이상한 얘기?"

"그래. 너 도대체 무슨 속셈으로 결혼을 한 거야? 그렇게 계약서까지 써가면서."

만약 준희가 한성에게 계약서 얘기를 꺼냈다면 아마 한성이 먼저 찾아와 얘기를 했을 것이다. 그래서 아침부터 한성이 오기를 초조히 기다리고 있었다. 하지만 뒤늦게 출근한 한성은 자신을 봐도 아무 말도 하지 않았다.

그 말인즉슨, 준희가 그에게 아무 말도 하지 않았다는 것이다. 얘기할 시간은 충분했다. 그런데도 얘기를 하지 않았다는 건 앞으로도 하지 않는다는 말과 같다.

'하긴, 그 다음에 살벌하게 변하긴 하더만. 그 아가씨 자존심깨나 있어 보이던데. 그럼. 자존심 상해서라도 말 못하지.'

미주는 비어져 나오는 웃음을 가까스로 참았다.

"계약서?"

"그래. 둘이 썼다던 결혼계약서 말야."

"!!"

'미주가 어떻게 계약서에 대해 알지?'

한성의 의아함도 잠깐, 미주의 당돌한 말이 계속 이어졌다.

"부모님 앞에서 부부인 척하기 너무 힘들다고 나한테 하소연하더라. 너는 어린 여자애한테 도대체 무슨 짓을 시키는 거니?"

짐짓 준희를 걱정해주는 척하며 미주는 그녀의 험담을 늘어놓았다. 아니 험담이 아니라 준희에 대해 소설을 쓰는 것이나 마찬가지였다. 미주가 하는 말 중에서 실제 준희의 입에서 나온 말은 한마디도 없었다.

"준희 그런 애 아니야. 준희가 어른들께 얼마나 잘⋯⋯, 너였군! 너였어. 파티장에서 준희가 갑자기 그렇게 변한 게 너 때문이었어. 계약서 얘긴 어디서 들은 거야?"

본능적으로 준희를 변호하다 한성의 눈이 번뜩였다. 자신이 자리를 비운 사이 미주가 준희에게 계약서 얘기를 했다면, 두 사람만의 비밀로 하기로 했던 계약서 얘기를 제3자의 입으로 듣는다면 그렇게 갑자기 변한 준희가 납득이 간다.

사나운 눈초리로 말하며 한성이 다가오자 미주는 두려움에 주춤거리며 뒤로 물러섰다.

"네⋯⋯네 부인이 얘기했다고 했잖아."

"웃기지 마! 그 따위 거짓말을 내가 믿을 것 같아?"

하늘이 두 쪽이 나도, 팥으로 두부를 쑨다고 해도 이제 준희를 믿을 것이다. 미주는 으르렁거리며 다가오는 한성을 피하려 했지만 테이블에 걸려 더 이상 도망칠 수가 없었다.

"지금, 사실 그대로 낱낱이 얘기해!"

"무⋯⋯무⋯⋯무슨 사⋯⋯실을⋯⋯."

"야! 너 나 날뛰는 꼴 보고 싶어!!"

흥분이라곤 절대 안하던 한성이, 화라곤 평생 모르고 살 것 같은 냉철함의 화신, 한성이 소리를 빽빽 질러댄다. 미주는 몇 년 동안 한성을 알아오면서도 처음 보는 그의 모습에 덜덜 떨었다. 한성이 이렇게 화를 내는 건 그녀의 각본에 없던 일이었다.

"나⋯⋯나 너 좋아해, 한성아. 그⋯⋯ 근데 너 결혼했다는 말을 듣고서 제정신이 아니었어. 특별히 만나는 여자도 없었고, 여자친구라고 소개 한 번 시킨 적 없는데 다짜고짜 결혼했다고 해서 안 믿었어. 그러다가 저번에 너랑 얘기하다 책상 위에 있는 계약서를 우연히 봤어. 그때 너 사장한테 불려가고……. 저……저기…… 나…… 계약서 내용이 너무 궁금해서……. 미안해. 너 몰래 읽어봤어. 근데 단순히 동거인이라고 써 있잖아. 그럼 서로 아무 사이도 아닌 거 아니니? 계약서를 작성할 정도면 정말 그런 거잖아. 그래서 나…… 파티 때, 그래, 내가 네 부인한테 얘기했어. 나도 알고 있다고 네가 알려준 것처럼, 그렇게 얘……얘기……했어……. 미안……."

미주의 입에서 변명이 술술 새어나왔다. 무섭게 화내는 한성의 모습에 필사적으로 말했다. 한성이 이렇게 나올 줄은 꿈에도 몰랐다. 그녀가 알고 있는 한성이라면 그저 실소한 뒤 마무리해야 했다. 하지만 그건 잘못 생각한 것이었다. 아니 한성에 대해 너무 몰랐던 것이다.

한성이 처음 입가에 미소를 띄우며 준희 얘기를 했을 때 알아봤어야 했다. 한성에게 계약서 따위는 아무 의미도 없었다는 것을. 자신의 감정에 치우쳐 한성의 감정을 살피지 못했다. 상대방에 대한 관찰이야말로 재판의 첫 번째 요건이다. 상대를 얼마나 잘 파악하느냐에 따라 그 재판의 승소가 달려 있는 법. 제일 기본적인 룰, 그 기본을 잊고 있었다. 처음부터 이길 수 없었던 재판이었다.

계속되는 그녀의 얘기를 듣는 한성의 표정이 일그러졌다. 한성은 소파에 털썩 주저앉고 말았다.

'저것도 변명이라는 건가?'

"임미주……, 지금 네가 무슨 짓을 한 건지 알기나 해?"

한성의 입에서 괴로움의 탄식이 흘러나왔다.

이상적 결혼생활

[다음 주에 나, 프랑스로 돌아가.]

[시간이 벌써 그렇게 지났어요? 후후, 아마 평생 다니엘 못 잊을 거예요. 그동안 수고 많았어요.]

준희는 이른 작별의 악수를 건넸다. 다니엘은 준희의 조그맣고 하얀 손을 보다가 그녀와 시선이 마주쳤다. 언뜻, 평온해 보이는 눈동자 뒤엔 눈물이 얼룩져 있었다. 아직도 준희는 아파하고 있었다.

[지난번 제안 아직 유효해.]

[다니엘……]

[어차피 잊기로 결심했으면 떨어져 있는 게 도움이 될 거야.]

[……]

[아님, 아직도 미련이 남은 거야?]

[아니에요!]

준희는 거칠게 부정했다. 이제 더 이상 한성을 사랑하지 않는다. 그를 마음속에서 밀어내기로 결심했고 또 밀어내는 중이다.

[그럼 한국에 남아야 할 이유가 없잖아.]

[……나, 자신 없어요. 아직 졸업도 안했을 뿐더러 난 다니엘이 생각하는 것만큼 뛰어나지 않아요.]

[준은 지금으로도 충분해. 아직 젊잖아. 자신의 가능성을 시험해본다고 생각해.]

[……]

[세계 톱디자이너들 틈에서 실무를 배울 수 있는 절호의 기회야. 이 기회를 놓친다면 준은 정말 바보야. 준이 정말 패션디자이너를 꿈꾼다면 선택해. 기회는 자주 오지 않아.]

'이게 두 번째 기회일까? 사랑을 얻기 위해 버렸던 첫 번째 기회에 이어 다시 찾아온 두 번째 기회.'

다니엘의 말대로 디자이너 지망생이라면 꿈도 못 꿀 기회였다. 음울한 한성의 얼굴이 떠올랐다. 애타는 눈빛으로 자신을 바라보는 한성의 모습. 생각만으로도 심장이 아려왔다. 준희는 이어지는 한성의 모습을 애써 머릿속에서 털어냈다. 결정을 번복하지는 않는다. 이미 그를 사랑하지 않기로 결정했다.

[좋아! 가겠어요.]

[Yes!! 잘 생각했어, 준!!]

[근데 한 가지 부탁이 있어요.]

[부탁?]

[네. 프랑스로 떠나는 날까지 비밀로 해주세요. 개인적인 사정 때문이지만 출국 일까지 틀림없이 정리할 테니까……]

[그쯤이야. 정말 다행이야. 난 준이 안 가겠다고 하면 보쌈이라도

할 생각이었어.]

[뭐라고요? 보쌈이란 말은 어디서 들었어요?]

[응. 준만에게 들었어. 마음에 든 여자가 안 넘어오면 어떻게 하냐고 물으니까 보쌈이라도 해서 자신 옆에 두면 된다고 하더라고.]

[준만이가요? 푸하하하하.]

[크크크크.]

준희의 경쾌한 웃음소리가 옥상을 가득 채웠다. 한 조각의 그늘도 없이 활짝 웃는 건 오랜만이었다.

한성이 출근 준비를 마치고 방에서 나왔을 때 준희가 거실 소파에 앉아 그를 기다리고 있었다.

"이제 나가세요?"

준희는 항상 그를 보면 웃는다. 감정이라곤 한 치도 섞이지 않은 가식적인 웃음을 지으며. 하지만 오늘은 좀 달랐다. 딱딱히 굳은 준희의 표정이 불길한 일을 예감하게 했다.

"응……."

한성은 어색하게 말하며 현관으로 향했다. 오늘은 준희와 말하면 안 될 것 같은 예감이 들었다.

지난 한 달간 한성은 무던히도 준희와 눈을 마주치려 했고, 그녀와 말을 섞으려 했다. 하지만 준희는 두껍게 쌓아 올린 벽 안에서 나오려 하지 않았다. 높은 그녀의 벽을 느끼며 한성은 다가갈 엄두를 내지 못했다. 이렇게나마 그녀 곁에 있는 것이 다행이라고 자위하고 있었다.

지금은 화가 나서 그를 쳐다보지도 않지만 조금 더 시간이 지나고 그녀의 마음이 누그러지면, 그때 다시 사랑을 고백하리라. 마음 같아선 지금 당장이라도 사랑한다고 말하고 싶었다. 마음을 고백하며 그녀를 붙잡고 싶었지만 기회조차 주지 않았다. 준희는 귀를 틀어막고 한성에게 등을 보이고 앉아 꼼짝도 하지 않고 있었다. 하지만 준희를 그렇게 만든 것은 자신이고, 모두가 자신의 잘못이라는 것을 알기에 한성은 아무 말도 할 수 없었다.

"잠깐 얘기 좀 해요."

한성은 준희가 던질 폭탄 같은 말을 피하고 싶었다.

"저기, 나 바빠서……."

"잠깐이면 돼요. 오늘밖에 시간이 없으니까."

단호한 준희의 말에 한성은 하는 수 없이 맞은편 소파에 앉았다. 기분이 마치 형 집행을 기다리는 사형수 같았다.

"저기, 우리 계약서 말인데요. 사생활을 간섭하지 않는다는 조항하고 상대방을 위해 부모님에게 거짓말을 하는 경우도 있다는 조항요."

계약서라는 말이 날카롭게 한성의 가슴을 후벼팠다. 모든 일의 원흉이자, 자신의 과오 목울대가 아파왔다. 한성은 한숨과 함께 목까지 넘어오는 슬픔을 삼켰다.

"그래…… 그런 조항이 있었지."

"그거 지금도 유효한 거죠?"

순간 몸을 관통하는 날카로운 예감에 한성의 머릿속에 날이 섰다.

"갑자기 그런 얘기는 왜 하는 거지?"

"그냥요."

준희는 얼버무리며 정확한 대답을 피했다. 그리고 자리에서 일어난 그녀는 더 이상 말하지 않겠다는 것을 온몸으로 말해주고 있었다. 한참 그녀를 노려보다 한성은 소파에서 일어나는 수밖에 없음을 깨달았다. 온몸이, 머리카락 하나하나가 불안으로 쭈뼛거렸다.

준희를 보지 않고 한성은 밖으로 나와버렸다. 차 안에 앉아 시동을 걸고도 차를 출발시킬 생각은 하지 못하고 가만히 앉아 있었다. 온몸을 타고 흐르는 불안이 한성을 멈춰 서게 했다. 이 불안의 이유를 확인해야만 움직일 수 있었다.

한성은 그대로 차 안에서, 준희가 출근하기를 기다렸다. 20분 정도가 흐르고 준희가 깡충깡충 뛰어나왔다. 경비아저씨에게 인사하며 환하게 웃는 준희의 미소가 한성에겐 서글프게 보였다. 그래도 혹시 그녀가 되돌아올까봐 20분을 더 기다렸다가 집으로 올라갔다.

텅 빈 아파트에 한성이 구두를 벗는 소리가 울렸다. 준희가 없는 아파트에 혼자 있으려니 이질감이 들었다. 뭔가 빠진 듯한 느낌.

한성은 서둘러 준희의 방으로 갔다. 그리고 잠시 코앞에 있는 방문을 노려보았다. 언제나 좌절감을 느끼며 쳐다봐야 했던 방문. 그에게 한 번도 열리지 않았던 준희의 문. 한성은 손잡이를 잡고 살짝 돌려보았다. 찰칵소리를 내며 가볍게 문이 열렸다. 집에 아무도 없었음에도 꼭 누가 보고 있는 것만 같아 한성은 주위를 한 번 둘러보고 문을 밀었다. 그리고 한성은 자신의 예감이 틀리지 않았다는 걸 확인했다. 그의 눈앞에 여러 개의 여행 가방이 쌓여 있었다.

"헉!"

누군가 세게 명치를 때린 기분이었다. 준희는 정말 그를 떠날 생각을 하고 있었던 것이다.

'아직 준희한테 사랑한다고 고백하지도 못했는데, 준희를 맘껏 사랑하지도 못했는데…….'

한성은 비틀거리며 준희의 침대 위에 쓰러지듯 앉았다. 그리고 침대에 얼굴을 묻었다. 새하얀 침대 시트에선 준희의 냄새가 났다. 한성을 행복하게 만드는 단 한 사람의 몸에서 나는 체취.

"흑흑흑."

한성은 울음소리가 자신의 입에서 나오는 것이라곤 꿈에도 생각
못했다. 아니 자신이 울고 있다는 사실도 의식하지 못하고 있었다.

아침이 되자마자 진태는 서초동으로 달려갔다.

지난밤 통화에서 준희는 한참 동안 아무 말도 않더니 불쑥 프랑
스로 간다는 말을 했다. 그 말을 할 때의 목소리가 진태가 평생 들
어온 그녀의 목소리 같지 않게 너무나 슬퍼 보여 진태는 꼬치꼬치
캐묻지 못했다. 하지만 아무것도 묻지 않고 그녀를 보낼 수도 없는
노릇이었다.

어렵사리 묻는 진태의 말에 준희는 말했다. 사랑하지 않으니까 떠
난다고. 애초에 사랑 없는 결혼이었다고. 이제는 뭐가 뭔지 모르겠
다고. 지쳐버려서 더는 버티기 힘들다고 했다. 그래서 떠나는 거라고
준희는 울음 섞인 목소리로 말했다.

준희가 괜한 고집으로 무모한 결정을 했다는 건 누구보다 자신이
알고 있었다. 20년 가까이 곁에서 그녀를 보아오지 않았던가? 심술
부릴 때 입술을 삐쭉거리는 것, 거짓말할 때 시선을 약간 위쪽으로
돌리며 입술을 만지작거리는 버릇이 있다는 것, 기쁠 때 그 커다란
눈이 안 보이도록 가늘어져서 웃는 것, 정말로 화가 났을 땐 상대방
과 한시도 같이 있지 못하는 것 그리고 한 공간에서 같은 공기를
마시는 것조차 견디지 못하고 끔찍한 악담을 퍼부어 상대방을 쫓아
낸다는 것을 알고 있었다.

준희가 정말로 한성에게 화가 났다면 아무리 부모님 때문이라 해
도 같은 집에서 지내지 않는다. 자신이 여관 생활을 할지언정, 그

집에서 나와야 정상이다.

"으휴, 한준희, 시집을 가서도 나를 괴롭히는구나."

진태는 늦지 않았기를 바라며 한달음에 준희네 아파트로 뛰어올라 갔다. 아파트 현관문은 활짝 열려 있었다.

"계세요?"

조심스럽게 부르며 진태가 집 안으로 들어갔다. 텅 빈 거실에서 이질감이 묻어났다.

"저기, 아무도 없어요? 이한성 씨? 준희야!"

진태의 목소리가 거실에 공허하게 울렸다. 대답은 없었다. 아무도 없는가 싶어 몸을 돌리는데 찰칵 하고 문 열리는 소리가 들렸다.

"준희라면 없어. 벌써 떠났으니까."

"이한성 씨……."

"지금이라도 공항으로 달려가면 만날 수 있을지도."

쉰 목소리로 말하는 한성의 모습은 가히 충격적이었다. 문가에 기대 선 그는 엉망이었다. 밤새 자라서 거뭇거뭇한 수염과 빨갛게 충혈된 눈, 마구 헝클어진 머리 그리고 술병을 잡고 있는 손은 상처투성이였다. 한성의 몸에서 술냄새와 함께 위험한 분위기가 풍겨 나왔다. 진태는 자기도 모르게 겁을 먹고 뒷걸음질쳤다. 남자는 사람이 아니라 우리에 갇힌 야수 같았다.

"한 잔하겠어?"

한성은 비틀거리는 걸음새로 방으로 들어갔다. 책장에 다가가 새 술병을 꺼내들었다.

"어랏? 잔이 없네. 그래도 괜찮지?"

풀린 눈으로 술병을 건네는 한성을 보면서 진태는 이 사람이 자신만만하게 자신을 쏘아봤던 그 사람이 맞는가 싶었다. 사람이 이렇게까지 망가진 모습을 보는 건 처음이었다. 상처받은 사람은 준희만은 아닌 모양이었다. 서로 사랑한다고 고백하고 잘 살면 될 것을 왜 이렇게 힘들게 도는 건지 진태는 이해가 되지 않았다.

"이한성 씨. 이대로 준희 보내실 겁니까?"

"흥. 내가 보내는 게 아니라 한준희가 떠나는 거야."

"어휴, 제 눈에는 두 사람 다 한심해 보입니다. 사랑한다면 왜 사랑한다고 말하지 않는 거죠? 이한성 씨가 고백했다면 준희도 이렇게까진 하지 않았을 겁니다."

"난 준희에게 사랑한다고 말했어. 하지만 그 고백을 들은 체도 하지 않은 건 한준희야. 왜 나한테만 뭐라고 하는 거야?"

"말했다고요? 그런데도 준희가 떠난다고요?"

"그래!! 말했어! 말했다고 말해도 소용없었어. 나만 사랑하는 거라고. 준희는 나 따위 이제 사랑하지 않는데!! 자기 마음대로 떠나버리는데 나라고 별 수 있어??"

상처받은 마음에 한성은 진태에게 소리쳤다. 소리지르는 것만으로 이 먹먹한 가슴이 사라진다면 백 번이고 천 번이고 지르리라. 하지만 목에서 피가 나도록 소리쳐도 이 비릿한 아픔이 사라지지 않는다는 건 다른 누구보다 한성이 잘 알고 있었다.

"그래서! 이대로 준희 포기하실 겁니까? 이한성 씨 이것밖에 안 되는 남자였습니까? 준희와 두 달이 넘게 살면서 걔를 그렇게 몰라요? 준희, 자기 감정에 충실한 아이입니다. 그리고 동시에 두 사람을 사랑할 만큼 영악하지도 않아요. 준희 아직도 이한성 씨 사랑합니다! 괜히 고집 때문에 저러는 거라고요. 부부라면 상대방의 그런 점까지 감싸줘야 하는 거 아닙니까? 서로 믿고, 사랑하고, 두 사람 사이에 오해가 쌓였으면 풀어야지 이렇게 보내고 말아요? 사랑한다면 체면불구하고 가서 치맛자락이라도 붙잡으세요!"

속사포처럼 쏘아붙이는 진태의 말에 한성은 정신이 번쩍 들었다. '그래, 부부라면 그렇게 해야 하는 거야. 주례사에 나오는 서로 믿고 사랑하겠다라는 상투적인 문구가 결혼생활에 필요한 최소한의 조건 이지. 왜 그걸 몰랐을까. 사랑한다면 그녀를 믿어줬어야 하는걸. 눈 에 보이는 것을 믿지 않고 내 마음을 믿었으면 될 것을. 후회한다면 어떻게든 되돌릴 방법을 생각하면 될 것을. 준희를 잡아야 해. 내 심장을 이렇게 아프도록 움켜쥐고 있는 사람, 준희를 그냥 보낼 수 는 없어.'

한성은 자리에서 벌떡 일어났다. 그와 동시에 휘청거렸다. 빈속에 마신 술들이 아우성을 쳤다. 한성은 쓰러지기 직전 가까스로 책상을 짚었다.

"괜찮으세요?"

"아아……."

"저, 상태가 안 좋아 보이시는데……."

"괜찮아. 괜찮아."

머리가 빙글빙글 돌았다. 한성은 일어나지 못하고 의자에 털썩 기 대고 말았다. 정신을 집중하려고 하면 할수록 더 머리가 어지러웠다. 한성은 초인적인 힘을 발휘해 의자에서 일어났다.

걱정스런 진태의 눈빛을 뒤로하고 비틀거리며 욕실로 향한 한성은 손가락을 목구멍에 집어넣어 먹었던 술을 억지로 게워냈다. 그런 한 성의 행동에 진태는 뜨악했다. 그의 속도 울렁거렸다. 그렇게 몇 분 동안 위장 속에 있던 모든 것을 게워낸 한성이 기진맥진해 욕실 바 닥에 주저앉자 진태는 잽싸게 차가운 물을 대령했다.

"고마워."

한성은 뻘게진 눈으로 겨우 웃음 비슷한 것을 입꼬리에 매달고
말했다.

"아니, 뭘요."

멋쩍게 웃고 나서 진태는 후들거리며 걷는 한성을 부축해 소파에
앉혔다.

"미안한데 내 방에서 핸드폰 좀 갖다줘."

"넵!"

진태가 방으로 가자 한성은 남아 있는 컵 안의 물을 한 번에 마
셨다.

"휴우."

힘겨운 숨이 절로 나왔다. 지난밤 인사불성이 되도록 술을 마시는
게 아니었다. 어리석게 술을 마시는 대신 자신의 마음을 돌아보고
준희가 자신을 돌아볼 방법을 강구해야 했다. 하지만 늦었다고 생각
할 때가 가장 빠르다는 말도 있으니 완전히 늦은 건 아닐 것이다.

"저, 여기……."

"음. 고마워."

진태에게 핸드폰을 건네 받은 한성은 재빨리 누군가에게 전화를
걸기 시작했다.

"여보세요? 규헌이냐? 나다. 응. 부탁할 게 하나 있어서 말야…….
응……. 그렇지……. 응……. 부탁한다. 응, 응……. 최대한 빨리…….
그래……. 어……. 그래, 그래. 고맙다. 어……."

뻘쭘히 곁에 서서 한성의 대화를 듣고 있던 진태의 얼굴이 점점
일그러져갔다. 충격과 경악으로 입이 떡 벌어졌다. 벌어진 입은 한성
이 전화를 끊고 나서도 한동안 다물어지지 않았다.

한성은 결코 자신을 잡지 않았다. 공항으로 들어서며 준희는 씁쓸한 미소를 지었다. 옆에서 신이 나 말을 거는 다니엘을 보며 억지 웃음을 짓는 게 자꾸만 힘이 들었다.

평생 동안 원하는 것은 다 가져왔던 준희였다. 하지만 정말 목숨만큼 갖고 싶던 한성의 마음은 가질 수 없었다. 한 달 동안 그렇게 밀어내려고 노력했지만 준희의 마음에서 한성은 단 한 조각도 잘라내어지지 못했다. 잘라내려고 할 때마다 아픈 건 한성이 아니라 준희 자신이었다. 그래서 준희는 비겁하게 그의 곁에서 도망치는 길을 택한 것이다. 이대로는 한성의 곁에 있지도, 그를 떠나지도 못하고 자신만 망가질 것 같았다. 마음 같아선 부모님이 계신 몽골로 달려가고 싶었지만 그건 불가능한 일이었다. 눈물이 나올 것만 같았다. 한성만 생각하면 늘 있는 일이라 대수롭지도 않았다.

준희는 눈에 힘을 주고 눈을 깜빡여 눈물을 털어냈다. 다니엘 앞에서 더 이상 초라해지기는 싫었다. 앞으로 40분 후, 비행기에 오르면 모든 게 잘 될 것이다.

준희는 게이트를 향해 발걸음을 옮겼다.

"잠깐."

그때 커다란 목소리가 공항에 울렸다.

갑자기 심장이 두근거린 준희는 혹시 한성일까 하는 기대감에 빙글 뒤돌았지만 눈앞에 있는 사람은 생전 처음 보는 남자였다. 아니 남자들이었다. 조폭을 연상시키는 덩치에 얼굴에는 칼자국도 여러 개 보였다. 위협하듯 다가오는 남자들에 겁에 질린 준희가 뒷걸음질쳤다.

"한준희 씨죠?"

"네……, 제가 한준희인데요."

"경찰서에서 나왔습니다."

"예? 경찰서요?"

"네. 잠시 조사할 게 있으니 서로 가주시죠."

"네? 사람 잘못 보신 거 아니에요?"

"어디 보자. 서울시 서초구 서초동 개나리아파트 7XX동 9XX호 830617-2XXXXXX. 한준희 씨 맞죠?"

"네. 맞긴 맞는데요……. 무슨 일이시죠?"

"몇 가지 조사만 하면 되는 간단한 거니까 겁먹지 말고 같이 가주시면 됩니다."

"그러니까 무슨 조사인데요? 실례지만 전 지금 비행기 타야 하거든요?"

"한준희 씨 출국 금지 상태입니다."

"뭐라고요?"

"민사상 고소 상태입니다. 상대 쪽에서 출국 금지 신청을 냈어요. 이 일 해결하기 전엔 대한민국에서 한 발자국도 못 나가십니다."

"고소라고요? 아니 누가요?"

"이한성 씨가 고소하셨습니다."

준희는 지금 당장 핵폭발이 일어난다고 해도 이보다 더 놀라진 않을 것 같았다.

"이한성 씨라고요?"

"네. 부군 되시는 분 맞습니다.

"그 사람이 왜요?"

"그건 저희도 잘 모릅니다."

"전화통화를 하겠어요. 정말 그 사람이 절 고소했는지 전화를 걸어보면 알 수 있을 테니까요."

준희는 형사들을 노려보며 한성에게 전화를 걸었다. 신호가 갔다. 준희는 한성이 받으면 쏘아붙일 말들을 생각하며 숨을 골랐다. 하지만 신호가 계속되고 한성은 전화를 받지 않았다. 초조한 마음에 형사들을 힐끔힐끔 살폈다. 그들의 표정이 의미심장했다.

"아! 정말!!"

"자, 이제 가시죠?"

"저기, 잠시만요. 한 통화만 더 해볼게요."

"안 됩니다. 이제 정말 저희랑 가셔야 합니다."

옆에서 형사와 준희의 공방전을 보고 있던 다니엘은 한마디도 알아들을 수 없었다. 다니엘은 발을 동동 구르는 준희의 어깨를 붙잡았다.

[무슨 일이야?]

준희의 눈동자에 걱정스러움과 짜증이 그대로 묻어났다.

[미안, 전 늦을 것 같아요. 먼저 가요.]

[뭐? 왜?]

[나도 이유를 모르겠어요. 하지만 지금 가지 못하는 건 확실해요.]

[그럼 나도 기다리겠어.]

[Non. 조금 법적인 일이 걸려 있어요. 하루 이틀로는 안 될 것 같아.]

[올 거지?]

다니엘은 준희의 손을 꼭 잡았다. 이 일로 준희의 결심이 변하지 않기를 바랐다.

[네. 물론 갈 거예요······.]

[약속해.]

[약속할게요.]

준희는 걱정스런 눈빛으로 자신을 바라보는 다니엘을 남겨두고 형사라는 사람들을 따라나섰다. 도대체 한성이 무슨 속셈으로 이러는지 준희는 감도 잡지 못했다.

서초경찰서로 동행하자던 형사들이 준희를 데리고 간 곳은 다름 아닌 공항 내 작은 사무실이었다. 그녀는 취조실 같은 사무실에 앉아 있으면서 어리둥절했다. 무슨 일이 벌어지고 있는지 상상조차 할 수 없었다. 한 10분 정도 기다렸을까 지루함을 이기지 못하고 준희는 창가로 다가가 무심히 활주로를 바라보았다.

"오래 기다렸어?"

느릿느릿 뛰던 심장이 점점 빨라지기 시작했다. 뒤돌아보지 않아도 목소리의 주인공이 누구인지 알았다. 준희는 천천히 몸을 돌려 그를 쳐다보았다. 한성이 초췌한 얼굴로 그녀에게 다가오고 있었다. 안쓰러운 모습에 준희는 그의 얼굴을 쓰다듬어주고 싶었지만 주먹을 꽉 쥐며 그 마음을 참아냈다.

"지금 이게 무슨 짓이에요?"

"잠깐 얘기를 하고 싶어서……."

"그래서 사람을 고소했어요?"

준희의 날카로운 눈빛과 차가운 말투에 한성은 마음이 약해지는 것을 느꼈지만 그녀를 잃을 수 없다는 다짐을 하며 마음을 추슬렀다.

"난 계약서 얘기 미주한테 한 적 없어. 미주가 나 몰래 내 사무실 뒤져서 찾아낸 거란 말야. 내가 얘기했다는 오해는 억울해."

"뭐예요? 고작 그 말하려고 사람을 출국 금지시켜요?"

"아아, 내가 생각해도 아무 죄 없는 사람한테 출국 금지는 못해."

능청스런 한성의 말에 준희의 입이 떡 벌어졌다.

"뭐, 뭐……."

"사실, 고소도 거짓말이야. 공항으로 달려오는데 시간이 촉박해서 잡아달라고 부탁한 것뿐이야. 그래도 형사님들은 실제니까 함부로 하지 않았겠지?"

한성은 장난스레 말했다. 오랜만에 한성의 웃는 얼굴을 보는 것 같았지만 사실 준희 눈에 한성의 웃는 얼굴 따윈 들어오지 않았다. 기가 막혀서 웃음이 나왔다.

"지금 장난해요?"

"장난하는 거 아니야. 계약서에 대해 얘기할 게 있는 건 사실이니까. 지금 우린 법적으로 얽혀 있는 상태야. 내가 고소하려고 들면 못할 것도 없어."

"뭐라고요?"

기막혀하는 준희에게 한성은 주머니에서 계약서를 꺼내 그녀에게 건넸다. 준희는 엉겁결에 계약서를 받아들었다.

"모르겠어? 이 계약서에는 갑이 을을 사랑하게 됐을 경우에 대한 조항이 없어. 아니 갑과 을이 사랑에 빠졌을 경우에 대해서도 아무런 단서조항이 붙지 않아. 애초에 처음부터 잘못된 계약서였단 말이지. 고로 이 계약서는 법적 효력을 갖지 못해. 그러니까 나는 계약서대로 당신을 보낼 수 없다는 말이야."

"그런 게 어디 있어요? 당신이 만든 거잖아요!"

준희는 톡 쏘아붙였지만 슬그머니 미소가 나오는 것을 막을 수 없었다.

"내 실수를 100퍼센트 인정하겠어. 당신이 선택할 수 있는 대안은 두 가지야. 계약서의 오류에 대한 책임을 묻던가, 아니면 새로운 계약서를 작성하는 거야. 물론 이번에는 내가 작성하는 게 아니라 우리 로펌에 정식으로 의뢰하겠어."

"그게 중요한 일인가요? 이제 우리 끝난 거 아니에요?"

"끝내긴 누가 끝내? 우리 아직 법적으로 부부야. 끝내고 싶으면 계약서를 완벽하게 수정하고서 끝내. 우리 계약서엔 이혼에 대한 조항은 없으니까."

"그럼 도대체 뭘 첨가해야 한다는 거예요?"

"갑이건 을이건, 한 사람이라도 사랑을 느끼게 된다면 계약은 무효가 되는 거야. 원래 사랑엔 조건 같은 게 없으니까. 하지만 나는 지금 그 조건을 넣지 않은 걸 뼈저리게 후회하고 있어. 준희야, 떠나지 마. 내 곁에 있어줘."

한성의 애절한 눈빛이 준희의 심장에 정통으로 박혔다.

"그런 말해도 소용없어요. 이미 끝난 일 가지고 왈가왈부하지 말아요. 어제 분명 내가 떠난다고 했을 때 이 변호사님은 아무 말도 없었어요. 나에 대한 권리를 포기한 거라고요."

그렇게 말하고 준희는 뒤돌아 그곳을 빠져 나왔다. 잠깐 생각할 시간이 필요했다. 하지만 밖으로 나와서도 생각에 몰두할 수 없었다. 심장이 제멋대로 폭주했다. 심장이 두근거리는 소리가 머릿속까지 울릴 지경이었다. 두근거리는 소리에 아무 생각도 할 수 없었다. 이제 정말 뭐가 뭔지 준희 자신도 헷갈렸다. 오늘 아침까지만 해도 이성은 프랑스로 가는 것이 최선책이라고 충고했었다. 심장이, 마음이 아무리 말려도 준희 안에서 이성의 목소리가 더 컸다. 그래서 아파 오는 심장을 무시하고 공항으로 달려왔다. 그런데 지금 마음속에서 이성의 목소리는 하나도 들리지 않았다. 내 곁에 있어달라는 한성의 목소리만 머릿속에서 맴돌았다.

"왜 자꾸 절 힘들게 하세요, 이 변호사님……."

준희의 작은 중얼거림이 새어나왔다. 준희는 한성이 있는 곳에서 벗어나야 했다. 똑똑하고 야물딱진 한준희가 이한성 곁에만 있으면 흐물흐물 맹탕이 되어버린다.

준희는 떼어지지 않는 발걸음을 억지로 옮기며 생각에 잠기려 노력했다. 하지만 그런 준희의 노력도 곧 무위로 돌아갔다. 머릿속까지 울리는 심장 소리 때문이 아니라 귀청이 찢어질 듯 크게 외치는 한성의 목소리 때문이었다.

"사랑하니까 그렇지!!"

한성의 쩌렁쩌렁한 목소리가 공항을 메웠다. 어찌나 큰 목소리였던지 사람들이 깜짝 놀라 주위를 두리번거렸다. 게이트로 향하던 사람들과 항공사 데스크에 있는 사무원들, 로비를 가로지르는 기장과 스튜어디스들 그리고 한성을 뒤쫓아 나온 형사들까지 모두가 준희와 한성을 바라보았다.

준희는 깜짝 놀라 뒤돌아봤다. 얼마 떨어진 곳에 한성이 서 있었다.

"도대체 내가 몇 번이나 그 말을 해야 믿겠어? 백 번? 천 번? 좋아. 매일매일 백 번이고, 천 번이고 말해줄게. 나 이한성은 한준희를 사랑한다!! 나 이한성은 한준희를 사랑한다고!! 내가 사랑하는 여자를 떠나게 할 것 같아? 너 못 놔줘. 네가 날 식장으로 끌고 갔으니까 네가 책임져."

공항 내 몇몇 사람이 높게 휘파람을 불었다. 공항에서 사랑 고백이라……. 모두 흥미진진한 눈으로 두 사람을 주시했다. 개미 기어가는 소리도 들릴 만큼 공항 안이 조용해졌다.

사람들이 그들을 주시하는 것이 느껴지자 준희의 얼굴이 빨갛게 물들었다. 그녀의 얼굴이 빨개진 것은 사람들의 주목 때문만은 아니었다. 한성의 열성적인 사랑 고백, 그것이 준희의 심장을 배로 빨리 뛰게 했다. 준희는 빠른 걸음으로 한성에게 다가갔다. 그의 고백은 멈출 기색을 보이지 않았다.

"사랑해, 사랑해, 사랑해, 한준…… 읍."

준희는 다짜고짜 그의 입을 막아버렸다.

"미쳤어요? 창피하지도 않아요?"

한성은 자신의 입을 막은 준희의 작은 손을 붙잡아 내렸다. 그는 그녀의 손을 아프도록 꽉 잡았다.

"사랑하는 걸 표현하는 게 왜 창피해? 자존심 때문에, 내가 아플까봐 처음부터 널 사랑한다는 걸 알면서도 표현하지 못했어. 그리고 그 결과로 너를 잃게 됐고."

한성은 준희의 시선을 잡고 놓아주지 않았다. 그가 준희의 손을 제 심장에 가져갔고 준희는 손바닥 아래 따뜻한 체온과 미친 듯 뛰는 심장 박동을 느낄 수 있었다.

"내 심장을 요란하게 뛰게 할 수 있는 유일한 사람을 내 품에서 떠나보내게 했다고. 이젠 안 그래. 두 번 다시 널 잃기 싫어, 준희야."

"이 변호사님……."

"사랑해. 모르겠어? 나한테 네 옆자리가, 너한텐 내 옆자리가 제일 잘 어울려. 네 자리를 비우지 말아줘."

겸허한 한성의 고백에 준희는 눈물이 핑 돌았다. 준희의 심장은 이제 요란한 박동을 멈추고 쥐어짤 듯이 아려왔다.

"저기…… 나는……."

감정이 복받쳐 올라 준희는 아무 말도 할 수가 없었다. 한준희 23

년 평생에 말문이 닫힌 것은 이번이 처음일 것이다.

"말하지 않아도 알아. 너도 날 사랑하지? 표정만 봐도 다 알아. 이렇게 잘 보이는 걸 예전엔 왜 못 봤을까?"

한성은 준희의 눈물을 입술로 훔쳤다. 그리고 세상에서 오직 한 사람, 준희만 들을 수 있게 작게 속삭이며 그녀의 입술에 자신을 새겼다.

"사랑해, 준희야."

두 연인의 키스에 공항에 있던 모든 사람들이 환호성을 질렀다. 그 환호성 소리에 프랑스로 출발하는 비행기 이륙 소리까지 묻힐 지경이었다.

이상적 결혼생활을 위한 작은 충고

산모의 찢어지는 듯한 비명소리와 함께 아이의 힘찬 울음소리가 들렸다.

밖에서 초조하게 기다리고 있던 남자들이 벌떡 일어났다. 한성은 이미 분만실 문을 향해 달려간 지 오래였다.

그의 손이 문에 닿기 바로 직전 문이 벌컥 열려 한성의 코를 정통으로 쳤다.

"으악!"

"어머, 죄송해요. 아버님."

"으…… 괘……, 괜찮아요. 산……산모는?"

"산모는 건강하세요. 물론 아이도 건강하고요. 예쁜 공주님이십니다."

"만세!!"

한성의 뒤를 쫓아온 이한영 총장이 주책 맞게 만세를 불렀다.

드디어 집안에 또 한 명의 여손이 생긴 것이다. 한영이 이후로 24년 만이었다. 그동안 얼마나 바라고 바랐던 여손인가? 이한영 총장은 좋아서 입이 귀밑까지 벌어졌다.

그뿐만 아니라 가족 모두 새 여자아이의 탄생을 반겼다. 가족들이 간호사에게 달려들어 품에 있는 아이를 보느라 정신이 없었다. 간호사는 벌떼처럼 달려든 한영재단 일가 덕에 안으로 들어가지도 못하고 쩔쩔매고 있었다.

그 사이에 뻔뻔스럽게 의사 허락도 없이 분만실에 들어가 사랑하는 아내를 보고 나온 한성은 흡족한 미소를 띠우고 자신의 딸을 쳐다보았다. 아빠가 자신을 쳐다본다는 것을 알기라도 하는 듯 아기가 반짝 눈을 떴다.

그 모습에 가족들 사이에서 작은 경탄이 흘러나왔다.

"흠. 눈이 준희를 빼닮았어."

한성은 오만하게 선언했다. 그의 선언에 가족들은 고개를 끄덕였다. 그리고 한성은 그보다 더 오만한 눈빛으로 시원을 쳐다보았다. 뭔가 깔보고 비웃는 듯한 눈빛이었다.

'흠. 너는 딸 없지?' 하는 눈빛에 시원은 발끈했다.

어떻게 된 게 처가댁은 여자 자손이 최고였다. 한영조차 바다가 아들이라는 것을 알았을 때 설핏 서운해했다. 하물며 처가 식구들이야…… 외할아버님은 별 말씀 안하셨지만 와이프 오빠라는 사람들은 대놓고 딸도 못 낳는 무능력한 인간이라고 시원을 나무랐다. 그리고 그 최고봉이 이 변호사임은 당연한 일이었다.

지난 열 달 동안 아들만 낳아보라지 하면서 벼르고 있었는데 냉큼 딸을 낳을 줄이야. 낭패도 이런 낭패가 없다. 저, 저, 오만방자한

이 변호사의 얼굴을 보라. 세상이 다 제 것인 양 하는 꼬라지 좀 보라지.

"어휴, 이제 고만 보세요. 제 딸 얼굴 닮겠어요. 간호사님, 얼른 신생아 실로 데려가세요!"

손사래까지 쳐대며 가족들을 물리는 한성의 저 표정을 보라! 참을 수 없이 역겨운 작태다.

'내가 저 변호사 놈팽이한테 질 수야 없지!'

시원은 슬그머니 아내의 손을 쥐었다.

그때까지 한 살 난 아들은 제 남편에게 맡겨두고 정신 없이 아기를 보던 한영이 시원을 쳐다보았다. 남편은 일언반구도 하지 않았다. 그저 은근한 눈빛을 보내며 엄지손가락으로 손바닥을 슬슬 긁어댈 뿐이었다. 남편의 행동과 눈빛에 명백히 나타난 질투심에 한영은 고개를 저으며 웃을 수밖에 없었다. 연애 시절 자신을 무던히도 반대한 나이 어린 형님에게 남편이 라이벌 의식 비슷한 것을 가지고 있다는 것을 알고 있었지만 이런 걸 질투할 줄이야.

"뭐예요?"

"지금 당장!"

"네?"

"지금 당장 딸을 갖잔 말야!"

"어머, 이 사람이. 어른들 앞에서 창피한 줄도 모르고."

뻔뻔스런 남편 대신 얼굴을 붉히며 한영은 시원의 손아귀에 잡힌 자신의 손을 빼내려고 했지만 시원은 더욱더 그녀의 손을 꽉 잡았다. 시원의 눈빛은 한영이 아니라 한성에게 향해 있었다.

"흥! 이봐, 이 변호사, 열 달 후에 보자고!"

시원은 한성에게 손가락질하며 당당하게 선전포고를 했다.

"시원 씨!!"

한영은 기겁해 소리 높여 시원을 불렀지만 시원은 들은 체도 하지 않았다.

"저기, 장모님. 잠시 저희 바다 좀 봐주십시오."

부끄러운 줄도 모르고 도리어 장모 미현의 품에 바다를 덥석 안긴 시원은 한영의 손을 꽉 잡고 성큼성큼 걸어가기 시작했다. 한영은 시원의 힘을 이기지 못하고 질질 끌려가는 형상에 얼굴이 빨갛게 달아올라 아무 말도 할 수 없었다. 남은 가족들은 순식간에 일어난 일에 멍하니, 멀어져가는 두 사람의 뒷모습을 쳐다볼 뿐이었다.

'흥!'

한성은 시원의 선전포고에 코웃음만 칠 뿐이었다.

"저……저기, 아기 아버님……."

그때 아까 나왔던 간호사가 자그마한 목소리로 한성을 불렀다. 간호사의 부름에 돌아선 한성은 여전히 그녀가 아이를 안고 있자 인상을 찡그렸다.

"이봐요, 간호사 아가씨. 남의 딸 태어나자마자 감기 걸리게 할 일 있습니까? 왜 아직 여기 있는 겁니까? 간호사면서 신생아 실이 어디 있는지도 몰라요?"

"아니, 그게 아니라요. 이번엔 아드님이세요."

청천벽력과 같은 간호사의 말에 이번엔 가족들이 모두다 몸을 획 돌렸다.

"네에??"

"쌍둥이예요. 15분 차이예요. 자, 아가야, 아빠 얼굴 봐야지."

간호사의 말에 사람들은 혼이 쏙 빠져 멍청히 보자기 속의 아이 얼굴을 볼 뿐이었다. 그중에서 가장 정신이 없는 건 한성이었다. 제

누나랑 똑같이 생긴 사내아이가 아빠를 보며 눈을 반짝거렸다.

"저, 제 아내는 쌍둥이 임신한 적 없는데요?"

"네? 한준희 씨 보호자 아니세요?"

"맞는데요……. 한 번도 쌍둥이라는 말 안했는데요."

한성의 힘없는 대답에 가족들은 모두 고개를 끄덕였다.

"호호호. 쌍둥이 맞아요. 산모가 끝까지 숨기셨나봐요?"

간호사가 경쾌하게 웃으며 말했다.

언젠가 산모가 원장선생님께 가족들에겐 비밀로 해달라고 말하는 것을 엿들은 적이 있었다. 가족들을 깜짝 놀라게 해주고 싶다나? 참, 엉뚱한 산모라고 생각했는데 출산하는 순간까지 비밀로 한 모양이었다. 그 덕에 산모의 작전은 훌륭하게 성공했다. 특히 아기 아빠의 표정은 혼자 보기 아까울 정도였다. 떡 벌어진 입에 멍청한 표정. 잘생긴 얼굴이 다 가린다.

간호사는 터져 나오는 웃음을 참으며 사내아이를 아빠의 품에 안겨주었다.

뱃속에 아이를, 아니 아이들을 열 달씩이나 품고 있으면서 이 마녀는 한 번도 쌍둥이란 말을 하지 않았다. 한성은 빨갛고 쪼글쪼글한(?) 사내아이를 보며 말을 잇지 못했다. 다른 가족들도 마찬가지였다. 쌍둥이라는 말에 정신이 빠져 멍청히 한성의 품에 안긴 아기를 쳐다볼 뿐이었다.

잠시 후

가족들은 면회 시간도 아니건만 우르르 신생아 실로 몰려갔다. 이한영 총장이 병원 원장인 후배에게 전화를 걸어 당장 신생아 실 문을 열라고 닦달을 했기 때문이었다. 이한영 총장의 팔십 평생 자신의 권력을 이용한 때는 이때가 전부였다.

294

한성은 병실에 아내와 단둘이 있었다. 먼저 방에 도착한 한성은 온돌방으로 꾸며진 병실을 꼼꼼히 체크했다. 방 온도가 따뜻한지, 가습기는 잘 돌아가는지 다 체크했을 때 준희가 병실로 돌아왔다.

"헤헤, 서프라이즈!"

준희는 연이어 아이를 출산하느라 지친 기색이 역력한 얼굴에 희미하게 미소를 지으며 작은 목소리로 말했다.

"서프라이즈는 무슨!"

"안 놀랐어요?"

"놀라서 쓰러지는 줄 알았어. 어쩜 열 달 동안 말을 안 하냐?"

"헤헤헤. 이 변호사님 깜짝 놀라는 얼굴 보려고 그랬죠, 뭐."

"흥. 한 번만 더 놀라다간 심장이 멈추겠어."

한성은 윽박지르는 듯한 말투와 달리 바람이 들지 않도록 꼼꼼히 이불을 매만졌다.

"우리 아기들 너무 귀엽죠?"

"응. 수고했어. 한 방에 해결하다니 한준희답다."

"호호호호 아야……. 내가 좀 능력이 있긴 하죠. 아야……."

준희는 웃어서 당기는 배를 살짝 움켜잡았다.

"괜찮아?"

"네. 괜찮아요."

"참, 다니엘이 뭐 보냈더라."

한성은 마음에 들지 않는다는 표정을 지으며 작은 상자를 준희에게 건네줬다.

"뭐예요?"

"몰라, 안 풀어봤어. 너한테 보낸 선물인데 내가 먼저 푼 거 알면 그 자식 프랑스에서 뛰어올걸?"

"후후후후."

준희가 살짝 웃으며 상자의 포장을 벗겨내자 그 작은 상자에서 나온 것은 한 쌍의 파티 예복이었다. 검정색 공단으로 만든 턱시도 한 벌과 핑크빛 실크로 만든 드레스 한 벌.

"어머나, 예뻐라."

준희는 상자 안에 있는 카드를 꺼내 펼쳐 보았다.

두 아이에게 잘 어울릴 거야. 아이들의 대부는 내 자리니까 한성에게도 그렇게 전해줘. 그럼, 사랑을 담아.

— 다니엘 레이놀즈

앙증맞은 크기의 예복은 두 아이를 위한 것이었다.

"뭐야? 그놈은 쌍둥이라는 걸 알고 있었어?"

준희는 대답 대신 빙그레 웃으며 쌍둥이의 옷을 조심스레 상자 안에 도로 넣어두었다.

준희가 한성의 곁에 남기로 결정하고 다니엘에게 전화했을 때 그는 말하지 않아도 알고 있었다. 그는 프랑스행 비행기에 오르지 않았던 것이다. 그리고 그도 다른 사람들과 똑같이 두 사람이 키스하는 모습을 보았다. 한성의 고백을 알아듣지는 못했지만 준희의 얼굴이 처음 그녀를 보았을 때처럼 사랑으로 빛났기 때문에 알고도 남았다.

그 뒤로 다니엘과 준희는 둘도 없는 친구가 되었다. 다니엘은 여전히 그녀를 프랑스로 데려가고 싶어했지만 그럴 수 없다는 것을 두 사람 다 잘 알고 있었다. 그래서 두 사람이 친구가 되는 건 굉장히 자연스러운 일이었다. 비록 그게 한성의 속을 뒤집는 일이었지만 준희가 자신이 아닌 다른 사람을 사랑한다는 건 상상도 할 수 없는 일이라는 걸 알았기 때문에 두 사람이 친구가 되는 것을 지켜봐야만 했다.

"피곤하지? 좀 누워."

한성은 준희의 이부자리를 정리해주며 그녀의 곁에 누웠다. 그리고 조심스럽게 팔베개를 해주었다. 준희가 그의 곁으로 바짝 붙어왔다. 그의 품에 안길 수 있는 여자는 자기밖에 없다는 사실이 행복했다.

'아니지. 한 사람 더 생겼지.'

준희는 딸을 생각하며 흐뭇하게 미소를 지었다.

"근데 말야, 마누라."

"네?"

"언제까지 이 변호사님, 이 변호사님 할 거냐?"

한성의 볼멘소리에 준희는 고개를 들어 그의 얼굴을 보았다. 뾰루퉁한 표정이 귀여웠다. 한성의 저런 표정을 볼 때마다 준희는 더 놀려주고 싶은 마음을 다스리느라 고생이다.

"글쎄요?"

"결혼한 지 1년도 넘었는데, 와이프 입으로 이름 한 번 못 들어본 사람은 대한민국에 나 하나일 거다."

"하하하하하하. 이 변호사님이라고 부르면 어때요. 중요한 건 그런 게 아니잖아요."

"중요해! 그러다 나중에 우리 아기들이 아빠 이름이 '변호사님'인 줄 알면 어떻게 해?"

"크크크크크 설마……."

"설마가 아니야. 우리 아기들은 엄마를 닮아서 아주 엉뚱할 거야. 그럴 가능성이 다분해."

"치……, 뭐 생각해보니까 그렇기도 하네요."

"그치? 잘못했지?"

"잘못까진 아니어도……."

준희는 더 말을 이을 수 없었다. 왜냐하면 한성의 입술이 자기를 향해 내려오고 있기 때문이었다. 매일같이 그의 품에서 잠들었지만 항상 이 순간이 되면 심장이 떨려왔다.

한성은 준희의 입술을 훔치며 마지막 판결을 내렸다.

"됐어, 잘못한 거야! 그럼 피고가 제 잘못을 인정했으니 관대한 처분을 내리지. 피고 한준희는 앞으로 원고의 이름을 부를 것을 명하며 더불어 원고 이한성 곁에 있으며 그의 사랑을 다 받는 형을 내리노라. 쾅쾅쾅."

사람들은 결혼해 살아가면서 가장 중요한 것을 잊고 있다. 그것은 바로 두 사람이 사랑을 하여 한 가정을 이루었다는 것이다. 사랑의 기본은 상대방에 대한 완전한 믿음이라는 것이다.

이상적인 결혼생활을 위한 충고는 어떠한 상황에서도 상대방을 믿을 것 그리고 아주 사소한 것이라도 상대방을 속이는 일은 하지 않을 것, 어떠한 상황에서도 솔직해지는 것을 두려워하지 않을 것. 아주 보편적인 것이다.

그중에서 가장 중요한 충고는 언제나 상대방을 사랑하라는 것이다. 처음 마음 그대로.

하나 더, 자신의 마음이 변할까봐 걱정이 되는 경우, 서면을 통해

그 마음에 법적 효과를 걸어놓는 것도 현명한 방법이라고 충고하는
바이다.

<끝>

　오랜만이다. 이렇게 다시 컴퓨터 화면을 앞에 두고 작가의 말을 쓰는 것이. 하긴 1년도 더 된 일이니 오랜만이긴 하다. 그런데도 지금 느끼는 이 어색함은 1년 전의 그때와 똑같다. 왠지 명치끝이 간질간질하고 바늘방석에 앉은 것처럼 안절부절못하고 작은 옷을 입은 것 같은 불편함. 그건 작가라는 거창한 직함을 내 앞에 붙일 때마다 느끼는 기분과 같다.

　글을 쓰는 것은 별로 어렵지 않다. 쓰고 싶은 이야기야 머릿속에 넘쳐나니까. 하지만 작가의 말을 쓰는 것은 다르다. 일단 '작가의 말'이란 다른 사람들에게 읽혀지는 것을 목적으로 쓰지 않는가? 물론 이 글을 읽지 않고 지나치는 독자도 있을 것이다. 하지만 나는 원체 남에게 보이려고 무언가를 하는 데 소질이 없는 사람이다. 아아, 이 어색함을 어찌 할까?

　지난번에 책을 낼 때는 내가 미쳤던 것이 틀림없다. 그러니까 그렇게 겁도 없이 덜커덕 책을 냈지. 두 번째는 책임감이 내 어깨를 짓누르는 것 같아 무섭다. 일단 지난번 책보다는 더 재밌어야 한다는 압박감이 이 글을 쓰는 내내 머릿속에 자리잡아 나를 괴롭히고 괴롭혔다. 그래서 썼다가 멈추고, 고쳐 쓰기를 몇 번. 나름대로 어렵게 써낸 글이 이 글이다.

그동안 글을 쓰면서 내 글에 이렇게 자신이 없기는 처음이라 자꾸만 조바심이 난다. 그래서 주위 사람들에게 '재밌어? 재밌어?' 끈덕지게 물어보며 괴롭혔던 일이 기억에 남는다. 독자분들에게도 묻고 싶다. 이 이야기가 재미있는지.

이 작품은 『우리 내기할까요?』의 후속편이라고 말할 수 있다. 『우리 내기할까요?』의 여주인공 한영의 사촌오빠, 한성에 대한 글이기 때문이다.

책을 읽을 때마다 언제나 주인공들의 매력에 빠져 그 다음 이야기를 읽을 수 있기를 바랐기에 후속편을 쓰는 것은 어쩜 나에게 당연한 일이었다. 그런데 누가 알았겠는가. 후속편의 이야기를 쓰는 것이 더 어려울 줄이야. 내 머릿속에서 지난번 글과 지금의 글을 분리하는 일이 너무나 어려웠다. 게다가 주인공의 성격들이 만만치 않아서 마음대로 쉽게 써지지 않았다. 하지만 글을 쓰면서 엄청 고생했던 글이라 책으로 나온다니 감회가 새롭다.

'어려워'를 연발하며 썼지만 나는 아직도 글쓰기가 좋다. 또 어느 날 다른 후속편을 쓰는 미친 짓을 할지도 모른다. 하지만 계속 글을 쓰면서도 바라는 것은 단 한 가지다. 독자분들이 내 글을 읽는 시간 동안만은 행복한 기분을 만끽하시기를!

송혜련 드림.

이상적 결혼생활

초판 인쇄 | 2006년 2월 15일
초판 발행 | 2006년 2월 21일

지은이 | 송혜련
펴낸이 | 한익수
펴낸곳 | 도서출판 큰나무

등록 | 1993년 11월 30일(제5-396호)
주소 | 120-837 서울시 서대문구 충정로 3가 3-95 2층
전화 | 02)365-1845~6 팩스 | 02)365-1847
이메일 | btreepub@chollian.net
홈페이지 | www.bigtreepub.co.kr

정가 9,000원

ISBN   89-7891-215-X 03810

당신의 내일을 열어줄 큰나무의 여성·자기계발서

SQ를 높여야 연애에 성공한다

임계성 지음 / 216면 / 9,500원

우리는 누구나 완벽한 사랑을 꿈꾼다.
하지만 아무리 뛰어난 머리(IQ)와 감성(EQ)을 지녔다 해도 연애의 핵심인 SQ(sexual quotient, 성적지능지수)가 부족하다면 그 꿈을 결코 실현시킬 수 없다.

35세, 여자는 다시 태어난다

요시타케 데루코 지음 / 유인경 옮김 / 192면 / 8,500원

아내와 어머니라는 역할에 파묻혀 정작 자기 자신을 잃어버린 당신, 하지만 당신에게는 자신의 인생을 가꾸며 진정 의미 있는 삶을 살아갈 권리가 있다.

혼자 잘 살면 결혼해도 잘 산다

임계성 지음 / 288면 / 9,500원

아무나 독신으로 살 수 없다!
이제 우리 사회에서 독신은 더 이상 주변인의 삶도 억압받는 소수의 삶도 아니며, 미완성의 인생도 아니다. 삶의 또 다른 선택이며 패턴일 뿐이다.

똑똑한 여자는 사랑에 절대 실패하지 않는다

스티븐 카터 · 줄리아 소콜 지음 / 나선숙 옮김 / 184면 / 7,500원

왜 여자들은 어려운 방법으로 똑똑해지려 드는가? 똑똑한 여자라면 똑똑해지기 위해 굳이 상처입지 않아도 된다는 것을 안다.